家藏文库

先秦散文选

曹道衡 注评

中州古籍出版社
·郑州·

图书在版编目（CIP）数据

先秦散文选 / 曹道衡注评. —郑州：中州古籍出版社，2020.9
（家藏文库）
ISBN 978-7-5348-9430-5

Ⅰ.①先… Ⅱ.①曹… Ⅲ.①古典散文 – 散文集 – 中国 – 先秦时代 Ⅳ.①I262

中国版本图书馆CIP数据核字（2020）第181497号

家藏文库：先秦散文选

选题策划	卢欣欣　赵发杰
约稿统筹	卢欣欣
责任编辑	侯　琼
责任校对	牛冰岩
封面设计	王　歌
版式设计	曾晶晶

出　版	中州古籍出版社
	地址：郑州市郑东新区祥盛街27号6层
	邮编：450016
	电话：0371-65788693
经　销	新华书店
印　刷	河南新华印刷集团有限公司
版　次	2020年10月第1版
印　次	2020年10月第1次印刷
开　本	640毫米×960毫米　1/16
印　张	17.5印张
字　数	190千字
定　价	39.00元

前　言

"先秦"这一概念出现较晚,大约从近代以来才被人们普遍使用。因为中国的古代文明起源甚早,而成文的典籍一般都认为始于商周。近年以来虽有人提到夏代已有文字之说,但学术界尚无定论。且片言只语,亦难作为散文入选。即使像殷、商甲骨,商周青铜器铭文,虽已有较完整的文字,但因文字过于古奥,所以尚难作为散文入选。所以这本《先秦散文选》,也只能依照惯例,从商周成文的典籍开始。

春秋战国是"百家争鸣"的文化繁荣时期,产生的文章和典籍极为丰富,从中选录一些优秀篇章,应该说是不成问题的。不过从现存的一些选本来看,其选取的范围似乎都较狭窄。例如梁代萧统的《文选》一书,就不选现今所谓"经""史""子"三部典籍,因此在这部书里所收先秦作品甚少。萧统这种做法是有道理的,他在一定程度上认清了文学作品和历史、哲学等学科文献的区别。后来许多选家,大抵遵循其成规,如清代姚鼐的《古文辞类纂》就是这样。另一部被人视为"俗学"的《古文观止》,倒稍为破其先例,在所谓"经部"中,选了《春秋三传》和《礼记》,这大约是因为这些书乃"传"而非"经";至于先秦诸子之文,则仍弃而不录。只有曾国藩编《经史百家杂钞》时,才对"经""史""子"三部均加选录(不过所收"子"部文章很少)。现在看来,若要选录先秦散文，萧统以来的惯例，似不得不有所改变。因为文、史、哲的明确分工是后来的事，在先秦时代，人们似尚无这种认识，而且后人作散文亦多取法先秦典籍。《文心雕龙·宗经》云："故论说辞序，则《易》统其首；诏策章奏，则《书》发其源；赋颂歌赞，则《诗》立其本；铭诔箴祝，则《礼》总其端；纪传铭檄，则《春秋》为根。"刘勰此语，有尊儒的偏见，他忽视了子书和史籍对后世文学的影响。不过他指出后来各种文体皆导源于先秦那些并非纯文学作品的典籍却很有道理。如果我们要把"经""史""子"排除在外，那么先秦文学就仅存一部《楚辞》，而屈原、宋玉之作，又属辞赋而非散文，这样，"先秦散文"就无从选取了。

现在常见的一些书中选取先秦文章似乎也有一些成例。从金圣叹的《天下才子必读书》和吴楚材的《古文观止》，到后来的一些中学语文课本，选《左传》一般均取《曹刿论战》《烛之武退秦师》，选《战国策》又不外乎《邹忌讽齐王纳谏》《触龙说赵太后》诸篇。这些文章无疑是佳作，理当入选。但像现在呈献给读者的这部散文选，应该是供中学以上文化程度的文学爱好者阅读的，对于这些读者来说，前面提到的那些篇章，大抵都已读过，再加选录，似无必要。再说像《左传》之文，最有名的篇幅大约都属记事之文及外交辞令两类。一些选家所录，大抵以辞令之文为多，记事之文有的较长，不适用于教材，因此较少入选。但正如唐代刘知几所说："夫史之称美者，以叙事为先。"他在《史通·外篇杂说上》中盛赞《左传》叙事特别是记战争的部分。在这方面，最有代表性的也许要算晋楚的三次大战。这些文章不但在春秋史上是头等大事，在文章上亦属出类拔萃之作。相对这些文章来说，人们常读的《曹刿论战》所记之"长勺之战"不但规模较小，过程也显得简单。所以本书选取了著名的《郑之战》和《鄢陵之战》二文，虽然文字较长，却在一定程度上能代表《左传》文章的一个重要方面。同样地，历来选家对《战国策》，总着重取其游说之辞，这自然是正确的。不过，《战国策》中也有极生动地刻画人物性格之作，例如关于豫让、聂政和荆轲的描写，实为《史记·刺客列传》所本，为了说明二书的承袭关系，本书也选录了《韩策》中记聂政的文字以见一斑。

如果说本书在选取历史散文时和其他选本有较多差别的话，至于诸子散文的选录，则自觉较少特色。因为本书所录诸子之文，除《论语》《老子》和《庄子》由于丛书中已另有单独选本，未加收录外，已入选诸篇大抵亦可在别的选本中读到。在这方面，编者也曾再三考虑，但苦无良策。在编者看来，子书之文，确如萧统说的："盖以立意为宗，不以能文为本。"如果单纯地就文论文，不管所选篇目能否代表该书主旨，恐怕欠妥。再说子书中有些篇目虽较能代表该书的重要方面，但把它们入选本书似亦不太合适。例如《荀子》的《非十二子》，内容涉及战国许多思想家，恐非一般读者所需，而其末段文字又较艰涩，所以亦未入选。最后还是选取了比较常见的一些文章。

为了保持全文的完整，本书一般不取节录的办法。因为节录古人之文，往往不免出于节录者之意，是否符合原作本意是颇成问题的。唯一的例外是对《礼记》中文章的选取。这是由于此书每篇之中，往往分为若干段落，每段内容并无必然联系，且前人选录，已开节选之例，考虑到对此书摒弃不录难免遗珠之憾，取其全篇，又往往枯燥无味，所以只能采取节录的办法。限于编注者的水平，本书缺点和错误在所难免，诚恳地期待大家批评指正！

目 录

尚书
牧誓 ………………………………………………………… 3
秦誓 ………………………………………………………… 5

左传
晋公子重耳逃亡 ………………………………………… 11
郑公子归生告晋赵盾 …………………………………… 18
晋楚邲之战 ……………………………………………… 22
吕相绝秦 ………………………………………………… 38
晋楚鄢陵之战 …………………………………………… 44
子产告范宣子轻币 ……………………………………… 55
宋卫陈郑火 ……………………………………………… 58
晋栾盈之难 ……………………………………………… 61
楚囚郑皇颉 ……………………………………………… 66
申包胥乞援于秦 ………………………………………… 67

公羊传

赵盾弑君 ································ 73

榖梁传

齐晋鞌之战 ······························ 79

国语

邵公谏厉王止谤 ························ 85
晋优施教骊姬谮太子申生 ··········· 87
优施说里克 ······························ 91
叔向贺贫 ································ 96
沈诸梁论白公胜 ························ 99
越使诸暨郢行成于吴 ················· 103
越灭吴 ··································· 108

战国策

范雎说秦昭王 ··························· 115
陈轸说昭阳 ······························ 120
冯谖客孟尝君 ··························· 122
齐宣王见颜斶 ··························· 127
庄辛说楚襄王 ··························· 132
汗明见春申君 ··························· 137
春申君与李园 ··························· 140

鲁仲连义不帝秦	143
聂政刺韩傀	149
乐毅报燕惠王书	153

礼记

| 《檀弓》二则(节选) | 161 |
| 礼运(节选) | 163 |

墨子

| 兼爱上 | 169 |

孟子

王道之始	175
率兽食人	177
孟子拒齐宣王之召	178
孟子和许行之争	182
孟子论陈仲子	189
齐人有一妻一妾	191
孟子论桀纣失天下	192
孟子论专心致志	194
民贵君轻	195

荀子

- 劝学 ·················· 199
- 议兵 ·················· 206
- 天论 ·················· 223

韩非子

- 孤愤 ·················· 233
- 说难 ·················· 238
- 五蠹 ·················· 244

吕氏春秋

- 本生 ·················· 261
- 察今 ·················· 263

尚书

牧　誓

时甲子昧爽,①王朝至于商郊牧野,②乃誓。王左杖黄钺,③右秉白旄以麾,④曰:"逖矣,⑤西土之人。"王曰:"嗟我友邦冢君,⑥御事、司徒、司马、司空、亚旅、师氏、千夫长、百夫长,及庸、蜀、羌、髳、微、卢、彭、濮人,⑦称尔戈,⑧比尔干,⑨立尔矛,予其誓!"王曰:"古人有言曰:'牝鸡无晨,牝鸡之晨,惟家之索。'⑩今商王受,惟妇言是用,昏弃厥肆祀弗答,⑪昏弃厥遗王父母弟不迪,⑫乃惟四方之多罪逋逃,是崇是长,是信是使,是以为大夫卿士,⑬俾暴虐于百姓,以奸宄于商邑。⑭今予发惟恭行天之罚。今日之事,不愆于六步七步乃止齐焉,⑮夫子勖哉!⑯不愆于四伐五伐六伐七伐乃止齐焉,⑰勖哉夫子!尚桓桓,⑱如虎如貔如熊如罴于商郊,⑲弗迓克奔,以役西土。⑳勖哉夫子,尔所弗勖,其于尔躬有戮。"㉑

(选自《尚书·周书》)

[注释]

①甲子:古人以干支纪日,据说"甲子"为二月四日。昧爽:早晨。

②王:指周武王。朝:早上。牧野:地名,在朝歌(今河南淇县南)。

③钺(yuè):古兵器,形似大斧。

④秉：拿着。旄（máo）：用牦牛尾做装饰的旗。麾：挥动。

⑤逖（tì）：远。

⑥友邦冢（zhǒng）君：指和周联合伐纣的各诸侯国之君。冢：大。

⑦"御事"至"百夫长"：皆官名。"庸"至"濮"：皆随周伐纣的各少数民族名。髳（máo）：西南地区的一个少数民族。

⑧称：举起。

⑨干：盾。

⑩"牝鸡"二句：索：穷尽。这两句是古人迷信，认为雌鸡报晓，这家便该败落。

⑪"昏弃"句：肆祀：应举行的祭典。答（dá）：当、对。这句说废弃应举行的祭典，不去报答鬼神。

⑫王父母弟：指同祖父母的兄弟，代指本族亲属。不迪：不加进用。

⑬"乃惟"四句：意谓纣只看重和信任四方那些犯罪逃亡之人，用他们为大夫、卿士。

⑭奸宄（guǐ）：作恶犯罪。

⑮"不愆"句：不愆：不过。这句说不过六七步即当取齐，比喻齐心协力。

⑯勖：勉。

⑰伐：一次刺击为一"伐"。

⑱桓桓：武勇的样子。

⑲貔（pí）：即貔貅（xiū），传说中的一种猛兽。

⑳迓（yà）：迎战。以役西土：指叫被俘获的人为西土（周）服役。

㉑戮（lù）：刑罚。

[串讲]

《牧誓》一文是周武王伐纣、兵临商都朝歌近郊，即将进行最后决战时的誓词。这篇文章前人颇为重视,认为是上古散文的典范之作。但近代以来,人们对它的产生年代似乎颇有怀疑,这是因为其文字还比较好懂,不像《康诰》《酒诰》诸篇的"佶屈聱牙"。但此文亦见于《史记·周本纪》,只是被司马迁改了个别古字。这说明此文的出现,至少也在战国以前。再说《康诰》《酒诰》诸篇,都是周公对他弟弟康叔说的,所以杂有周人方言,而《牧誓》则是对周朝的许多同盟者讲的话,恐怕会较少用这些方言,所以显得好懂些。即使说此文曾经后人润饰,但内容大致不会有太大变化。像"弗迓克奔,以役西土"诸语,说明周朝曾在战争中掠夺战俘加以奴役。"如虎如貔"诸语,杀气腾腾,并不像"以至仁伐至不仁"的样子,也不像是后代美化周武王的言辞,应该说此文大致上可以相信它基本上为周初作品。

[评析]

这篇文章历来被文学家所称赏,主要是因为它气势雄浑奔放,被视为具有"阳刚之美"的特点。这主要表现在文中好用排句,而每句字数又并不相等,像"是崇是长,是信是使,是以为大夫卿士",连用五个"是"字,读来如万斛喷泉,奔腾而出。下面的"六步七步""四伐五伐""如虎如貔"等句,也使人有类似的感觉。唐宋的散文家如韩愈等人的文章,往往取法此篇。因此它在古代散文史上的地位值得重视。

秦　誓

公曰:① "嗟,我士,听无哗。予誓告汝群言之首。古人有言曰：'民讫自若是多盘。'② 责人斯无难，惟受责俾如流，是惟艰哉。③ 我心之忧，日月逾迈，若弗云来。④ 惟古之谋人，则曰未就，⑤ 予忌。⑥ 惟今之谋人，姑将以为亲。虽则云然，尚猷询兹黄发，⑦ 则罔所愆。⑧ 番番良士，⑨ 旅力既愆，⑩ 我尚有之。仡仡勇夫，⑪ 射御不违，我尚不欲。惟截截善谝言，⑬ 俾君子易辞，⑭ 我皇多有之，⑮ 昧昧我思之。⑯ 如有一介臣，断断猗无他技，⑰ 其心休休焉，⑱ 其如有容，⑲ 人之有技，若己有之，人之彦圣，⑳ 其心好之，不啻若自其口出，㉑ 是能容之。以保我子孙黎民，亦职有利哉。㉒ 人之有技，冒疾以恶之，㉓ 人之彦圣，而违之俾不达，㉔ 是不能容，以不能保我子孙黎民，亦曰殆哉。邦之杌陧，曰由一人，㉕ 邦之荣怀，亦尚一人之庆。"㉖

（选自《尚书·周书》）

[注释]

①公：指秦穆公，姓嬴，名任好，春秋时秦君。

②"民讫"句：民：人。讫：尽、都。若：顺。盘：乐。这句是说人尽行顺道则多乐。秦穆公自悔偷袭郑国之事逆于事理，故云。

③"责人"三句：这三句是自悔的话，说指责别人容易，接受别人的批评就很难。

④"我心"三句：意谓自己想改过，但日月逝去，唯恐来不及了。

⑤未就：不能成就我的欲望。

⑥予忌：我反而忌恨他。指穆公起初忌恨蹇叔。

⑦"尚猷"句：猷：同"犹"，计谋。黄发：老年人。这句是说还得和老人们商量听取其意见。

⑧罔：没有。愆：过失。

⑨番（bō）番：勇武的样子。

⑩旅力：旧说指"众力"。按："旅"当为"膂"之假借字。"膂力"指体力。《诗经·小雅·北山》："旅力方刚，经营四方。"愁：衰老。

⑪我尚有之：我尚且要任用他们，意谓老人计谋深长。

⑫仡（yì）仡：勇壮的样子。

⑬截截：整齐的样子，引申为能言善辩。谝（piǎn）言：花言巧语。

⑭"俾君子"句：意谓使君子也改变了主意。

⑮"我皇"句：皇：大。这句说我以前身旁大有这种人在。

⑯"昧昧"句：昧昧：不明。这句说由于我思考不明之故。

⑰一介：一个。断断：专一守善的样子。猗：语助词。

⑱休休：好善。

⑲有容：有容忍人的度量。

⑳彦圣：聪明有才。

㉑不啻：不但。

㉒职：关键，引申为主要原因。

㉓冒疾：忌恨。

㉔违之俾不达：违反正道，堵塞其进用之路，使之不得舒展其才。

㉕杌陧（wù niè）：不安定。一人：指君主所任用之人。

㉖庆：善行。

[串讲]

春秋时，秦穆公听信了派驻郑国的官员杞子等人之计，派兵越过晋境去偷袭郑国。老臣蹇叔劝谏，穆公不听。秦军到郑时发现郑国已有准备，只得无功而返。回归途中，晋襄公在崤山地区伏击秦军，把他们全部歼灭，并活捉了孟明、西乞、白乙三位将领。秦穆公后悔，作《秦誓》。文中所称"古之谋人""黄发"等即指蹇叔；"今之谋人"，当指杞子等人。

先秦散文选 | 7

文的后半讲到两种不同的人物，一种是能爱惜贤才的人，即使自己无其他长处，也是对国家有益的；另一种人却妒贤嫉能，最为危险。作为君主就应识别这两种人，国的盛衰，正在于用人得当与否。这可以说是遭受挫折后的沉痛反省。

[评析]

　　《秦誓》是《尚书》中最后一篇，其产生年代已接近春秋中期，所以文字较之前代之作，已稍显平易。但较之《左传》《国语》诸书，仍见古奥。秦穆公其人，曾有人认为他是"春秋五霸"之一，不过他的霸业似较齐桓、晋文为逊色。这恐怕和当时秦国的国力和地理位置有关。这篇誓词之所以被儒生们收入《尚书》，大约是取其过而能改的精神。从此文看来，全文是有着强烈感情色彩的。因为崤之战对秦国来说，不但是一次惨败，而且对秦穆公的称霸企图也是一次沉重打击。所以当秦穆公谈到"古之谋人""今之谋人"的区别时，情绪极为强烈，"我尚有之""我尚不欲"等语，读来颇能想见其痛悔前失的心情。此文另一个长处是全文音节安排适当，读来朗朗上口，声调响亮。这一特点颇受清代以来某些散文家的重视，例如"桐城派"的刘大櫆，就很强调评价散文的优劣，音节是一个重要因素。因此近代有的论者据此指出此文特点为"响遏行云"。这评语虽未必全面，却也道出了本文的部分长处。

左传

晋公子重耳逃亡

晋公子重耳之及于难也,①晋人伐诸蒲城。②蒲城人欲战,重耳不可,曰:"保君父之命而享其生禄,③于是乎得人,有人而校,④罪莫大焉。吾其奔也。"遂奔狄。⑤从者狐偃、赵衰、颠颉、魏武子、司空季子。⑥狄人伐廧咎如,⑦获其二女,叔隗、季隗,纳诸公子。公子取季隗,生伯儵、叔刘。⑧以叔隗妻赵衰,生盾。将适齐,谓季隗曰:"待我二十五年,不来而后嫁。"对曰:"我二十五年矣,又如是而嫁,则就木焉。⑨请待子。"

处狄十二年而行,过卫,卫文公不礼焉。⑩出于五鹿,⑪乞食于野人,⑫野人与之块。⑬公子怒,欲鞭之,子犯曰:"天赐也。"稽首受而载之。⑭

及齐,齐桓公妻之,⑮有马二十乘,⑯公子安之。从者以为不可,将行,谋于桑下,蚕妾在其上,以告姜氏。⑰姜氏杀之,而谓公子曰:"子有四方之志,⑱其闻之者,吾杀之矣。"公子曰:"无之。"姜曰:"行也,怀与安,实败名。"⑲公子不可。姜与子犯谋,⑳醉而遣之。醒,以戈逐子犯。

及曹,曹共公闻其骈胁,㉑欲观其裸,浴,薄而观之。㉒僖负羁之妻曰㉓:"吾观晋公子之从者,皆足以相国,㉔若以相,夫子必反其国。㉕反其国,必得志于诸侯。得志于诸侯而诛无礼,曹其首也。子盍蚤自贰焉。"㉖乃馈盘飧,㉗置璧焉。㉘公子受飧反璧。

及宋，宋襄公赠之以马二十乘。㉙及郑，郑文公亦不礼焉。㉚叔詹谏曰㉛：“臣闻天之所启，人弗及也，晋公子有三焉，天其或者将建诸，君其礼焉。男女同姓，其生不蕃，㉜晋公子，姬出也，而至于今，㉝一也；离外之患，而天不靖晋国，殆将启之，㉞二也；有三士，足以上人而从之，㉟三也。晋郑同侪，㊱其过子弟，固将礼焉，况天之所启乎！”弗听。

及楚，楚子飨之，㊲曰：“公子若反晋国，则何以报不穀？”㊳对曰：“子女玉帛则君有之，羽毛齿革则君地生焉，其波及晋国者，君之余也，其何以报君？”曰：“虽然，何以报我？”对曰：“若以君之灵，㊴得反晋国，晋楚治兵，遇于中原，其辟君三舍，㊵若不获命，其左执鞭弭，㊶右属櫜鞬，㊷以与君周旋。”子玉请杀之。㊸楚子曰：“晋公子广而俭，㊹文而有礼，㊺其从者肃而宽，㊻忠而能力。晋侯无亲，㊼外内恶之。吾闻姬姓唐叔之后，㊽其后衰者也，其将由晋公子乎。天将兴之，谁能废之？违天必有大咎。”㊾乃送诸秦。

秦伯纳女五人，怀嬴与焉，㊿奉匜沃盥，(51)既而挥之，(52)怒曰：“秦晋匹也，(53)何以卑我？”公子惧，降服而囚。(54)他日，公享之。子犯曰：“吾不如衰之文也，请使衰从。”公子赋《河水》，(55)公赋《六月》。(56)赵衰曰：“重耳拜赐！”公子降拜稽首，公降一级而辞焉。(57)衰曰：“君称所以佐天子者命重耳，(58)重耳敢不拜！”

（选自《左传·僖公二十三年》）

［注释］

①晋公子重耳（？—前628）：即晋文公，春秋五霸之一。及于难：指晋文公父献公信谗言杀太子申生，连累重耳等人之事。

②蒲城：地名，今山西隰县。献公曾命重耳居蒲城。

③生禄：指养生所需的俸禄。

④校（jiào）：对抗。

⑤狄：指北方的少数民族。

⑥狐偃：重耳的舅父，即子犯。魏武子：魏犨。司空季子：胥臣。按：狐偃等五人皆晋大夫。

⑦廧咎（qiáng gāo）如：部族名，赤狄之别种。

⑧儵：音chóu。

⑨就木：进棺木，指死。

⑩卫文公：名毁，卫国君主。

⑪五鹿：地名，约在今河南清丰县附近。

⑫野人：郊野的人，指农民。

⑬块：土块。

⑭"子犯曰"两句：子犯：即狐偃。天赐也：指得土地即据有国土。载：放在车上。

⑮齐桓公（？—前643）：姓姜，名小白，春秋五霸之一。妻之：把女儿嫁给他。

⑯乘：马四匹为一乘。

⑰姜氏：指齐桓公女，晋文公妻。

⑱四方之志：建功业于四方之志。

⑲怀：迷恋。安：安于现状。败名：指丧失雄心，使功名不立。

⑳与子犯谋：和子犯合计。

㉑曹共（gōng，同"恭"）公：姓姬，名襄。骈胁：肋骨相连如一骨。

㉒薄：帘子。这里指设帘偷看。

㉓僖负羁：曹国的大夫。

㉔相国：做一国的卿相。

㉕夫子：指重耳。反：同"返"。

㉖盍（hé）：同"曷"，何不。蚤：同"早"。自贰：显示自己与曹君有别。

㉗飧（sūn）：熟食。

㉘璧：圆形的玉。

㉙宋襄公（？—前637）：姓子名兹父，春秋五霸之一。

㉚郑文公：姓姬，名捷。

㉛叔詹：郑国大夫。

㉜蕃：繁殖、茂盛。

㉝"晋公子"三句：意谓晋公子为姬姓女子所生，和晋献公是同姓。其所生子应该是短命的，而重耳至今健在。按：晋文公母为姬姓。《左传·庄公二十八年》："大戎狐姬生重耳。"杜注："大戎，唐叔子孙别在戎狄者。"

㉞离外之患：指重耳出奔在外。靖：安定。殆：大约。

㉟三士：指狐偃、赵衰和贾佗。上人：超过一般人。

㊱同侪（chái）：同等。

㊲楚子：指楚成王（？—前626）。飨（xiǎng）：设宴招待。

㊳不穀：对当时君主特别是楚王的谦称。"不穀"是不善的意思。

㊴以君之灵：犹今言"托您的福"。灵：福佑。

㊵辟：同"避"。舍：三十里为舍，三舍为九十里。

㊶弭（mǐ）：没有装饰的弓。

㊷属（zhǔ）：佩带。櫜（gāo）：盛箭的袋。鞬（jiān）：盛弓的袋。

㊸子玉：楚大夫成得臣字。

㊹广而俭：意志广阔而行为有检束。

㊺文而有礼：有文华而能守礼仪。

㊻肃而宽：恭敬而宽和。

㊼晋侯：指当时的晋君惠公夷吾。

㊽姬姓：周天子和鲁、卫、晋、郑诸国，皆姬姓。唐叔：周武王子，成王弟，名虞，晋国始封之君。

㊾咎：灾祸。

㊿秦伯：指秦穆公，姓嬴，名任好，春秋五霸之一。怀嬴：秦穆公女，曾嫁给晋怀公（惠公子圉），故称“怀嬴”。与焉：在其中。怀嬴本怀公妻，是重耳的侄媳，所以不使重耳知道，暗藏五人之中。

(51)“奉匜（yí）沃盥”句：匜：古代盛水的器具。沃：浇水。盥：洗手。这句说怀嬴拿着盛水器倒水，伺候重耳洗手。

(52)既而挥之：指重耳挥动手，使水沾湿了怀嬴的衣服。

(53)匹：对等。

(54)降服而囚：脱去上衣，自己拘囚。指重耳恐触怒秦穆公，所以降服而囚以谢罪。

(55)《河水》：古诗篇名，已佚。

(56)公：指秦穆公。《六月》：《诗经·小雅》篇名。

(57)降一级：走下一级台阶。辞：辞谢，表示不敢当公子的稽首。

(58)“君称”句：按：《六月》首章有“以匡王国”句，次章有“以佐天子”。所以赵衰说：“君称所以佐天子者命重耳。”

[串讲]

这篇文章记述了晋公子重耳遭骊姬之难逃出晋国，直到回国即位前夕的经历，总共二十年（前656—前637）间的事。第一段记重耳在蒲城遭难，不许当地人反抗晋献公而出奔狄，在狄十二年，娶季隗，及离狄赴齐时和季隗分别之事。第二段记他由狄到齐，经过卫国时事。他在卫不受礼遇，走过五鹿，连当地郊野的人也轻视他，给他土块当饭。重耳发怒，说明他的不成熟，幸赖狐偃化解。第三段记重耳在齐国的情况。齐桓公是一位霸主，他知道重耳是个有前途的人，所以优待他，并把女儿嫁他。但重耳稍得安乐，就又淡忘了回国建立功业的雄心，好在姜氏还是希望他成就大业，和狐偃一起把他送出了齐国。第四段和第五段记重耳经过曹、宋、郑三国的情况，其中曹共公对他最无礼，甚至趁他洗澡时看他的"骈胁"，而宋、郑两国对他的态度很不一样。其中宋襄公送了马二十乘给他，显然是对他寄予希望；而郑文公则对他不予礼遇。但曹、郑二国并非没有人赏识重耳，像僖负羁之妻和叔詹都预知他将得志于诸侯。不过僖负羁之妻主要论他的从者而叔詹则更从当时的形势出发，分析重耳可能回国执政的根据。第六段写重耳到楚国的情景，从重耳回答楚王的话看来，他态度不卑不亢，软中带硬，显示出他长期在外流亡，经历了种种磨难，已变得比较成熟。第七段写重耳自楚至秦，得到秦穆公的支持，最后在秦国帮助下，回国即位。他在秦期间，一方面已有返国执政建立霸业的雄心，另一方面他还得依靠秦国的力量，所以在怀嬴发怒一节，显出了对秦的谦恭。

  这整篇的描写中，不但刻画出重耳这样一个人物的成长过程，也写出了他的从者对他的影响和熏陶，尤其是狐偃、赵衰二人的作用尤为突出。在这里，写重耳的经历，其实也写出了当时各诸侯国的形势。在重耳流亡所经的各国中，凡礼遇他的齐、宋诸国，后来都得到了回报；而轻慢他的曹、卫和郑国也都遭到了报复。这看起来似乎是出于个人的恩怨，不过通观《左传》中前后文来看，凡礼遇他的齐、宋，都和楚国间存在矛盾，而曹、卫等国在当时却和楚国有一定的联系。因此这段文字在一定程度上预示了后来晋楚争霸的局面。所以重耳在对答楚成王时，已提到了"晋楚治兵，遇于中原"的话。

[评析]

　　晋文公是春秋时代一位比较杰出的君主，也是《左传》中最着重描写的人物之一。在春秋时代的许多君主中，晋文公的才能显然是比较突出的，但这个人物的性格并非天然形成的，他有一个在种种磨难和挫折中逐渐成长的过程。当他自狄至齐路过卫国五鹿向郊野之民乞食时，"野人与之块。公子怒，欲鞭之"，这一情节就说明他当时还很不成熟，不但缺乏涵养，而且还显出贵族公子的习性。这种行为自然难于成就大业，而狐偃说是"天赐"，叫他"稽首受而载之"，虽然有点迷信色彩，却制止了他的过失。特别是当他在齐国时，生活较为安定，他又贪恋起这种生活来，幸亏狐偃和姜氏都深知这种安逸对他的前途并无好处，设计把他灌醉并送出齐国，这显然不合他的心愿，以致"醒，以戈逐子犯"。狐偃是他舅舅，他甚至操戈相向，说明他对此极为不满。这个细节说明了重耳还不成熟，还贪图安逸。不过这也很合乎情理。因为他毕竟是贵公子出身，流浪在外十几年，中间还要提防晋国派人来追杀，有时甚至要向郊野之人去乞食且不免受到轻慢。在这种情况下，当他在齐国得到一种比较安逸的生活时，有所留恋而不愿离开，也不难理解。这个细节更显示了晋文公性格的一个方面，使这个人物形象愈显丰满和真实。从此以后，经过在曹、宋、郑、楚诸国的历练，他愈来愈趋于成熟，最终成为一位霸主。这是一个真实的历史人物的成长过程，写的都是真事，并无虚构，但其形象却给历来的读者留下了深刻的印象。清初人魏礼曾评此文，并和《史记·信陵君列传》对比，指出此篇"用数十'公子'字，中写公子英发处，骄而易怒处，好色处，随地安乐处，易恐惧处，一一是公子行径，写得生动绰落"。他认为此文和《史记》的妙处，正在连用几十个"公子"字样，"若用别样称呼，文章便减却神采也"。魏礼作为著名的散文家，他对作文的甘苦是深有体会的，这段评语可说是切中要害。

郑公子归生告晋赵盾

晋侯蒐于黄父,①遂复合诸侯于扈,②平宋也。③公不与会,齐难故也。④书曰"诸侯",无功也。⑤于是晋侯不见郑伯,⑥以为贰于楚也。郑子家使执讯而与之书,⑦以告赵宣子曰⑧:"寡君即位三年,召蔡侯而与之事君。⑨九月,蔡侯入于敝邑以行。⑩敝邑以侯宣多之难,⑪寡君是以不得与蔡侯偕。十一月,克减侯宣多,而随蔡侯以朝于执事。⑫十二年六月,归生佐寡君之嫡夷,⑬以请陈侯于楚而朝诸君。⑭十四年七月,寡君又朝以蒇陈事。⑮十五年五月,陈侯自敝邑往朝于君。往年正月,烛之武往朝夷也。⑯八月,寡君又往朝。以陈、蔡之密迩于楚,⑰而不敢贰焉,则敝邑之故也。虽敝邑之事君,何以不免。在位之中,一朝于襄,而再见于君。⑱夷与孤之二三臣相及于绛。⑲虽我小国,则蔑以过之矣。⑳今大国曰'尔未逞吾志',敝邑有亡,无以加焉。古人有言曰:'畏首畏尾,身其余几。'又曰:'鹿死不择音。'㉑小国之事大国也,德则其人也,不德则其鹿也。铤而走险,㉒急何能择?命之罔极,㉓亦知亡矣。将悉敝赋以待于鯈,㉔唯执事命之。文公二年六月壬申,朝于齐,㉕四年二月壬戌,为齐侵蔡,亦获成于楚。㉖居大国之间而从于强令,岂其罪也?大国若弗图,无所逃命!"㉗晋巩朔行成于郑,㉘赵穿、公婿池为质焉。㉙

(选自《左传·文公十七年》)

[注释]

①晋侯：指晋灵公姬夷皋。蒐（sōu）：检阅军队。黄父：地名，属晋，故地在今山西沁水县西北。

②扈：地名，属郑，故地在今河南原阳县西。

③平宋也：平宋国之乱。按：上年宋人弑其君昭公子杵臼。

④公：指鲁文公姬兴。齐难：指上年齐伐鲁。

⑤"书曰"二句：指《春秋》有"晋人、卫人、陈人、郑人伐宋"语，是刺其无功。

⑥郑伯：指郑穆公姬兰。

⑦执讯：负责诸侯间互通音讯的官员。

⑧赵宣子：指晋卿赵盾，宣子是他的谥号。

⑨寡君：指郑穆公。即位三年：即鲁文公二年（前625）。蔡侯：指蔡庄侯姬甲午。事君：服事晋君（襄公）。

⑩"蔡侯"句：指蔡侯经郑国去朝晋。

⑪侯宣多：郑大夫，以立郑穆公而专权。

⑫执事：管事的人。这是婉言，实指晋君。

⑬归生：即子家之名。嫡：正妻所生之子。夷：郑穆公子，即后来的灵公。

⑭陈侯：指陈共公妫朔。时陈服于楚，故请于楚而朝晋。

⑮蒇（chǎn）：完成。指完成使陈朝晋之事。

⑯"烛之武"句：烛之武：郑大夫。这句说烛之武辅世子夷朝晋。

⑰密迩：贴近。

⑱"一朝"二句：指郑穆公曾一次朝见晋襄公，二次朝见晋灵公。

⑲绛：地名，晋的都城，在今山西绛县。

⑳ 蔑以过之：无法再超过。

㉑ 鹿死不择音：据杜预说，"音"为"荫"的同音假借，指鹿死时不再选择荫庇之处，又服虔说，鹿将死亡，慌忙中不复选择好听的声音。按：《庄子·人间世》："兽死不择音，气息茀然，于是并生心厉。"唐成玄英疏："夫野兽困窘迫之穷地，性命将死，鸣不择音，气息茀郁，心生疵疾，忽然暴怒，搏噬于人。"从文意看，服说较胜。

㉒ 铤（tǐng）：通"逞"，飞速奔跑的样子。

㉓ 命之罔极：说晋国的要求毫无极限。

㉔ 敝赋：敝国的军队。儵：地名，晋郑二国的边界。地点待考。

㉕ "文公二年"两句：指郑文公二年即鲁庄公二十三年郑朝于齐，当时齐桓公为盟主。

㉖ "四年"三句：指鲁庄公二十五年，郑奉齐命侵蔡，亦与楚达成协议。（按：此事不见《春秋》和《左传》。）

㉗ 无所逃命：犹言不可避免。

㉘ 巩朔：晋大夫。

㉙ 赵穿：晋卿。公婿池：晋君（当是晋襄公）之婿。日本竹添光鸿以为"公婿"是姓，似无据。有的学者以为灵公婿，恐非。文公七年，灵公尚在其母穆嬴怀抱，至此凡十一年，未必有婿。又文公十二年传，秦人谓赵穿晋君之婿，当亦襄公婿，计此时灵公不足十岁，岂能有婿？

[串讲]

自鲁僖公二十八年晋楚城濮之战后，晋楚两国争霸，经常为争夺中原各小国而争战，郑国尤其是双方争夺的焦点，后来的邲之战和鄢陵之战都由此引起。当时位居中原的一些小国的处境颇为困难，倾向于楚，就引起晋国的不满；倾向于晋，则引起楚国的反感。这些大国往往用武力威胁小国。至于小国也只能两边敷衍，避免冲突。然而大国的要求往往没有边限，像这时的晋国，就只许郑国归向自己，而不许它对楚有所妥协。这自然是郑国难以做到的。事实上这时晋国的几次盟会，郑国都已参加，尤其此次会盟地点在扈，本郑地，而晋君还是不见郑君，这显然是很傲慢的行为。郑国在万无可奈的情况下，不得不提出抗议。文中历叙自郑穆公即位以来，郑国不断朝见晋君，并促使陈蔡二国一起事晋的经过，处处讲的是事实，据理力争，最后使晋国改变态度，安抚郑国。

[评析]

《左传》中所载外交辞令历来被人们视为政论文的典范之作。这篇文章是一个小国受到大国压迫，在忍无可忍的情况下发出的抗议。文中列举许多事实，说明对晋国之服事，郑国已经做到了尽心竭力的程度。在叙述这些事例时，可谓毫无虚饰，确是以理服人。由于郑国多年以来备受欺凌，公子归生心中积累了无数怨气，所以如实讲来，笔锋带有强烈的感情。如果把此文和后面选录的《吕相绝秦》同读，便可以发现二者风格迥异，尽管两文都是外交辞令，都能言善辩，措辞委婉，但此文说得更理直气壮，给人以深刻的印象，《吕相绝秦》则不免有歪曲事实、强词夺理之处。这是由于此文是以弱对强，而《吕相绝秦》则为强强对话。这两篇文章都是名作，反映了在不同场合下的不同措辞，代表了《左传》中"辞令之文"的两种不同风格。

晋楚邲之战

夏六月，晋师救郑，荀林父将中军，先縠佐之，士会将上军，郤克佐之，赵朔将下军，栾书佐之；赵括、赵婴齐为中军大夫，巩朔、韩穿为上军大夫，荀首、赵同为下军大夫，韩厥为司马。及河，闻郑既及楚平，桓子欲还，①曰："无及于郑而勦民，②焉用之？③楚归而动，不后。"④随武子曰⑤："善，会闻用师观衅而动，⑥德刑政事典礼不易，⑦不可敌也。不为是征。⑧楚君讨郑，怒其贰而哀其卑，⑨叛而伐之，服而舍之，德刑成矣。伐叛，刑也，柔服，德也，二者立矣。昔岁入陈，⑩今兹入郑，民不罢劳，君无怨讟，⑪政有经矣。⑫荆尸而举，⑬商农工贾，不败其业，而卒乘辑睦，事不奸矣。⑭蒍敖为宰，⑮择楚国之令典。⑯军行，右辕，左追蓐，⑰前茅虑无，⑱中权，⑲后劲。⑳百官象物而动，㉑军政不戒而备，能用典矣。其君之举也，内姓选于亲，外姓选于旧，举不失德，赏不失劳，老有加惠，旅有施舍。君子小人，物有服章。贵有常尊，贱有等威，礼不逆矣。德立、刑行、政成、事时、典从、礼顺，若之何敌之？见可而进，知难而退，军之善政也。兼弱攻昧，武之善经也。㉒子姑整军而经武乎，㉓犹有弱而昧者，何必楚？仲虺有言曰：'取乱侮亡。'㉔兼弱也。《汋》曰：'於铄王师，遵养时晦。'㉕耆昧也。㉖《武》曰：'无竞惟烈。'㉗抚弱耆昧以务烈所，㉘可也。"彘子曰：㉙"不可！晋所以霸，师武，臣力也。㉚今失诸侯，不可谓力；有敌而不从，不可谓武。由我失霸，不如死。且成师以出，闻敌强而退，非夫也。㉛命以军帅，而卒以非夫，惟群子能，我弗为也。"以中军佐济。㉜知庄子曰㉝："此师殆哉！《周易》有之，在《师》䷆之《临》䷒曰：'师出以律，否臧凶。'㉞执事顺成为臧，逆为否。众散为弱，川壅为泽，有律以如己也。㉟故曰律。否臧，且律竭也，盈而以竭，夭且不整，㊱所以凶也。不行谓之《临》，㊲有帅而不从，临孰甚焉，此之谓矣。果遇必败，彘子尸之，㊳虽免而归，必有大咎。"韩献子谓桓子曰㊴："彘子以偏师陷，子罪大矣。子为元帅，师不用命，谁之罪也。失属亡师，㊵为罪已重，不如进也，事之不捷，恶有所分。与其专罪，六人同之，㊶不犹愈乎？"师遂济。

[注释]

①桓子：即荀林父，当时晋国的正卿和主将。"桓子"是他死后的谥号。

②剿（jiǎo）民：劳使民众。

③焉：疑问代词。"焉用之"即"有什么用"的意思。

④"楚归"二句：意为等楚军回去后再出动，也不算晚。

⑤随武子：即士会，晋卿。"武子"是他死后的谥号。

⑥"会闻"句：衅（xìn）：裂缝。这句是说用兵的人要看到敌方的可乘之机才发动攻击。

⑦不易：无所变易。这里指能守其常道，并无缺失。

⑧不为是征：这句承上句而言，意为对方在"德""刑"等六个方面并无缺失，不能加以征讨。

⑨楚君讨郑：指本年春楚庄王讨伐郑国。贰：指郑国此前曾与楚达成

和解，后郑君又逃盟而归及打败楚兵之事。卑：指郑君肉袒牵羊向楚王投降之事。

⑩昔岁入陈：指上一年楚庄王讨伐陈国之事。

⑪"君无"句：怨讟（dú）：怨言。这句指楚人对庄王没有怨言。

⑫经：常，指其政事不失正道。

⑬荆尸：指楚兵布阵之法，这种法式为庄王的祖先楚武王所定。举：指出兵。

⑭奸（gān）：犯。指违反正道。

⑮芳（wěi）敖：人名，即孙叔敖，楚令尹。宰：令尹。

⑯令典：法令典宪。

⑰"军行"三句：古代的军队，每辆战车配有步兵七十二人，分随车的两侧，军队行进时，处于战车右侧的步兵，手持武器以备突然事件，处于左侧的兵则准备宿营时供睡觉之用的草。蓐：草垫子。

⑱"前茅"句：指行军时斥候部队先行，以备不测。见敌情则举为号，以通知大部队。茅：通"旄"，旗子。虑无：指思虑不到的事。

⑲中权：指中军主将制定作战大计。

⑳后劲：指以精兵断后。

㉑"百官"句：古代各级官员都载有旗帜，旗上画有不同之物，以象征其职责。这句是说各级官员均按其职守去行动。

㉒兼弱：兼并弱国。攻昧：攻伐政治昏暗之国。善经：良好的法子。

㉓经武：整治武装。

㉔仲虺：殷商开国君主汤的贤臣。"取乱侮亡"句当出自逸《书》，后来人取入伪古文《尚书·仲虺之诰》。

㉕《汋（zhuó）》：《诗经·周颂》篇名（今《诗经》作《酌》）。於（wū）：叹美之辞。铄：美好。遵养时晦：意为周武王能遵循天道，静

待纣的恶积累多了，再来讨伐。

㉖耆昧也句：耆：致。这句说武王致讨于昏暗之国。

㉗"《武》曰"句：《武》：《诗经·周颂》篇名。无竞惟烈：竞：疆，穷尽。无竞：意为无穷尽。烈：功业。这句是说武王建立了无穷之业。

㉘"抚弱"句：抚弱：当与前引仲虺所说"兼弱"的意思相同。唐孔颖达以为说"抚弱"指"抚养而取之"，"未必皆攻伐以求池"。这句说晋国应学武王之"兼弱攻昧"，以成功业，不必与楚争强。

㉙彘（zhì）：地名，今山西霍州市，当时属晋。彘子：即先縠，晋卿，其封地为彘，故称"彘子"。

㉚师武：军队勇猛。臣力：群臣尽力。

㉛非夫也：犹今言"不是大丈夫"。

㉜以中军佐济：指先縠率领他部下的官员和军队渡过黄河。他当时是中军佐（副帅），统有部分兵力。

㉝知庄子：即荀首，他的封邑为"智"（在今山西临猗县西南一带），"庄子"是他的谥号。

㉞"师出"二句：见《周易·师卦》初六爻辞，意为行军靠纪律，纪律不好就会遭遇凶祸。指先縠不从荀林父意见，擅自引兵渡河。否（pǐ）臧：不能遵守纪律。臧：善。

㉟"川壅"二句：川壅为泽：这句指上文所引《周易》中的《师》《临》二卦而言。《师卦》为☷（坎下坤上），《临卦》为☷（兑下坤上）；在《周易》中坎为水，指河流，兑指泽，即沼泽。河流壅堵而成沼泽，象征法令不能畅行。法令不行，各人按照自己的意志行事，故言"有律以如己"（虽有法令而各自行其意）。

㊱"否臧"四句：竭：败坏。天：阻塞。这几句说法令败坏就像水

流遇阻塞而枯涸。

㊲不行谓之《临》：水不流行，川壅为泽，这就成了《临卦》。

㊳尸之：对这罪行负责。

㊴韩献子：即韩厥。"献子"是他的谥号。

㊵属：附属于晋之国，指郑。

㊶六人同之：指让先縠、士会、郤克、赵朔与栾书五人即中军佐及上、下军将佐和主帅荀林父共负战败之责。

楚子北师，次于郔。㊷沈尹将中军，子重将左，子反将右，将饮马于河而归。闻晋师既济，王欲还，嬖人伍参欲战，㊸令尹孙叔敖弗欲，曰："昔岁入陈，今兹入郑，不无事矣。战而不捷，参之肉其足食乎？"参曰："若事之捷，孙叔为无谋矣。不捷，参之肉将在晋军，可得食乎？"令尹南辕反斾，㊹伍参言于王曰："晋之从政者新，未能行令。其佐先縠刚愎不仁，未肯用命。其三帅者专行不获，听而无上，众谁适从？㊺此行也，晋师必败。且君而逃臣，若社稷何？"王病之，告令尹，改乘辕而北之，次于管以待之。㊻

晋师在敖鄗之间，㊼郑皇戌使如晋师曰："郑之从楚，社稷之故也，未有贰心。楚师骤胜而骄，其师老矣，而不设备。子击之，郑师为承，㊽楚师必败。"彘子曰："败楚服郑，于此在矣，必许之。"栾武子曰㊾："楚自克庸以来，㊿其君无日不讨国人而训之：㉛于民生之不易，祸至之无日，㉜戒惧之不可以怠。在军，无日不讨军实而申儆之：㉝于胜之不可保，纣之百克而卒无后。㉞训之以若敖、蚡冒，筚路蓝缕以启山林。㉟箴之曰㊱：'民生在勤，勤则不匮。'㊲不可谓骄。先大夫子犯有言曰：㊳'师直为壮，曲为老。'我则不德而徼怨于楚，(59)我曲楚直，不可谓老。其君之戎，分为二广，广有一卒，(60)卒偏之两。(61)右广初驾，数及日中；左则受之，以至于昏。(62)内官序当其夜，(63)以待不虞，不可谓无备。子良，(64)郑之良也，师叔，楚之崇也。(65)师叔入盟，子良在楚，楚郑亲矣。来劝我战，我克则来，不克遂往，以我卜也。郑不可从。”赵括、赵同曰：“率师以来，唯敌是求，克敌得属，又何俟？必从彘子。”知季曰(66)：“原、屏，咎之徒也。”(67)赵庄子曰(68)：“栾伯善哉，实其言必长晋国。”(69)

楚少宰如晋师，曰：“寡君少遭闵凶，不能文。(70)闻二先君之出入此行也，(71)将郑是训定，岂敢求罪于晋？二三子无淹久。”随季对曰：“昔平王命我先君文侯曰(72)：‘与郑夹辅周室，毋废王命。’今郑不率，(73)寡君使群臣问诸郑，岂敢辱候人，(74)敢拜君命之辱。”彘子以为谄，使赵括从而更之，曰：“行人失辞，寡君使群臣迁大国之迹于郑，曰：‘无辟敌！’群臣无所逃命。”(75)

[注释]

㊷北师：引军北进。郔（yán）：古地名，属郑，在今河南郑州市南。

㊸嬖（bì）人：被宠幸的人。

㊹南辕反旆（pèi）：把车辕朝南，旗子转过方向，意欲退还楚国。

㊺晋之从政者：指荀林父。新：指执政时间还短。三帅：指先縠、赵同和赵括。专行不获：指先縠和二赵身非主帅，还不能做到独断专行。听而无上：指晋军将士若听从先縠之命，则为不服上级（主帅荀林父）。众谁适从：指众军不知听从谁为是。

㊻管：古地名，在今河南郑州市附近。

㊼敖鄗（qiāo）：二山名，在今河南荥阳市西北。

㊽承：后继。

㊾栾武子：即栾书，“武子”是他的谥号。

㊿庸：春秋时古国名，故地在今湖北竹山县西。克庸：指春秋鲁文公十六年（前611），楚庄王灭庸。

(51)讨：治，指以训导之法治国人。

(52)祸至之无日：指灾祸的到来，其日期不可预测。意谓当时刻戒备。

(53)申儆：反复告诫。

(54)纣之百克而卒无后：商代的纣王曾多次战胜而终于灭亡，无后继者。

(55)若敖、蚡（fén）冒：楚君的两位祖先。筚路：柴车。蓝缕：穿着破衣。形容楚国祖先之贫困和勤俭。以启山林：开发山林以建国。

(56)箴：告诫。

(57)匮：穷乏。

(58)先大夫：已故的大夫。子犯：即狐偃，见前。

(59)徼（yāo）：招致。

(60)广（guàng）：春秋时楚国军制，楚王的亲兵分为二“广”，每“广”有兵车十五乘。卒：步兵百人为“一卒”。

(61)偏：战车二十五乘为“偏”。两：军队二十五人为“两”。

(62)“右广”四句：这几句说楚王出征，先乘右广的兵车，直到中午；让右广休息而乘左广的兵车，直到黄昏。

(63)内官：楚王的近臣。序当其夜：轮流值夜。

(64)子良：郑大夫、郑君之弟。

(65)师叔：楚大夫潘尪（wāng）字。崇：尊贵的人。

(66)知季：即知庄子荀首。

(67)原：指赵同。屏：指赵括。咎之徒也：意思是和先縠一样必然招祸。

⑱赵庄子：即赵朔，"庄子"是他的谥号。

⑲栾伯：指栾书。实其言：能实践他的话。长晋国：指执晋国之政。

⑳少遭闵凶：楚庄王父穆王在位十二年，"闵凶"大约指丧父。不能文：缺少文采。

㉑二先君：指庄王之祖成王及父穆王。出入此行：指往来于郑地。

㉒随季：即随武子士会。平王：指周平王姬宜臼。文侯：指晋文侯姬仇。

㉓不率：指郑不遵循周平王之命。

㉔候人：指楚军中的斥候诸人。其实这是谦辞，不明言楚王。

㉕迁大国之迹于郑：即消灭楚国在郑的势力。辟：同"避"。无所逃命：无法违反命令。

楚子又使求成于晋，晋人许之，盟有日矣。楚许伯御乐伯，摄叔为右，以致晋师。㉖许伯曰："吾闻致师者，御靡旌摩垒而还。"㉗乐伯曰："吾闻致师者，左射以菆，㉘代御执辔，御下两马，掉鞅而还。"㉙摄叔曰："吾闻致师者，右入垒折馘㉚执俘而还。"皆行其所闻而复。晋人逐之，左右角之。乐伯左射马而右射人，角不能进，㉛矢一而已，麋兴于前，射麋丽龟。㉜晋鲍癸当其后，㉝使摄叔奉麋献焉。曰："以岁之非时，献禽之未至，敢膳诸从者。"㉞鲍癸止之，曰："其左善射，其右有辞，君子也。"既免。㉟

晋魏锜求公族，未得而怒，欲败晋师，请致师，弗许，请使，许之。遂往，请战而还。楚潘党逐之，及荧泽，㊱见六麋，射一麋以顾献。曰："子有军事，兽人无乃不给于鲜，敢献于从者。"叔党命去之。赵旃求卿未得，且怒于失楚之致师者，请挑战，弗许，请召盟，许之。与魏锜皆命而往。郤献子曰："二憾往矣，(87)弗备必败。"彘子曰："郑人劝战，弗敢从也，楚人求成，弗能好也，师无成命，多备何为？"士季曰："备之善。若二子怒楚，楚人乘我，丧师无日矣。不如备之。楚之无恶，除备而盟，何损于好。若以恶来，有备不败。且虽诸侯相见，军卫不彻，警也。"(88)彘子不可。士季使巩朔、韩穿帅七覆于敖前，(89)故上军不败，赵婴齐使其徒先具舟于河，故败而先济。潘党既逐魏锜，赵旃夜至于楚军，席于军门之外，使其徒入之。(90)楚子为乘广三十乘，分为左右。右广鸡鸣而驾，日中而说。(91)左则受之，日入而说。许偃御右广，养由基为右；彭名御左广，屈荡为右。乙卯，王乘左广以逐赵旃，赵旃弃车而走林，屈荡搏之，(92)得其甲裳。晋人惧二子之怒楚师也，使軘车逆之。(93)潘党望其尘，使骋而告曰："晋师至矣！"楚人亦惧王之入晋军也，遂出陈。孙叔曰："进之，宁我薄人，(94)无人薄我。《诗》云：'元戎十乘，以先启行。'(95)先人也。《军志》曰：'先人有夺人之心。'薄之也。"遂疾进师，车驰卒奔，乘晋军。桓子不知所为，鼓于军中曰："先济者有赏。"中军下军争舟，舟中之指可掬也。晋师右移，上军未动，工尹齐将右拒卒以逐下军。(96)楚子使唐狡与蔡鸠居告唐惠侯，(97)曰："不穀不德而贪，以遇大敌，不穀之罪也。然楚不克，君之羞也。敢借君灵以济楚师。"(98)使潘党率游阙四十乘从唐侯，(99)以为左拒，以从上军。驹伯曰："待诸乎？"(100)随季曰："楚师方壮，若萃于我，吾师必尽，不如收而去之。分谤生民，(101)不亦可乎。"殿其卒而退，不败。

[注释]

⑯以致晋师：向晋军挑战。这是楚方的策略，一面和谈，一面又派单军挑战，以免示弱。

⑰御靡旌：御者驾车疾驱。摩垒：逼近敌方营垒。

⑱左：指战车中左边的人，他职掌射箭。菆（zōu）：好箭。

⑲"代御"三句：指"左"代御车者执辔（马络头），而御者下车调整马匹整顿缰绳，因为挑战时车右要下车入敌垒抓俘虏（见下），而"左"及御者在敌营外等待，故意示以闲暇。

⑳折馘（guó）：抓住战俘割去其耳朵以献功。

㉑角：追逐者。

㉒丽：附着。龟：指动物背脊上骨隆起之处。即射中麋背。

㉓鲍癸：晋大夫，参加追逐乐伯等人，正当其后。

㉔"以岁之非时"三句：这次战役发生在夏历四月，还不到兽人之官献猎获物之时，所以用这麋献给鲍癸的从者充膳食。

㉕鲍癸止之：鲍癸命令御者停止追赶。免：脱身。

㉖魏锜：晋大夫。潘党：楚潘尪子、亦即下文之"叔党"。荥泽：水泽名，在今河南荥阳市东北。

㉗二憾：指魏锜和赵旃。

㉘彻：除去。警：戒备。

㉙士季：即士会。七覆：七支伏兵。敖：敖山，当时晋军所驻处。

㉚"席于军门之外"二句：布席而坐于楚军军门外，以示无所畏惧，赵旃派他的部属进入楚军捉俘虏。

㉛说（shuì）：休息。

㉜搏之：下车抓捕赵旃。

㉝屯（tún）车：兵车的一种，用于屯守。

先秦散文选 | 31

(94)进之：进军向前。薄：搏击。

(95)《诗》：指《诗经·小雅·六月》。元戎：兵车。“元戎”二句即见于《六月》篇中。

(96)工尹齐：楚大夫。右拒：楚军阵名。

(97)唐狡与蔡鸠居：二人皆楚大夫。唐惠侯：唐国君主，“惠侯”是他的谥号。唐国乃附属于楚的小国，故地在今湖北随州市西北。

(98)借：假借。灵：福佑。济：成就。

(99)游阙：备补缺之用的战车。

(100)驹伯：即上军佐郤克。一说为郤克子郤锜。待诸乎：指要不要迎击唐侯的军队。

(101)分谤生民：指分担战败之责而撤军，使民众得不死。

王见右广，将从之乘。(102)屈荡户之曰(103)：“君以此始，亦必以终。”自是楚之乘广先左。晋人或以广队，(104)不能进，楚人惎之脱扃。(105)少进，马还，又惎之拔旆投衡，(106)乃出。顾曰：“吾不如大国之数奔也。”(107)赵旃以其良马二济其兄与叔父，以他马反，遇敌，不能去，弃车而走林。逢大夫与其二子乘，谓其二子无顾，顾曰：“赵傁在后。”(108)怒之，使下，指木曰：“尸女于是。”(109)授赵旃绥以免。(110)明日，以表尸之，皆重获在木下。(111)楚熊负羁囚知䓨，(112)知庄子以其族反之，(113)厨武子御，(114)下军之士多从之。每射，抽矢菆，纳诸厨子之房。(115)厨子怒曰：“非子之求，而蒲之爱，(116)董泽之蒲可胜既乎？”(117)知季曰：“不以人子，吾子其可得乎？(118)吾不可以苟射故也。”射连尹襄老，获之，遂载其尸。射公子榖臣，(119)囚之，以二者还。及昏，楚师军于邲。(120)晋之余师不能军，宵济，亦终夜有声。

丙辰，楚重至于邲，遂次于衡雍。[122]潘党曰："君盍筑武军,[122]而收晋尸以为京观。[123]臣闻克敌必示子孙，以无忘武功。"楚子曰："非尔所知也。夫文，止戈为武。武王克商，作《颂》曰：'载戢干戈，[124]载櫜弓矢。我求懿德，[125]肆于时夏，[126]允王保之。'[127]又作《武》,[128]其卒章曰：[129]'耆定尔功。'[130]其三曰：'铺时绎思,[131]我徂惟求定。'[132]其六曰：'绥万邦,[133]屡丰年。'[134]夫武，禁暴戢兵，保大定功，安民和众，丰财者也。故使子孙无忘其章。今我使二国暴骨，暴矣。观兵以威诸侯，兵不戢矣。暴而不戢，安能保大？犹有晋在，焉得定功？所违民欲犹多，民何安焉？无德而强争诸侯，何以和众？利人之几,[135]而安人之乱，以为己荣，何以丰财？武有七德，我无一焉，何以示子孙？其为先君宫，告成事而已，武非吾功也。古者明王伐不敬，取其鲸鲵而封之,[136]以为大戮，于是乎有京观以惩淫慝。今罪无所，而民皆尽忠以死君命,[137]又何以为京观乎？"祀于河,[138]作先君宫，告成事而还。

（选自《左传·宣公十二年》）

[注释]

⑩将从之乘：指楚庄王本乘"左广"的战车，现在想改乘"右广"。

⑩户：阻止。

⑩"晋人"句：广：兵车。队（zhuì）：坠落。这句说晋军载大旗的兵车陷于坑中。

⑩綦（jì）：教。扃（jiōng）：车上横木，用以固定旗子或兵器。脱扃：除去横木，以便消除障碍，脱出陷坑。

⑩"马还"二句：马还：指马打转不进。旆：大旗。衡：马颈上横

木。这两句说车陷坑中,马无力把车拉出,所以打圈子不能前进,楚人教他拔出大旗,把它放在驾马的横木上,以减轻风力影响。一说,是既拔去大旗,又丢弃横木,以减轻重量,脱出陷坑。

⑩数(shuò)奔:多次战败逃奔。

⑩逢大夫:晋大夫,逢是他的姓氏。傁:同"叟",对老人的尊称。

⑩指木:指着林中树木。尸女于是:在这里寻求你们的尸体。按:逢大夫本不想救赵旃,所以不叫儿子回头看望,儿子们回头后,逢大夫认为已被赵旃看见,只能叫儿子下车去救赵旃。

⑩绥:驾车用的绳索。

⑪以表尸之:根据所做的标记去寻找逢大夫二子的尸体。重获在木下:在树下找到二人尸体。

⑫知䓨:晋荀首之子。

⑬反之:还转过来再进行战斗。

⑭厨武子:即魏锜。"厨"是他的封邑,地待考。

⑮抽矢菆:选取好箭。房:装箭的袋。

⑯蒲:柳条,用以作箭。

⑰董泽:湖沼名,在今山西闻喜县东北。可胜既乎:能用得尽吗?

⑱"不以"二句:意谓不用好箭射楚国贵人之子做人质,我不可能找到我的儿子。

⑲连尹襄老:楚大夫。连尹:官名,连地县尹。公子穀臣:楚王之子。

⑳邲(bì):地名,春秋时属郑,故地在今河南荥阳市东北。

㉑衡雍:地名,春秋时属郑,故地在今河南原阳县境内。

㉒武军:军营。

㉓京观:把晋军尸体堆积起来,上面盖上土以示后人,谓之"京

观"。

㉔《颂》：指《诗经·周颂》。载：语气词。戢：止息。

㉕懿德：长久而美好之德。

㉖"肆于"句：肆：实行。时：是。夏：大。此句说武王想以美德行于天下。

㉗"允王"句：允：确实。这句说王如能确切实行，即能久保天下。以上这几句诗见《周颂·时迈》。

㉘《武》：《诗经·周颂》篇名。

㉙卒章：末章。

㉚"耆定"句：耆：达到。这句说完成了功业。

㉛其三：第三篇。指《诗经·周颂·赉》。按：此处论《诗经》次序与今本有不同。"铺时"句：铺：布。绎：连绵。这句说颁发政令使之永久坚持。

㉜徂：往。指武王出征为求安定。

㉝其六：第六篇，指《诗经·周颂·桓》。绥：安定。

㉞屡丰年：称颂武王平定天下后屡获丰收，顺乎天意。

㉟利人之几：乘他人之危以求利。

㊱鲸鲵：两种大鱼之名，古人以为它们吞食小鱼，以此比喻巨奸大憝。

㊲今罪无所：现在战死的晋兵并无罪。尽忠以死君命：为国君之命尽忠而死。

㊳祀于河：向黄河致祭。按：楚国在南方，势力范围很少到黄河，此次胜晋，已到黄河岸边，故致祭。

[串讲]

晋、楚二国是春秋时期两个最强盛的大国，长期在中原争霸，先后发生过三次大战，其中前此的城濮之战（僖公二十八年）和后此的鄢陵之战（成公十六年）是晋国取得胜利，而此战则为楚国得胜。从实力上来看，这两个大国可谓旗鼓相当，谁也不能轻易取胜。因此在战前，两国的臣子中都不断有人出来反对用兵，然而迫于形势，两国还是打了起来。在这种情况下，决定战争胜利的主要因素往往不在于个别人的勇猛好斗，而在于各方诸统帅的团结协作和他们对当时形势的正确估计。《左传》中写了许多次战争，往往都是着重写这些方面，而较少着眼于具体的厮杀情景，关于这次邲之战的记述，尤其如此。

这次战争的起因在于晋楚二国争夺对郑国的控制权，这种矛盾存在已久。当时的形势是：楚国正在庄王统治时期，内政修明，前此已平定了楚国的内乱，并征服了陈国，势力不断向北推进。面对楚国的强大，长期称霸中原的晋国自然不会甘心。但晋国执政诸臣中由于争权而互相不和，主帅荀林父掌权不久，对其他将领不能有效驾驭，副帅先縠是个刚愎自用，昧于形势，不能和衷共济的人。荀林父对楚方的情况有较清醒的估计，所以不愿开战，和他意见相同的有上军将士会、下军佐栾书和下军大夫荀首等，他们都看到楚军有很好的训练和戒备，难于取胜。但先縠则一味强调"由我失霸，不如死"，盲目进军，置晋军于危险的境地，而荀林父对他并没有约束力。还有赵同、赵括也和先縠持同一见解。至于赵旃和魏锜，更是因为对执政者有怨恨，故意想陷晋军于败局。这种情况说明了晋军内部矛盾重重，决定了他们难免陷于战败。本文开始的部分就着重写晋军诸将的不同意见，显示出他们战败的必然性。

文中写战前楚军情况比较概括，这是因为楚方并无晋方营垒中那些复杂的矛盾。自然，楚国君臣在和战问题上也有不同看法。楚庄王和令尹孙叔敖都不想动武，只有楚王的嬖幸之臣伍参主战。应当承认：伍参对晋军内部的矛盾有着清醒的估计，但楚王和孙叔敖不愿交战并非出于他们对形势缺乏了解，而是出于慎重。因为晋毕竟是楚唯一的强敌，有识见的执政者谁都不愿轻易挑起战端。但当战争一打起来，楚王和孙叔敖都能采取确当的战术，终于取胜。这和先縠等人的愚昧鲁莽形成鲜明对比。

在写到此次战役的过程时，写到晋楚曾有避免交战的可能，但最终没有实现，这和魏锜、赵旃等人的行为有很大关系。文中具体描述作战的文字很少，但写晋军失败后狼狈逃窜的情况则很具体，"中军、下军争舟"，"晋之余师不能军"等情节给人以深刻印象。写荀罃被楚军所俘后，荀首率其族人回头进击楚军，说明晋方并非实力不如楚，其失败全在于将帅不和，军令不一。文章最后部分写楚庄王在战胜后的言论和措施，更说明他是一位有识见的英主，其成为一代霸主绝非偶然。

[评析]

《左传》作为一部史传文学巨著，记述了春秋二百多年间大大小小的各次战争。这许多战争的起因、过程和结果各自不同，因此书中描写每次战争，往往都能抓住各自的特点，并无雷同。邲之战在晋楚三次大战中，记述最为详细，在所有的战争描写中亦以此战情况写得最为充分。

首先，此战起因为晋、楚争夺郑国，而楚胜晋败则由于晋方将领不和及军令不统一。文中着重描写了战前晋军将领的意见分歧，把晋军诸将分为主战和反对动武的两派，其中主战一派其实只是强调"不可失霸"，不愿"闻敌强而退"。反对动武的一派，则能对形势作充分的分析，尤其是士会和栾书二人对楚方的了解颇为清楚。从表面看来，此文似乎着重写晋方，而对楚方情况写得比较简略，其实关于楚军的情况，已通过士会、栾书二人之口说了出来，所以不必重复。文中对双方人物的描写虽各有繁简，却都能体现各自的不同性格。例如晋军主帅荀林父本是不主张开战的，此战的失败在某种程度上说也不应由他负全部责任。从书中其他篇幅来看，此人亦非全无长处，但在此战中，他显然表现得很无能。他不主张作战却基本上没有指出敌我力量的对比,只说不要劳苦士兵,自然难于说服先縠等人。对于部下的议论纷纷和各行其是,他毫无办法,也没有采取什么措施,等到楚军杀来,他慌得"不知所为","鼓于军中曰'先济者有赏'",造成了中军、下军争舟之祸,充分体现了一个庸才的面目。相反地,楚方君臣完全不是这样,尽管始发开战之议者为伍参,而楚庄王及孙叔敖并不赞成,但他们是出于慎重而非怯懦,所以一到交战不可避免时,孙叔敖就挥军前进,楚庄王还亲自追击赵旃。战胜之后楚庄王的言论更显出了胜而不骄、具有远见的英主风度。

文中对具体交战的场面着墨不多,但像"舟中之指可掬也"及"晋之余师不能军,宵济,亦终夜有声"诸语,寥寥数字,充分体现了晋军惨败之状。写到晋军败退,兵车陷入泥坑,反靠楚人指点脱身之法,更烘托出其战败后的狼狈相。到脱身之后,晋人却回头说出"吾不如大国之数奔也"一语,忙中偷闲,更富风趣,也表现了晋军将士对这次失败并不服气。事实上晋方实力并不弱于楚方,这从荀䓨被俘,荀首还军再战的情况看来也很清楚,更显出晋军之败,全在将帅之不和。文中写到晋军某些人物的性格亦极传神,例如赵旃,他在军中算不得主要的指挥者,但他的表现却给人留下了深刻印象。他开始时气壮如牛:"夜至于楚军,席于军门之外,使其徒入之。"似乎一无畏惧,而当楚军出来应战时,却只得"弃车而走林",楚将屈荡"得其甲裳",最后幸赖逢大夫相救,才免于阵亡,亦显得胆小如鼠。这种描写,可谓入木三分。

吕相绝秦

夏四月戊午,晋侯使吕相绝秦,①曰:"昔逮我献公及穆公相好，②勠力同心，③申之以盟誓，重之以昏姻。④天祸晋国，文公如齐，惠公如秦。⑤无禄，献公即世，⑥穆公不忘旧德，俾我惠公用能奉祀于晋，⑦又不能成大勋，而为韩之师。⑧亦悔于厥心，用集我文公，⑨是穆之成也。文公躬擐甲胄，⑩跋履山川，逾越险阻，征东之诸侯，虞夏商周之胤而朝诸秦，⑪则亦既报旧德矣。郑人怒君之疆埸，⑫我文公帅诸侯及秦围郑。⑬秦大夫不询于我寡君，擅及郑盟。⑭诸侯疾之，将致命于秦。文公恐惧，绥靖诸侯，秦师克还无害，则是我有大造于西也。⑮

"无禄，文公即世，穆为不吊，蔑死我君，⑯寡我襄公，迭我殽地，⑰奸绝我好，伐我保城，⑱殄灭我费滑，⑲散离我兄弟，⑳挠乱我同盟，倾覆我国家。我襄公未忘君之旧勋，而惧社稷之陨，是以有殽之师，犹愿赦罪于穆公。㉑穆公不听，而即楚谋我。天诱其衷，成王陨命，㉒穆公是以不克逞志于我。

"穆、襄即世，康、灵即位，㉓康公我之自出，㉔又欲阙翦我公室，㉕倾覆我社稷，帅我蟊贼，㉖以来荡摇我边疆，我是以有令狐之役。㉗康犹不悛，㉘入我河曲，㉙伐我涑川，㉚俘我王官，㉛翦我羁马，㉜我是以有河曲之战。㉝东道之不通，㉞则是康公绝我好也。

"及君之嗣也，㉟我君景公引领西望曰㊱：'庶抚我乎！'君亦不惠称盟，利吾有狄难，入我河县，㊲焚我箕郜，㊳芟夷我农功，㊴虔刘我边陲，㊵我是以有辅氏之聚。㊶君亦悔祸之延，而欲徼福于先君献穆，使伯车来命我景公，㊷曰：'吾与女同好弃恶，复修旧德，以追念前勋。'言誓未就，景公即世，我寡君是以有令狐之会。㊸君又不祥，背弃盟誓。白狄及君同州，君之仇雠而我昏姻也。㊹君来赐命曰：'吾与女伐狄。'寡君不敢顾昏姻，畏君之威，而受命于吏。君有二心于狄，曰：'晋将伐女。'狄应且憎，是用告我。楚人恶君之二三其德也，亦来告我，曰：'秦背令狐之盟，而来求盟于我，昭告昊天上帝、秦三公、楚三王，㊺曰："余虽与晋出入，余唯利是视。"不穀恶其无成德，是用宣之，以惩不壹。'㊻诸侯备闻此言，斯是用痛心疾首，昵就寡人。㊼寡人帅以听命，唯好是求。君若惠顾诸侯，矜哀寡人，而赐之盟，则寡人之愿也。其承宁诸侯以退，㊽岂敢徼乱？君若不施大惠，寡人不佞，其不能以诸侯退矣！敢尽布之执事，㊾俾执事实图利之。"㊿

（选自《左传·成公十三年》）

[注释]

①晋侯：指晋厉公姬州蒲。吕相：即魏相，魏锜之子，晋大夫。绝秦：宣布与秦断交。

②献公：晋君，姓姬名佹诸。穆公：秦君，姓嬴名任好。

③勠力：合力，并力。

④重之以昏姻：指秦穆公娶晋献公女穆姬为夫人。

⑤"天祸"三句：指晋遭骊姬之乱，文公重耳奔狄，又去齐国；惠公夷吾奔梁，遂至秦。

⑥无禄：不幸。即世：逝世。

⑦"俾我"句：意为使惠公能回国奉祀晋的祖先。

⑧不能成大勋：指晋惠公不能安定晋国。韩之师：指鲁僖公十五年秦晋战于韩，晋惠公被秦所俘。

⑨悔于厥心：指秦穆公心中后悔。集：成就。指秦穆公援立晋文公事。

⑩ "文公"句：擐（huàn）：穿着。这句说晋文公亲自穿了盔甲。

⑪ 胤（yìn）：后代。按：晋文公做诸侯盟主，无朝秦事。

⑫ 埸（yì）：田界。

⑬ "我文公"句：指鲁僖公三十年晋及秦伐郑事，乃讨伐郑对晋文公无礼。郑无侵秦之事，此诬辞。

⑭ "秦大夫"二句：指秦穆公与郑盟而退兵，晋亦退兵事。

⑮ 大造：大功。西：指秦。

⑯ 蔑：轻视。

⑰ 寡：弱，指以襄公为软弱。迭：通"轶（yì）"。殽（xiáo）地：即崤山，在今河南洛宁县北。

⑱ 保城：据守的城邑。此亦诬秦之辞。

⑲ 殄（tiǎn）灭：灭亡。费滑：指滑国，都于费，故地在今河南偃师市东南。

⑳ 散离我兄弟：滑为姬姓之国，故晋称之为兄弟。

㉑ 殽之师：指鲁僖公三十三年晋败秦于殽事。"犹愿"句：指晋虽败秦，尚愿得秦穆公谅解。

㉒ 天诱其衷：意为上天明察。成王陨命：指鲁文公元年楚世子芈商臣（穆王）杀其父成王芈頵事。

㉓ 康、灵：指秦康公嬴罃和晋灵公姬夷皋。

㉔ "康公"句：按：康公为穆姬所生，故云"我之自出"。

㉕ 阙翦我公室：损害和削弱晋国的君主家族。按：此亦诬辞，晋襄公死后，晋臣欲立长君，迎公子雍于秦，秦人送公子雍，而晋臣因穆嬴反对，改变主意，迎击秦军，败之于令狐。

㉖ 蟊（máo）贼：本指吃庄稼的害虫，这里指公子雍。

㉗ 令狐：地名，杜预以为"在河东"。鲁文公七年，晋败秦兵于此。

㉘悛（quān）：悔改。

㉙河曲：黄河转折之处，指今山西芮城县西的风陵渡一带。

㉚涑（sù）川：即涑水，出山西闻喜县至山西永济市境入黄河。

㉛王官：地名。鲁文公三年秦人伐晋，取王官。杜注谓晋地。

㉜羁（jī）马：地名，属晋，大约在今山西永济市以南一带。鲁文公十二年秦伐晋，取羁马。

㉝河曲之战：指鲁文公十二年秦晋战于河曲，秦兵夜遁。

㉞东道：晋在秦之东，故称"东道"。

㉟君：指秦桓公。嗣：继位。

㊱景公：姓姬名獳（nòu）。

㊲河县：靠近黄河的县邑。

㊳箕、郜（gào）：皆地名。"箕"在今山西蒲县；"郜"在今山西祁县西。二地皆属晋境。

㊴芟（shān）夷：割取。农功：农作物。

㊵虔刘：扰乱杀掠。陲：远边。

㊶辅氏之聚：辅氏，地名，在今陕西大荔县境，鲁宣公十五年，晋将魏颗败秦兵于此，俘其将杜回。

㊷伯车：秦桓公子。

㊸我寡君：指晋厉公。令狐之会：指鲁成公十一年，秦晋盟于令狐，秦君不愿过河，使人到河东结盟，晋君亦派人去河西结盟。不久秦背约。

㊹白狄：北方少数民族的一支。同州：指同属雍州。而我昏姻也：指晋文公娶狄女季隗（见前）。

㊺秦三公：指秦穆公、康公和共公。楚三王：指楚成王、穆王和庄王。

㊻不壹：不守信用。

㊼昵（nì）：亲近。

㊽承宁诸侯以退：承秦君之意，使诸侯宁静退兵。

㊾执事：管事的人，实指秦君。

㊿实图利之：指衡量其利害。

[串讲]

秦、晋两国是春秋时代的两个强国，境域相连，春秋初年因利害一致，曾经结盟互助，但后来终于破裂而不断发生冲突，这是因为两国间本来存在着矛盾。早在鲁僖公九年秦穆公帮助晋惠公继位时，秦穆公预料晋惠公不能安定晋国，就说"是吾利也"。此后果然发生了韩之战。此后秦又帮助晋文公回国即位，两国关系表面上较融洽，然而各怀私心，在伐郑之役中就充分暴露了出来。最后在殽之战后，两国关系更是彻底破裂，经常爆发战争。当时晋国的实力强于秦国，所以在多数场合都是晋国得胜。秦国为了和晋对抗，就和楚国结盟。晋国是当时中原各国的盟主，晋厉公联合了齐、宋、鲁、卫、郑等国伐秦。这篇文章就是晋大夫吕相奉厉公之命声讨秦国之辞，文中历叙秦、晋之间从穆、献二公时代起直到桓、厉二公时止（约前659~前578）的八十余年中两国间多次的交涉和战争。由于此文出于晋人之口，所以把过错全归于秦国，有些甚至是诬加罪名；同时，两国间的战争虽以晋国取胜为多，但也有秦国战胜之事，文中也避而不谈。文中指责秦国"唯利是视"，其实晋国亦何尝不是如此？通过此文，我们可以了解春秋时代各国争强的情况，也可以了解当时外交辞令的概貌。

[评析]

《吕相绝秦》是《左传》中的名篇。早在南北朝时期，有位叫刘显的人，六岁时就以能背此文而闻名，可见当时的人已把它当作名篇和写作的范本。大抵古代文人之推崇《左传》，往往从其中一些外交辞令方面着眼，这是因为当时那些士人做官，总要为帝王或上级起草公文，而这些公文又经常取法《左传》中的文章。在今天看来，《左传》中的辞令文章，确有其特色，那就是措辞含蓄文雅，柔中带刚。像这篇《吕相绝秦》，明明是一篇讨伐对方的文字，却绝无疾言厉色，一开始还肯定了秦穆公对晋国曾有功绩，但笔锋一转，就把一切过失归于对方。例如秦晋伐郑，显系秦助晋讨郑，反说"郑人怒君之疆场"，其实郑秦并不接境，何来冲突？又如"令狐之役"，分明是晋国去迎公子雍回国，中途变卦，却把罪名完全加在秦方。文中写晋国对秦用兵，虽经常取胜，却每次出于万不得已，如说晋景公盼望和好，"引领西望曰：'庶抚我乎！'"更显得毫无恶意。但篇末声言："寡人不佞，其不能以诸侯退矣！"看似婉和，实为威胁。这种行文方式和后来的《战国策》等书迥然不同，但各尽其妙，而过去的文人作文，则多取法《左传》。

晋楚鄢陵之战

晋侯将伐郑。①范文子曰：②"若逞吾愿，诸侯皆叛，晋可以逞。③若唯郑叛，晋国之忧，可立俟也。"④栾武子曰："不可以当吾世而失诸侯，⑤必伐郑。"乃兴师。栾书将中军，士燮佐之；郤锜将上军，荀偃佐之；韩厥将下军，郤至佐新军。荀䓨居守，郤犨如卫，遂如齐，皆乞师焉。⑥栾黡来乞师，⑦孟献子曰⑧："有胜矣。"戊寅，晋师起。郑人闻有晋师，使告于楚，姚句耳与往。⑨楚子救郑，司马将中军，令尹将左，右尹子辛将右。⑩过申，⑪子反入见申叔时曰⑫:"师其何如?"对曰:"德、刑、详、义、礼、信,战之器也。⑬德以施惠,刑以正邪,详以事神,⑭义以建利,礼以顺时,信以守物。民生厚而德正,用利而事节,时顺而物成,上下和睦,周旋不逆,求无不具,各知其极。故《诗》曰:'立我烝民,莫匪尔极。'⑮是以神降之福,时无灾害,民生敦庞,⑯和同以听,莫不尽力以从上命,致死以补其阙,⑰此战之所由克也。今楚内弃其民而外绝其好,渎齐盟而食话言,⑱奸时以动,⑲而疲民以逞,民不知信,进退罪也。人恤所厎,其谁致死?⑳子其勉之,吾不复见子矣!"㉑姚句耳先归,子驷问焉,㉒对曰:"其行速,过险而不整。速则失志,不整丧列。志失列丧,将何以战,楚惧不可用也。"

五月,晋师济河,闻楚师将至,范文子欲反,曰:"我伪逃楚,可以纾忧。㉓夫合诸侯,非吾所能也,以遗能者。我若群臣辑睦以事君,多矣。"武子曰:"不可!"六月,晋楚遇于鄢陵,㉔范文子不欲战,郤至曰:"韩之战,惠公不振旅,㉕箕之役,先轸不反命,㉖邲之师,荀伯不复从,㉗皆晋之耻也。子亦见先君之事矣,今我辟楚,又益耻也。"文子曰:"吾先君之亟战也有故,㉘秦狄齐楚皆强,不尽力,子孙将弱。今三强服矣,敌楚而已。㉙唯圣人能外内无患。自非圣人,外宁必有内忧。盍释楚以为外惧乎!"甲午晦,楚晨压晋军而陈,㉚军吏患之。范匄趋进,㉛曰:"塞井夷灶,陈于军中,㉜而疏行首,㉝晋楚唯天所授,㉞何患焉!"文子执戈逐之,曰:"国之存亡,天也。童子何知焉!"栾书曰:"楚师轻窕,固垒而待之,三日必退,退而击之。必获胜焉。"郤至曰:"楚有六间,㉟不可失也:其二卿相恶,㊱王卒以旧,郑陈而不整,蛮军而不陈,陈不违晦,㊲在陈而嚣。合而加嚣,㊳各顾其后,莫有斗心。旧不必良,以犯天忌,我必克之。"

[注释]

①晋侯：指晋厉公。

②范文子：即士燮（xiè）。"范"是他的封邑，"文子"是他的谥号。

③"若逞"三句：意思是说如果照我的愿望，只有各国诸侯都叛晋，晋厉公才能感到恐惧而修德，晋国才可缓解灾祸。这是因为士燮预见到晋国君臣间矛盾甚大，厉公骄矜，必然引起内乱。杨伯峻《春秋左传注》引杨树达说以为两"逞"字意义不同。前"逞"为"快意"；后"逞"为"逞（tīng，缓也）"之假借字，是缓解忧患的意思。

④"若唯"三句：俟：等待。这三句说仅郑一国叛晋，还不足以引起警惕，内乱很快会来临。

⑤"栾武子"句：栾武子：即栾书，见前。此时栾书是晋执政的正卿，所以不愿在自己手里失去诸侯。

⑥郤犨（chōu）：人名，晋卿。乞师：征发其军队助战。

⑦栾黡（yǎn）：晋大夫，栾书之子。

⑧孟献子：鲁卿，名仲孙蔑，"献子"是他的谥号。

⑨姚句（gōu）耳：郑大夫。与往：参加出使者之列，非正使。

⑩楚子：指楚共（gōng）王芈审。司马：指公子侧（子反）。令尹：指楚庄王弟公子婴齐。子辛：公子壬夫。

⑪申：地名。本周代封国，后被楚所灭，故地在今河南南阳市。

⑫申叔时：楚大夫，当时已告老，居申。

⑬器：指取胜不可缺少的条件。

⑭详：审慎周到。

⑮"故《诗》曰"以下二句：《诗》：此指《诗经·周颂·思文》。

烝：众多。极：至大的恩德。这两句说建立对众民的统治，使他们无不受其恩德。

⑯"民生"句：敦厖（máng）：纯厚。这句说民众齐心无邪行。

⑰致死以补其阙：不怕战死以补充兵力之缺。

⑱渎齐盟：亵渎庄严的盟誓，不敬重神明。食话言：说话不守信用。

⑲奸（gān）时：逆时势。

⑳"人恤"二句：恤：顾虑。厎（dǐ，旧读 zhǐ）：致，这里指后果。这两句是说民众顾虑战争的后果，不肯奋力作战。

㉑吾不复见子矣：申叔时知楚军必败，子反必不能返国。

㉒子驷：郑大夫，郑穆公子。

㉓"我伪"二句：纾（shū）：缓解。这两句说避开楚国而不去战胜它，可以使晋厉公不骄，以缓解内忧。

㉔鄢陵：地名，故地即今河南鄢陵县。

㉕韩：地名，属晋，故地在今陕西韩城市。鲁僖公十五年，晋惠公和秦穆公在此开战，晋军大败，惠公被俘。惠公：名夷吾，晋君。振旅：战胜后整军凯旋。

㉖箕：地名，故地在今山西晋中市太谷区东。鲁僖公三十三年，狄人侵晋，被晋军击败。晋卿先轸战死。不反命：指战死未能返回。

㉗邲之师：见前《晋楚邲之战》。荀伯：指荀林父。不复从：不从出发时的故道回国，指战败逃归。

㉘亟（qì）：屡次。

㉙敌楚而已：指当时能与晋对抗的仅有楚国。

㉚压：迫近。

㉛范匄（gài）：即士匄，士燮子。

㉜"塞井"二句：因楚军迫近，晋人布阵的地方不够，所以塞井夷

(平)灶,以布阵。

㉝疏行首:阵地前决开营垒以为作战通道。

㉞唯天所授:意为晋楚势均力敌,就看上天帮助谁了。

㉟间:间隙,指可以利用的弱点。

㊱二卿:指子重和子反。恶(wù):憎恨。

㊲晦:月底。古人迷信,忌以月底布阵作战。

㊳合而加嚣:本应安静而更喧哗。嚣:喧哗。

楚子登巢车以望晋军,㊴子重使大宰伯州犁侍于王后。㊵王曰:"骋而左右,何也?"曰:"召军吏也。""皆聚于中军矣!"曰:"合谋也。""张幕矣!"曰:"虔卜于先君也。"㊶"彻幕矣!"曰:"将发命也。""甚嚣,且尘上矣!"曰:"将塞井夷灶而为行也。""皆乘矣,左右执兵而下矣!"曰:"听誓也。""战乎?"曰:"未可知也。""乘而左右皆下矣!"曰:"战祷也。"

伯州犁以公卒告王,㊷苗贲皇在晋侯之侧,㊸亦以王卒告。㊹皆曰:"国士在,且厚,不可当也。"㊺苗贲皇言于晋侯,曰:"楚之良在其中军,王族而已。请分良以击其左右,而三军萃于王卒,必大败之。"公筮之,㊻史曰:"吉!其卦过《复》☷,曰:'南国蹙,㊼射其元王,中厥目。'国蹙、王伤,不败何待?"公从之。有淖于前,乃皆左右相违于淖。步毅御晋厉公,㊽栾鍼为右。㊾彭名御楚共王,潘党为右。石首御郑成公,唐苟为右。㊿栾、范以其族夹公行,㉛陷于淖,栾书将载晋侯,㉜鍼曰:"书退!国有大任,焉得专之?且侵官冒也,失官慢也,离局奸也,有三罪焉,不可犯也。"乃掀公以出于淖。㉝

癸巳，潘尪之党与养由基蹲甲而射之，㊄彻七札焉，㊉以示王，曰："君有二臣如此，何忧于战？"王怒曰："大辱国，诘朝尔射，死艺！"㊏吕锜梦射月，㊐中之，退入于泥。占之，曰："姬姓，日也，异姓，月也，必楚王也。射而中之，退入于泥，亦必死矣。"及战，射共王，中目。王召养由基，与之两矢，使射吕锜，中项，伏弢，㊒以一矢复命。

郤至三遇楚子之卒，见楚子，必下，免胄而趋风。㊓楚子使工尹襄问之以弓，㊔曰："方事之殷也，有韎韦之跗注，㊕君子也，识见不谷而趋，无乃伤乎？"郤至见客，免胄承命，曰："君之外臣至，从寡君之戎事。以君之灵，间蒙甲胄，不敢拜命。敢告不宁，君命之辱。为事之故，敢肃使者。"㊖三肃使者而退。

[注释]

㊴巢车：有望楼的车，用以瞭望敌情。

㊵伯州犁：晋大夫伯宗子，上年因父被郤氏谮杀而奔楚。

㊶虔卜：恭敬地占卜。

㊷公卒：指晋侯的亲兵。

㊸苗贲皇：楚卿斗椒之子，鲁宣公四年，斗椒作乱被杀，苗贲皇奔晋。

㊹王卒：楚王的亲兵。

㊺"皆曰"三句：这时晋君左右的人都认为楚王左右聚集了精锐，力量雄厚，不可抵挡。

㊻筮（shì）：古人占吉凶的一种迷信活动，用龟壳叫卜，用蓍草叫筮。

㊼蹙（cù）：收缩，困窘。

㊽步毅：即郤毅，郤锜等人的族人。

㊾栾鍼：栾书之子。

(50)石首、唐苟：郑大夫。郑成公：姓姬名喻。

(51)“栾、范”句：栾、范二族强盛，故在晋君左右。

(52)“栾书”句：因晋君的车陷于淖，所以栾书要用自己的车供晋君乘坐。

(53)掀公以出于淖：把晋军之车掀出泥淖。

(54)蹲：聚集。

(55)札：铠甲上的叶片。

(56)诘朝：明天。死艺：因射艺而死。

(57)吕锜：即魏锜，见前。

(58)中项，伏弢：指吕锜颈部中箭，倒在自己的弓袋上死去。

(59)免胄而趋风：脱下头盔，疾趋而过。

(60)工尹：官名，“襄”是他的名字。问之以弓：送他一张弓去慰问他。

(61)殷：盛。事之殷：指当激战时。韎（mèi）：把皮革染成赤黄色。韦：加工过的皮。跗（fū）注：军服中护脚所穿，从袴上一直遮到脚背。

(62)“敢告”四句：意为自己辱劳楚君慰问，不敢自安。肃：用手致敬的一种方式，与作揖略有不同，需稍弯腰。

晋韩厥从郑伯，其御杜溷罗曰：“速从之，其御屡顾不在马，可及也。”(63)韩厥曰：“不可以再辱国君。”(64)乃止。郤至从郑伯，其右茀翰胡曰：“谍辂之，(65)余从之乘，而俘以下。”郤至曰：“伤国君有刑。”亦止。石首曰：“卫懿公唯不去其旗，是以败于荧。”(66)内旌于殁中。⑥唐苟谓石首曰："子在君侧，败者壹大。我不如子，子以君免，我请止。"⑥乃死。

楚师薄于险，叔山冉谓养由基曰："虽君有命，为国故，子必射。"乃射，再发，尽殪。⑥叔山冉搏人以投，中车，折轼，⑦晋师乃止。囚楚公子茷。⑦栾鍼见子重之旌，请曰："楚人谓夫旌，子重之麾也，彼其子重也。日臣之使于楚也，子重问晋国之勇，臣对曰：'好以众整。'⑦曰：'又何如？'臣对曰：'好以暇。'⑦今两国治戎，行人不使，不可谓整。临事而食言，不可谓暇，请摄饮焉。"⑦公许之，使行人执榼承饮，⑦造于子重，曰："寡君乏使，使鍼御持矛，是以不得犒从者，使某摄饮。"子重曰："夫子尝与吾言于楚，必是故也，不亦识乎！"⑦受而饮之。免使者而复鼓。旦而战，见星未已。子反命军吏察夷伤，补卒乘，缮甲兵，展车马，鸡鸣而食，唯命是听，晋人患之。苗贲皇徇曰：⑦"蒐乘补卒，⑦秣马利兵，修陈固列，蓐食申祷，⑦明日复战。"乃逸楚囚。王闻之，召子反谋。谷阳竖献饮于子反，⑧子反醉而不能见。王曰："天败楚也夫！余不可以待。"乃宵遁。

晋入楚军三日谷，⑧范文子立于戎马之前，曰："君幼，诸臣不佞，⑧何以及此，君其戒之！《周书》曰：'惟命不于常。'⑧有德之谓。"楚师还，及瑕。⑧王使谓子反曰："先大夫之覆师徒者，君不在。⑧子无以为过，不谷之罪也。"子反再拜稽首，曰："君赐臣死，死且不朽。臣之卒实奔，臣之罪也。"子重复谓子反曰："初陨师徒者，而亦闻之矣，⑧盍图之！"对曰："虽微先大夫有之，大夫命侧，侧敢不义？侧亡君师，敢忘其死？"王使止之，弗及而卒。⑧

（选自《左传·成公十六年》）

[注释]

㉃可及也：可以追上抓住。

㉄不可以再辱国君：按：鲁成公二年，齐、晋战于鞌，韩厥追击齐顷公，几乎俘虏了他，抓到他的车右逢丑父。故言不可以再辱国君。

㉅谍辂之：派轻兵速进，装作郑军去迎接郑君以俘获他。

㉆"卫懿公"二句：卫懿公：卫国君主，姓姬名赤。鲁闵公二年，狄入卫，卫懿公在战败后未藏起旗子，因此被狄人所杀。

㉇内旌于弢中：把旗子藏在弓袋中。

㉈"子以"二句：意谓你保着国君脱逃，我留在这儿死战。

㉉殪（yì）：射死。

㉊轼：车前扶手的横木。

㉋公子茷（fá）：楚贵族。《晋语》六作"王子发钩"。

㉌好以众整：喜欢使军众整齐。

㉍好以暇：喜闲暇。

㉎摄饮：派使者代自己向子重送酒。

㉏榼（kē）：盛酒器。承：奉献。

㉐识（zhì）：记得清。

㉑徇（xùn）：告于众军。

㉒蒐乘：察阅兵车。补卒：补充士兵的缺额。

㉓蓐食：在睡觉的草垫上吃饭，指提前进食，以便作战。申祷：再次向神祈祷。

㉔榖阳竖：子反的小使。未成年曰"竖"。《史记·晋世家》《史记·楚世家》《淮南子·人间训》作"竖阳谷"，《韩非子·十过》作"竖谷阳"。

㉛谷：食楚军之谷。

㉜不佞：不才。

㉝《周书》：指《尚书·康诰》。惟命不于常：意谓天命不会常保战胜，而是佑助有德的一方。

㉞瑕：地名。《左传·桓公六年》记楚武王伐随，军于瑕。杜注："随地"，当在今湖北随州市附近，乃自鄢陵归江陵之路。

㉟先大夫：指鲁僖公二十八年城濮之战中楚军主帅子玉。君不在：指此战中楚成王不在前线。

㊱陨：丧失。而：你。

㊲弗及而卒：指来不及赶到，子反已自杀而死。

[串讲]

在春秋时代晋楚的三次大战中，鄢陵之战也许是最激烈的一次。据说此役"旦而战，见星未已"，结果是楚、郑大败，楚王负伤，郑君亦险些被俘，战后晋军还缴获楚军粮草"三日谷"。看来这一战役晋方大获全胜，而楚方受了重创。但此战的后果却造成了晋国君臣间的矛盾进一步尖锐，以致晋卿郤氏三兄弟和晋厉公都先后被杀。这一点晋军将领士燮早已预见到了，所以在晋国出兵之前，士燮就颇持异议，但他的意见遭到了多数人的反对。因为从当时的形势说，晋军占着上风，楚方统帅内部严重不和，军纪也不严整。所以在战前，不光双方一些人，连鲁国的孟献子和郑国的姚句耳也早已料到楚军必败。显然，晋方多数将领自然也看得很清楚，甚至士燮的儿子士匄也是主战派，和其父见解不同。这种情况，老谋深算的士燮当然更清楚，所以过去的评论家往往说他有深谋远见。其实士燮反对开战，另有他的打算。原来当时晋国诸卿中，势力最大就数栾、范（士）二族，所以文中说"栾、范以其族夹公行"。其中栾氏的势力更大，因为栾书为主帅，其子栾鍼又为晋厉公的车右。但栾氏和晋厉公之间也存在着尖锐的矛盾,所以厉公的宠臣长鱼矫后来对厉公说,"不杀二子(栾书、中行偃),忧必及君"。除了栾氏外,郤氏和晋君的矛盾更为尖锐,郤氏虽非主帅,而一门"五大夫三卿"(《国语·晋语》),力量亦不弱,同时他们和栾氏也互相敌对。士燮预知战胜楚国不难,而战胜之后,晋国君臣间因骄矜而争权厮杀,比外敌更为可虑。这是因为一旦晋君取胜,就削弱众卿的力量;而栾氏取胜,对士(范)亦不利(后来正是士燮之子士匄灭了栾氏)。文中所以一再地写士燮的态度,正是想由此显示晋国内部的种种矛盾。

文中对楚方情况的记载似较简略,尽管《左传》作者多次强调"师克在和"的道理,却并未详述"二卿不和"的情节,只是在战败之后说到子重迫使子反自杀一事,就把二人间的矛盾烘托了出来。文中着重描绘的倒是楚军中一些人的勇猛和武艺高强。这些勇士在晋军中似无其人,而晋军之取胜,主要在于其"好以众整"。这种观点和《荀子·议兵》中强调"节制之师"强于好勇斗狠的军队相一致。据说荀况是先秦《左传》学说的传授者,看来是有道理的。

从这段文字看来,晋之胜楚本为意料中事。但战争所引起的种种后果却说明晋国虽然取胜,却导致了后来的内乱,引起君主权力的衰落,诸卿权力的扩张,最终败为三家分晋。至于楚国,虽然战败,并且主将自杀,受了很大损失,但根本的实力似未受太大影响。所以在春秋后期晋楚争霸中,往往是楚占优势。看来,士燮之反对用兵,虽有其私心,但他对事变的进程确有预见。《左传》作者之所以对他采取称赏的态度,盖由于此。

[评析]

这篇文章写战争场面的最精彩处在于楚王在"巢车"上和晋国降臣伯州犁之间的一场对话。这时楚王远望敌方活动,尽管不十分了解,但其动静则看得很清楚。文中对晋军的活动,都通过楚王的嘴反映出来,如

"骋而左右,何也","皆聚于中军矣","张幕矣","彻幕矣","甚嚣,且尘上矣",等等,一片战前紧张忙碌的景象突现在读者面前。晋军这些动作都只是用简短的几个字表现出来,这是因为这些都不过是楚王所见,而在临战之前,他不可能细说详情。而伯州犁的回答,也仅仅是几个字,活画出当时楚国君臣的口吻,也反映了楚王心情的紧张,可谓传神之笔。

文中写晋军几个将帅的对话,也各具特色。士燮是反对动武的,但他预见到晋国君臣内部的尖锐矛盾而不便直说,因为晋君和栾书的地位均在他之上。他持反对意见,只能委婉曲折地讲,"唯圣人能外内无患","盍释楚以为外惧乎"等语,语气十分缓和。但他的意见不合主帅栾书的心意,"不可以当吾世而失诸侯"一语表现出执政者的专断口气。栾书自然不是一个盲目的好战者,在邲之战时,他曾是主张知难而退的人。此次他看出了楚军的弱点,认识到可以取胜,而战胜的结果,自然对他的威望有很大好处。和他意见相同的还有郤至,郤至对楚军弱点的分析,可以说是很有见地的,然而未免露才扬己,引起栾书之忌,最终招来杀身之祸。对楚军将领的性格似着墨不多,从主帅子反命令军吏整顿军马准备再战的情节看来,亦非无能之辈。但楚军中给人留下较深印象的似是养由基和叔山冉,尽管他们个人武勇出众,却无救于全军之败。不过,写楚王给养由基两支箭让他去射死吕锜,以"一矢复命"和叔山冉"搏人以投,中车,折轼"的情景还是动人的。这说明楚军之败,全由上层将帅失和,至于将士们则斗志很强,这和邲之战中晋军的狼狈逃奔很不一样。

子产告范宣子轻币

范宣子为政,诸侯之币重,①郑人病之。②二月,郑伯如晋,子产寓书于子西,③以告宣子,曰:"子为晋国,四邻诸侯不闻令德,而闻重币,侨也惑之。侨闻君子长国家者非无财贿之患,④而无令名之难。夫诸侯之贿聚于公室,则诸侯贰。⑤若吾子赖之,⑥则晋国贰。⑦诸侯贰,则晋国坏,晋国贰,则子之家坏。何没没也,将焉用贿。⑧夫令名,德之舆也,⑨德,国家之基也。有基无坏,无亦是务乎!有德则乐,乐则能久。《诗》云:'乐只君子,邦家之基。'⑩有令德也夫。'上帝临女,无贰尔心',⑪有令名也夫。恕思以明德,则令名载而行之,是以远至迩安,毋宁使人谓子,子实生我,而谓子浚我以生乎?⑫象有齿而焚其身,贿也。"宣子说,乃轻币。

(选自《左传·襄公二十四年》)

[注释]

①范宣子:即士匄,见前《晋楚鄢陵之战》。币:指进献晋国的礼物。

②病之:以此为苦事。

③郑伯:指郑简公姬嘉。子产:郑国执政的大夫,名公孙侨。子西:郑大夫,名公孙夏。

④长(zhǎng):抚养。财贿:财物。

⑤公室:指晋国的公室。贰:怀有二心。

⑥若吾子赖之:指如果你范宣子依赖这财物。

⑦则晋国贰:那晋国人就离心于你。

⑧没没:沉溺不明的样子。焉用贿:要财物何用?

⑨"夫令名"二句:舆:车子。这二句是说美好的名声像车辆一样传播德行。

⑩《诗》：指《诗经》。"乐只"二句：见《诗经·小雅·南山有台》，意为乐于履行美德的君子，是国和家的基础。

⑪"上帝"二句：见《诗经·大雅·大明》，意为上天在监临着武王，不要怀有二心。

⑫"毋宁"三句：毋宁：岂不愿。浚（jùn）：盘剥。这三句意谓你愿意人们说你养活了我们，还是说你靠盘剥我们为生呢？

[串讲]

晋楚争霸之所以要争夺许多小国，主要是迫使小国去朝见他们，而且在朝见时还要交上一批价值昂贵的贡品。在春秋后期，晋国的实权已落入执政的"六卿"之手，范宣子在当时就是主要的执政者，他自然免不了要从收取的贡品中饱其私囊。由于晋国的这种行为使郑国深受其害，所以子产加以剀切的批评。在子产执政时期，晋郑的关系还不算很紧张，而且子产本人在列国君臣间也颇有声望，所以像范宣子那样霸国的权臣，也能考虑他的意见。

[评析]

此文相对于前面所选录的两篇外交辞令来说，更显得直率、剀切，因为作为霸主向小国要求高额的贡品，显然不得人心。子产是春秋时代杰出的政治家，他这段话说理透辟，切中情理，所以范宣子不能不虚心接受。在春秋时代，小国的大夫对大国的执政者一般都显得很谦恭，而子产这番话却不是这样。这是因为他明知此文所说的道理本来无可反驳，同时他也明知这时晋国的霸权已趋衰落，诸侯中有些国家在叛晋即楚，所以晋国亦不敢过于蛮横。但文中措辞还是掌握了分寸的，有些譬喻亦富有哲理，如"象有齿而焚其身"一语，后来成了文人们经常引用的典故。

宋卫陈郑火

夏五月，火始昏见。①丙子，风。梓慎曰②："是谓融风，火之始也，七日其火作乎！"③戊寅，风甚。壬午，大甚，宋、卫、陈、郑皆火。梓慎登大庭氏之库以望之，④曰："宋、卫、陈、郑也。"数日，皆来告火。裨灶曰⑤："不用吾言，郑又将火。"郑人请用之，子产不可。子大叔曰⑥："宝以保民也，若有火，国几亡。可以救亡，子何爱焉？"子产曰："天道远，人道迩，非所及也，何以知之？灶焉知天道？⑦是亦多言矣，岂不或信？"⑧遂不与，亦不复火。郑之未灾也，里析告子产，⑨曰："将有大祥，民震动，国几亡。吾身泯焉，弗良及也。⑩国迁，⑪其可乎？"子产曰："虽可，吾不足以定迁矣。"⑫及火，里析死矣，未葬。子产使舆三十人迁其柩。⑬火作，子产辞晋公子公孙于东门。⑭使司寇出新客，禁旧客勿出于宫。⑮使子宽、子上巡群屏摄，⑯至于大宫。⑰使公孙登徙大龟，⑱使祝史徙主祏于周庙，⑲告于先君。使府人、库人各儆其事。⑳商成公儆司宫，㉑出旧宫人，㉒置诸火所不及。司马、司寇列居火道，行火所焮。㉓城下之人伍列登城。㉔明日，使野司寇各保其征。㉕郊人助祝史除于国北，㉖禳火于玄冥、回禄，㉗祈于四鄘。㉘书焚室而宽其征，与之材。㉙三日哭，国不市，㉚使行人告于诸侯。宋、卫皆如是。陈不救火，许不吊灾，君子是以知陈许之先亡也。

（选自《左传·昭公十八年》）

[注释]

①火：星名，大火星即心宿。昏见：黄昏时出现。

②梓慎：鲁大夫。

③融风：东北风。古人以东北为"木之始"，木为火之祖。火作：火灾发生。

④大庭：古帝王之名，有人以为即炎帝神农氏。"大庭氏之库"在鲁都（今山东曲阜市）中。

⑤裨灶：人名，郑人。《左传》载，上一年他曾对子产预言将有火灾，若用玉器祭祀禳灾，郑国可不受灾，子产不答应。

⑥子大叔：郑大夫游吉。

⑦焉知天道：哪里知道天道。

⑧"是亦"二句：意谓他说的很多，岂不会有说对的例子。

⑨里析：郑大夫。

⑩大祥：大灾变。"吾身"二句：意谓我将死去，不会见到此事。

⑪国迁：迁都。

⑫"吾不"句：意谓我不能决定迁都之事。其实他认为即使迁都亦难免灾。

⑬舆：职位低贱的吏卒。

⑭晋公子公孙：这些人物大约是新从晋国来聘，因有火灾，故辞其勿来。一说他们本在郑国，是旧客，但晋为盟主，不便禁其出宫，故辞之。东门：指郑都（今河南新郑市）的东门。

⑮司寇：官名，职掌国家禁令。出新客：请新来的客人离开。禁旧客勿出于宫：由于他们熟知郑国之情，故禁止他们离开馆舍。

⑯子宽、子上：皆郑大夫。屏摄：指祭祀之位。巡群屏摄：巡察各祀

庙等地，勿使被火波及。

⑰大宫：郑国的祖庙。

⑱公孙登：郑国掌管占卜的大夫。徙大龟：古人用龟占卜，恐毁于火，所以搬徙。

⑲祏（shí）：藏祖先神主的石函。周庙：周厉王庙。郑祖为桓公友，厉王少子，故郑有厉王庙。把祖先神主合藏于厉王庙，以便救护。

⑳府人、库人：掌管府库之官。儆其事：指备火，以免财物受损。

㉑商成公：郑大夫。司宫：掌管宫中之事的内臣。

㉒旧宫人：前代君主的宫女。

㉓列居火道：驻于火所烧到的地方。烄（xìn）：烧灼。

㉔"城下"句：指司马和司寇组织城下的人列成队伍登城以备非常。

㉕"使野"句：野司寇：掌管郊野狱讼的官。这句说使"野司寇"督察已聚集起来的人众，勿使散去。

㉖"郊人"句：指命令郊野的人帮助"祝史"（主管祭神之事的人）在国都以北建立坛场。

㉗禳火：求神佑以祛除火灾。玄冥：水神。回禄：火神。

㉘鄘（yōng）：城墙。指在城上的四面祈祷神佑。

㉙"书焚室"二句：指记下被火所焚人家之名，宽免其赋税，给他们建材重建居室。

㉚不市：不开集市以示忧戚。

[串讲]

"宋卫陈郑火"是春秋时代发生的一场大火灾。在这次火灾中，郑国的子产组织官员和百姓救火，一切都安排得井井有序。据《左传》记载，当时宋、卫诸国采取的措施也和郑国相似，不过文中专写郑国，可能因为郑国组织得最为得力，同时子产又是杰出的政治家，所以着重来写他。从文中来看，子产确是一个有识见的人，他拒绝了裨竈的建议，认为"天道远，人道迩"，结果"亦不复火"。在当时，他确具卓识。

[评析]

《左传》中写救火的场面深受历来论者的推崇。如唐刘知几《史通·杂说》上论到《左传》叙事之长时，曾举此为例，认为："论备火则区分在目，修饰峻整。"确实，当时大火延烧好几个诸侯国，火势甚烈，在这种慌乱的情况下，子产能有条不紊地安排各种人去执行防火任务，指挥若定，显出一位杰出人物的风度。这篇文章也写得条理清楚，文字简洁有力，使人感受到当时郑国人在面临大灾时从容应付、毫不慌乱的情景。这种叙事手法自成一格，看来平铺直叙，毫无夸饰，但突出了人们不畏自然灾害的勇气，自是记叙文中的名篇。

晋栾盈之难

晋将嫁女于吴，①齐侯使析归父媵之，②以藩载栾盈及其士，纳诸曲沃。③栾盈夜见胥午而告之，④对曰："不可，天之所废，谁能兴之，子必不免。吾非爱死也，知不集也。"⑤盈曰："虽然，因子而死，吾无悔矣。我实不天，子无咎焉。"⑥许诺，伏之而觞曲沃人，乐作，午言，曰："今也得栾孺子，⑦何如？"对曰："得主而为之死，犹不死也。"皆叹，有泣者。爵行，⑧又言，皆曰："得主，何贰之有？"盈出，遍拜之。⑨四月，栾盈帅曲沃之甲，因魏献子，⑩以昼入绛。⑪初，栾盈佐魏庄子于下军，献子私焉，⑫故因之。赵氏以原、屏之难怨栾氏，⑬韩、赵方睦，中行氏以伐秦之役怨栾氏，⑭而固与范氏和亲。⑮知悼子少而听于中行氏，⑯程郑嬖于公。⑰唯魏氏及七舆大夫与之。⑱乐王鲋侍坐于范宣子，⑲或告曰："栾氏至矣！"宣子惧，桓子曰⑳："奉君以走固宫，㉑必无害也。且栾氏多怨，子为政，栾氏自外，子在位，其利多矣。既有利权，又执民柄，将何惧焉。栾氏所得，其唯魏氏乎，而可强取也。㉒夫克乱在权，㉓子无解矣！㉔"公有姻丧，王鲋使宣子墨缞冒绖，㉕二妇人辇以如公，㉖奉公以如固宫。范鞅逆魏舒，㉗则成列既乘，将逆栾氏矣。趋进曰："栾氏帅贼以入，鞅之父与二三子在君所矣，使鞅逆吾子，鞅请骖乘！"㉘持带，遂超乘，㉙右抚剑，左援带，命驱之出。仆请，鞅曰："之公！"㉚宣子逆诸阶，执其手，赂之以曲沃。

初，斐豹，隶也，著于丹书。㉛栾氏之力臣曰督戎，国人惧之。斐豹谓宣子曰："苟焚丹书，㉜我杀督戎。"宣子喜曰："而杀之，㉝所不请于君焚丹书者，有如日！"乃出豹而闭之，督戎从之，逾隐而待之。㉞督戎逾入，豹自后击而杀之。范氏之徒在台后，栾氏乘公门，㉟宣子谓鞅曰："矢及君屋，死之。"鞅用剑以帅卒。栾氏退，摄车从之，㊱遇栾乐，曰："乐免之，死，将讼女于天。"㊲乐射之，不中，又注，则乘槐本而覆，㊳或以戟钩之，㊴断肘而死。栾鲂伤，㊵栾盈奔曲沃，晋人围之。

（选自《左传·襄公二十三年》）

[注释]

①晋：指晋平公姬彪。吴：指吴王姬诸樊。

②齐侯：指齐庄公姜光。析归父：齐大夫。媵（yìng）：古代诸侯之女出嫁时陪嫁的人。当时甲国嫁女，乙国亦有送陪嫁者之例。

③藩：有遮蔽的车子。栾盈：本晋卿，因争权逃奔楚又去齐。曲沃：晋地名，今属山西。

④胥午：栾盈的旧相识，当时是守曲沃的大夫。

⑤爱死：惜死，怕死。集：成功。

⑥"因子"四句：因：凭借。不天：不得天助。这几句说失败是我不得天助，你不必引为过失。

⑦栾孺子：指栾盈。

⑧爵：古代饮酒之器，三足。爵行：指开始递杯饮酒之时。

⑨遍拜之：指栾盈拜谢众人对他的思念。

⑩魏献子：指魏荼，晋大夫，后为卿。"献子"是其谥号。

⑪昼：白天。绛：当时晋都，故地今属山西。

⑫魏庄子：指魏绛，献子父。私：相亲近。

⑬原：指赵同。屏：指赵括。鲁成公八年，晋杀赵同、赵括。当时栾、郤二家曾证成其罪状。

⑭韩、赵方睦：韩献子厥在晋杀赵同、赵括时同情赵氏，后赵武（文子）复立，韩厥有功。至韩厥子起（宣子），亦与赵氏相好。中行氏：即荀氏。鲁襄公十四年，晋率诸侯伐秦，栾盈父栾黡不服主帅中行偃指挥，故怨栾氏。

⑮范氏：指范宣子士匄。

⑯知悼子：即知䓨子知盈，当时年仅十七。知氏之祖荀首是中行氏祖先荀林父之弟。

⑰程郑：晋大夫。

⑱七舆大夫：官名。位至侯伯的诸侯，有副车七乘，掌其事者即"七舆大夫"。与之：支持栾盈。

⑲乐王鲋（fù）：晋大夫。

⑳桓子：乐王鲋的谥号。

㉑固宫：有台观及守备之宫。

㉒可强取也：用威力强使他归向自己。

㉓权：权谋。

㉔解：古"懈"字。

㉕墨縗（cuī）：黑色的粗麻布条，古人服丧时披于胸前。冒绖（dié）：服丧的人用麻带蒙着头叫"冒绖"。范宣子这样做为不使人察觉。

㉖辇以如公：用人力拉的车。如公：到君主所处的地方。

㉗范鞅：范宣子士匄之子。

㉘骖乘：乘车时居车右，即陪乘。

㉙超乘：跳上魏献子的车。

㉚之公：到晋君和众卿那里。

㉛丹书：古人把犯罪没为官奴的人的名字用红漆或颜料写在简牍上。

㉜焚丹书：即烧毁文书，免除其奴隶身份。

㉝而：你。

㉞隐：短墙。逾隐：越过短墙。

㉟乘公门：登上晋君所在的宫门。

㊱摄：整顿。

㊲"乐免之"三句：意谓你栾乐休狂，我死且不赦你！

㊳注：搭箭。槐本：槐树根。覆：指栾乐的车翻倒。

㊴以戟钩之：用戟向下的尖击他。

㊵栾鲂：栾乐、栾鲂皆栾盈族人，为其属将。

[串讲]

晋国的卿大夫间争权而互相残杀的事件很多。前此有先氏之被灭，栾、郤之谮杀赵同、赵括，稍后又有厉公杀郤氏。这次则为栾、范之争。

此时范宣子是晋国执政的正卿，又得到韩、赵、中行和知氏的支持，自然有利得多。至于栾盈其人，据《国语·晋语》载叔向的话，栾氏之祸起源于栾盈之父栾黡的骄奢和贪暴，到栾盈时，他已经"改桓（黡）之行，而修武（栾书）之德"，然而他的政敌自然不会因此放过他。从此文来看，栾盈也是颇得其部下之心，大家愿意为他拼命的。这种争权而互相残杀，本来没有什么是非可言，范宣子只是由于执政，又能利用栾氏和其他诸卿间的矛盾，才取得了胜利。然而他虽一时得势，到他孙子手里，亦为赵氏所灭。在这些斗争中，晋君几乎起不到多少作用，这说明三家分晋之势，并非一朝形成的。

[评析]

　　此文作为记事之史，主要目的是写出当时晋国各卿大夫的力量及向背，使人对范氏取胜、栾氏失败的原因及其历史意义有一个清楚的了解。因此对斗争双方的主要人物——范宣子和栾盈都没有作太多描写。其中给人以深刻印象的倒是胥午宴请栾盈的徒众，两次提到"栾孺子"，众人有的感叹，愿为他而死，有的甚至哭了出来，正在这时，栾盈出现在众人面前。这个情节可能是史实，但写得十分生动传神，颇有小说的意味。文中写范鞅强使魏舒倒戈的一段，尤见精神。本来栾盈入绛是由魏氏之助，而且魏舒已整顿部下，准备助栾盈作战，但范鞅毫无惧色，从容地告知魏舒，说范宣子和诸卿都已聚集，不由分说，跳上魏舒的战车，强使投向范宣子一边。范鞅的果敢和范宣子装出的谦恭之态，又动之以利，终于瓦解了栾魏的联合。反观栾氏，则仅凭匹夫之勇，以致督戎被斐豹刺死；栾乐射范鞅不中，车覆而死于对方的戟下。此文所花笔墨不算多，但概括大势极为清楚，中间又多生动的细节描写，自是一篇成功的史传文学作品。

楚囚郑皇颉

楚子、秦人侵吴，及雩娄，①闻吴有备而还，遂侵郑。五月，至于城麇，②郑皇颉戍之，③出与楚师战，败。穿封戌囚皇颉，④公子围与之争之，⑤正于伯州犁。伯州犁曰："请问于囚。"乃立囚。伯州犁曰："所争，君子也，其何不知？"上其手曰："夫子为王子围，寡君之贵介弟也。"下其手曰："此子为穿封戌，方城外之县尹也。谁获子？"囚曰："颉遇王子，弱焉。"⑥戌怒，抽戈逐王子围，弗及。楚人以皇颉归。

（选自《左传·襄公二十六年》）

[注释]

①楚子：指楚康王芈昭。雩（yú）娄：地名，在今河南商城县东。

②城麇（jūn）：地名，属郑。

③皇颉：郑大夫。

④穿封戌：楚方城外的县尹。

⑤公子围：楚共王子，康王弟，后为楚灵王。

⑥弱：战败。

[串讲]

这次楚、秦侵郑，本非有准备的大举，只是伐吴未果，顺便攻取郑国一个小邑，俘获了郑大夫皇颉。这本非什么显赫战功，而王子围和穿封戌竟为此争了起来,以致穿封戌"抽戈逐王子围",可见双方对这小小的功劳还很重视。但文章的重点,似在突出伯州犁的善于谄媚,讨好王子围的行为,穿封戌之狂怒正由于此。

[评析]

　　这篇文章的长处正在于用短短百余字的篇幅刻画出伯州犁其人的狡猾,他明明是要讨好王子围,却不直说,但上下其手,又以"寡君之贵介弟"和"方城外之县尹"来显示二人身份,明明是暗示皇颉,叫他说被王子围所俘。因此后来的人往往用"上下其手"作为舞弊的代名词。

申包胥乞援于秦

　　初,伍员与申包胥友,①其亡也,②谓申包胥曰:"我必复楚国。"③申包胥曰:"勉之,子能复之,我必能兴之。"及昭王在随,④申包胥如秦乞师,曰:"吴为封豕长蛇,以荐食上国,⑤虐始于楚。寡君失守社稷,越在草莽,⑥使下臣告急。曰:'夷德无厌,⑦若邻于君,⑧疆埸之患也。逮吴之未定,君其取分焉。⑨若楚之遂亡,君之土也。若以君灵抚之,⑩世以事君。'"秦伯使辞焉,曰:"寡人闻命矣。子姑就馆,将图而告。"⑪对曰:"寡君越在草莽,未获所伏,⑫下臣何敢即安?"立依于庭墙而哭,日夜不绝声,勺饮不入口七日。秦哀公为之赋《无衣》,⑬九顿首而坐。⑭秦师乃出。

(选自《左传·定公四年》)

[注释]

①伍员（yún）：即伍子胥，本楚人，因楚平王杀其父兄，奔吴，辅吴王阖庐破楚。申包胥：楚大夫。

②其亡也：指伍员逃亡至吴。

③复：报复，报杀其父兄之仇。

④昭王：指楚昭王芈壬。吴伐楚，入郢，楚昭王逃亡至随。

⑤封豕：大猪。封豕长蛇：是说吴之贪虐。荐：屡次。

⑥越：远离。越在草莽：指楚王远离国都，逃亡于草野。

⑦夷：蛮夷，指吴。

⑧若邻于君：指楚亡后吴会与秦接境。

⑨取分：指与吴共分楚地。

⑩灵：福佑。抚之：安抚楚国。

⑪将图而告：将思考后告诉你。

⑫未获所伏：指没有得到安定处所。

⑬《无衣》：《诗经·秦风》篇名。赋《无衣》：当为背诵此诗，清初王夫之以为此诗是秦哀公作。

⑭顿首：以头叩地。据杜预说，《无衣》凡分三章，秦哀公每诵一章，申包胥三顿首，故云"九顿首"。

[串讲]

春秋中期以后，秦楚长期联合反晋，所以申包胥在楚被吴占领时不得不求救于秦。秦当然愿意救楚，但秦当时力量还不算强，哀公对此自不得不有所顾虑。此文写申包胥急于求秦出兵的心情，哀感动人，终于使秦出兵，帮助楚败吴复国。

[评析]

"申包胥哭秦庭"是历史上著名的故事，后来的文人往往引为典故。

文中写申包胥"立依于庭墙而哭,日夜不绝声,勺饮不入口七日",充分体现了他的爱国之心。正因为如此,其事迹打动了无数读者,成为家喻户晓的故事。

公羊传

赵盾弑君

"六年春，晋赵盾、卫孙免侵陈。"①"赵盾弑君",②此其复见何？亲弑君者赵穿也。亲弑君者赵穿，则曷为加之赵盾？不讨贼也。何以谓之不讨贼？晋史书贼曰："晋赵盾弑其君夷獆。"③赵盾曰："天乎，无辜！吾不弑君，谁谓吾弑君者乎？"史曰："尔为仁为义，人弑尔君，而复国不讨贼，④此非弑君如何？"赵盾之复国奈何？灵公为无道，使诸大夫皆内朝，⑤然后处乎台上，引弹而弹之。己趋而辟丸，⑥是乐而已矣。赵盾已朝而出，与诸大夫立于朝，有人荷畚自闺而出者。⑦赵盾曰："彼何也？夫畚曷为出乎闺？"呼之不至，曰："子大夫也欲视之，则就而视之。"赵盾就而视之，则赫然死人也。赵盾曰："是何也？"曰："膳宰也。⑧熊蹯不熟，⑨公怒，以斗擊而杀之，⑩支解，将使我弃之。"赵盾曰："嘻！"趋而入，灵公望见赵盾，诉而再拜。⑪赵盾逡巡，⑫北面再拜稽首，趋而出。灵公心怍焉，⑬欲杀之。于是使勇士某者往杀之。勇士入其大门，则无人门焉者；⑭入其闺，则无人闺焉者；上其堂，则无人焉，俯而窥其户，方食鱼飧。⑮勇士曰："嘻！子诚仁人也。吾入子之大门，则无人焉；入子之闺，则无人焉；上子之堂，则无人焉，是子之易也。子为晋国重卿，而食鱼飧，是子之俭也。⑯君将使我杀子，吾不忍杀子也。虽然，吾亦不可复见吾君矣。"遂刎颈而死。灵公闻之怒，滋欲杀之甚。⑰众莫可使往者，于是伏甲于宫中，召赵盾而食之。赵盾之车右祁弥明者，国之力士也，仡然从乎赵盾而入，⑱放乎堂下而立。⑲赵盾已食，灵公谓盾曰："吾闻子之剑盖利剑也，子以示我，吾将观焉。"赵盾起，将进剑，祁弥明自下呼之，曰："盾！食饱则出，何故拔剑于君所？"赵盾知之，躇阶而走。⑳灵公有周狗，谓之獒，呼獒而属之，㉑獒亦躇阶而从之。祁弥明逆而踆之，㉒绝其颔。㉓赵盾顾曰："君之獒不若臣之獒也！"然，而宫中甲鼓而起。㉔有起于甲中者抱赵盾而乘之。赵盾顾曰："吾何以得此于子？"曰："子某时所食活我于暴桑下者也。"㉕赵盾曰："子名为谁？"曰："吾君孰为介，子之乘矣，㉖何问吾名。"赵盾驱而出，众无留之者。赵穿缘民众不说，起弑灵公，然后迎赵盾而入，与之立于朝，而立成公黑臀。

（选自《公羊传·宣公六年》）

[注释]

①"六年"句：赵盾：晋卿，见前。孙免：卫大夫。这二句是《春秋》原文。

②赵盾弑君：此事在宣公二年，《左传》《穀梁传》同，此事重见疑涉及赵盾而追述。

③夷獔：晋灵公名，《左传》作"夷皋"。

④尔为仁为义：意为你口头上讲"仁义"。复国：逃亡出国后回国。讨贼：讨伐凶手。

⑤内朝：到宫中去朝见他。

⑥己：据何汉休注，"己"指诸大夫。趋：快走。辟丸："辟"同"避"，避开弹丸。

⑦畚（běn）：用草绳编制的盛物器具。闺：内室的门。

⑧膳宰：管君主膳食的人。

⑨熊蹯（fán）：熊掌。

⑩斗：古人酌酒的用具，有柄。摮（áo）：打击。

⑪诉：惊恐的样子。

⑫逡巡：徘徊犹豫的样子。

⑬怍（zuò）：惭愧。

⑭无人门焉者：没有人看守大门。下"无人闺焉"同。

⑮鱼飧（sūn）：鱼做的熟食。

⑯易：简省。俭：俭朴。按：晋国执政之卿无门卫、吃鱼都说明其生活平易而不铺张。

⑰滋：更。

⑱仡（yì）然：勇壮的样子。

⑲放乎：依傍着。

⑳躇（chuò）阶而走：跨越台阶而急走。

㉑属之：同"嘱之"，即唤獒去扑咬赵盾。

㉒逆：迎上去。踆（cún）：踢。

㉓绝其颔：踢断它的下巴。

㉔"然，而宫中"二句：意谓这时宫中伏兵击鼓杀出。

㉕暴桑：何休注以为是"蒲苏桑"，似费解，疑"蒲苏"为"婆娑"之同音假借。《左传·宣公二年》作"翳桑"，杜预注："翳桑，桑之多翳荫者。"婆娑则多荫。一说为地名，可并存。

㉖吾君孰为介：意为君主为谁而设甲士，岂非为赵盾。子之乘矣：你快上车。

先秦散文选 | 75

[串讲]

"赵盾弑君"这事在《春秋》和"三传"中都有记载,不过详略不同,《公羊传》载晋灵公用獒来扑咬赵盾的情节较详,《左传》则记赵盾救灵辄事(灵辄之名不见《公羊传》)较多。大抵二书作者所记,皆出传闻,在细节上难免有所出入。从总的倾向来说,"三传"的作者显然都同情赵盾而否定灵公,因为灵公这种暴君自然要引起人们憎恨。不过,说"赵盾弑君",这大约也是事实。因为赵盾出亡之时正是赵穿杀灵公之时,赵穿又是赵盾的堂兄弟,两人很可能有密谋,所以灵公被杀,赵盾尚未出国境就返回。在今天看来,杀一个暴君本无可厚非,但说赵盾不预知此事,恐非事实。

[评析]

《公羊传》写晋灵公的暴虐无道及其想谋害赵盾的种种情节颇为生动逼真。如写灵公杀了"膳宰",叫人去弃尸,被赵盾发现,"就而视之,则赫然死人也"二语,突现出赵盾当时吃惊的心情。写灵公用獒犬去害赵盾时,赵盾匆忙奔逃,后面獒追来,幸亏有祁弥明把獒踢死。这个情节颇为惊险。至于赵盾在逃走时回头对灵公说"君之獒不若臣之獒也",恐出于作者想象,因为在这样的险境中,赵盾未必有工夫去讥笑灵公。写赵盾得灵辄之救逃出宫中的情节亦极逼真,"吾君孰为介,子之乘矣",九字显出一种仓促急遽的神情,给人以深刻印象。

穀梁传

齐晋鞌之战

冬十月，季孙行父秃，晋郤克眇，卫孙良夫跛，曹公子手偻，①同时而聘于齐，齐使秃者御秃者，使眇者御眇者，使跛者御跛者，使偻者御偻者，萧同侄子处台上而笑之，②闻于客。客不说而去，相与立胥闾而语，③移日不解。④齐人有知之者，曰："齐之患必自此始矣。"

二年春，齐侯伐我北鄙。⑤夏四月丙戌，卫孙良夫帅师及齐师战于新筑，⑥卫师败绩。六月癸酉，季孙行父、臧孙许、叔孙侨如、公孙婴齐帅师会晋郤克、卫孙良夫、曹公子手及齐侯战于鞌，⑦齐师败绩。其日，或曰"日其战也"，或曰"日其悉也"。⑧曹无大夫，其曰公子何也，以吾之四大夫在焉，举其贵者也。

秋七月，齐侯使国佐如师。⑨己酉，及国佐盟于爰娄。⑩鞌去国五百里，爰娄去国五十里，⑪壹战绵地五百里，⑫焚雍门之荻，⑬侵车东至海。⑭君子闻之曰："夫甚甚之辞焉，⑮齐有以取之也。"齐之有以取之何也？败卫师于新筑，侵我北鄙，敖郤献子：齐有以取之也。爰娄在师之外。郤克曰："反鲁卫之侵地，以纪侯之甗来，⑯以萧同侄子之母为质，使耕者皆东其亩，⑰然后与子盟。"国佐曰："反鲁卫之侵地，以纪侯之甗来，则诺。以萧同侄子之母为质，则是齐侯之母也。齐侯之母犹晋君之母也。晋君之母犹齐侯之母也。使耕者尽东其亩，则是终土齐也，⑱不可，请壹战。壹战不克，请再，再不克，请三，三不克，请四，四不克，请五，五不克，举国而授！"⑲于是而与之盟。

（选自《榖梁传·成公元年至二年》）

[注释]

①季孙行父：鲁国执政之卿，即季文子。郤克：晋卿。眇：瞎一只眼。孙良夫：卫大夫。手：《左传》作"首"。偻：曲背。

②萧同侄子：齐顷公之母，"萧"为国名，"同"为姓，"侄子"是字。

③膏间：门名。

④移日不解：太阳移动之后，还未散去，形容时间之久。

⑤齐侯：指齐顷公姜无野。北鄙：北部边界。

⑥新筑：地名，属卫。

⑦臧孙许、叔孙侨如、公孙婴齐：皆鲁大夫。鞌：地名，属齐。

⑧"其日"三句：这几句是解释《春秋》为什么记作战的日子，一说是为了记战事，一说是为了记鲁国四个大夫都参战。

⑨国佐：齐大夫。

⑩爰娄：地名，属齐。

⑪"鞌去"二句：说明自鞌一战后，晋军长驱直入，自离都城五百里处，推进到仅五十里的地方。

⑫"壹战"句：绵：弥漫。此句说一战涉及五百里之地。

⑬雍门：齐都临淄的城门。茨：指覆盖城门楼的芦苇或茅草。

⑭侵车东至海：言晋军军车一直打到海边，齐国国境内几乎均遭攻击。

⑮"夫甚甚"句：这是甚之又甚的言辞。

⑯纪侯：纪国，为齐所灭。甗（yǎn）：古代炊饪之器，当为青铜器。

⑰皆东其亩：指田亩都改成东西走向。因晋在齐西，东西向便于晋军兵车通行。

⑱终土齐也：是说晋国完全占领齐的土地。

⑲举国而授：指把全国交给对方。

[串讲]

齐晋二国都曾称霸中原，后来由于晋国的实力更强，齐国服从了晋国。但到晋楚邲之战以后，晋国内部诸卿争权，霸业渐衰，齐国就想摆脱晋国的羁绊，其侵鲁、卫、曹等国，正是想扩张势力，与晋分庭抗礼。齐君之母登台嘲笑来客，并非偶然的失礼，而是反映了齐国对晋的轻视。然而齐国的实力，究竟不是晋国及其盟国的对手，这次战争它遭到了惨败，以致齐国全境几乎都遭到攻击。在这种情况下，晋方所提的议和条件当然很苛刻。据《左传》载，国佐出使前，齐君甚至认为"不可，则听客之所为"，然而面对战胜者，国佐并不屈服，他认为以齐侯之母做人质未免过甚；违反田亩的自然走向，只顾晋军行进的方便，这等于吞并齐国。国佐据理力争，不惜最后一战，使晋国不能再强求，终于达成和议。

[评析]

此文叙战争的起因是由于齐君之母嘲笑了晋、鲁、卫、曹的使者，这未免过于夸大。其实从《春秋》和"三传"的记载来看，齐、晋此战有其必然的因素，不过文中说到"齐使秃者御秃者"等语，则颇风趣，读之令人解颐。关于此战的情景，《穀梁传》未作仔细描写，较之《左传》写晋韩厥追击齐顷公，几乎把他俘获的写法，自然要简略。但说到"輦去国五百里"等语，显示了齐国几乎全境遭兵，正因为是全面溃败，所以才会有这许多苛刻的条件。最后记国佐说："壹战不克，请再，再不克，请三，三不克，请四，四不克，请五，五不克，举国而授！"这些话看似啰唆，较之《左传》所载"请收合余烬，背城借一"等语更为直露，但可能更接近国佐的原话。读起来使人想到他作为一个战败国的使者悲愤填膺的心情，实为《穀梁传》中的名篇。

国语

邵公谏厉王止谤

厉王虐，①国人谤王。邵公告曰：②"民不堪命矣！"③王怒，得卫巫，使监谤者，以告，则杀之。国人莫敢言，道路以目。④王喜，告邵公曰："吾能弭谤矣，⑤乃不敢言。"邵公曰："是障之也。防民之口，甚于防川。川壅而溃，伤人必多，民亦如之。是故为川者决之使导，为民者宣之使言。故天子听政，使公卿至于列士献诗，瞽献曲，⑥史献书，⑦师箴，⑧瞍赋，⑨矇诵，⑩百工谏，庶人传语，近臣尽规，亲戚补察，瞽、史教诲，耆、艾修之，⑪而后王斟酌焉，是以事行而不悖。民之有口，犹土之有山川也，财用于是乎出；犹其有原隰衍沃也，⑫衣食于是乎生。口之宣言也，善败于是乎兴，行善而备败，其所以阜财用衣食者也。夫民虑之于心而宣之于口，成而行之，胡可壅也？若壅其口，其与能几何？"⑬王弗听，于是国莫敢言，三年，乃流王于彘。⑭

（选自《国语·周语上》）

[注释]

①厉王：西周后期君主，姓姬，名胡。

②邵公：名虎，周朝卿士。

③民不堪命矣：指民众受不了厉王的虐政。

④道路以目：指人们在路上相遇，只以眼示意，不敢交谈。

⑤弭（mǐ）谤：停止人们的毁谤。

⑥瞽（gǔ）：盲人，古代往往以盲人为乐师。曲：乐曲。

⑦史：指外史，掌三皇、五帝之书。

⑧师：少师。箴（zhēn）：劝告，指劝谏王的过失。

⑨瞍（sǒu）：有目无珠的人。赋：背诵列士所献的诗。

⑩蒙（méng）：有眼珠而看不见的盲人。诵：讽诵箴谏之语。

⑪耆、艾：高年长老，指君主的师、傅。

⑫原：广而平的地方。隰（xí）：低湿的地方。衍：低而平的地方。沃：有水流可灌的地方。

⑬与：语助词。能几何：能维持多久。

⑭彘：地名，属晋，故地在今山西霍州市。

[串讲]

像周厉王这样刚愎的君主，要说服他很难。文中邵公的话说理可谓透辟。首先他指出了"防民之口，甚于防川"的道理。然后列举前代贤明的君主通过各种渠道，听取民众的意见，以补救缺失的成规，给厉王做榜样。最后他又用土地山川做比喻，说明了听取庶民百姓的舆论对施政十分有益的道理。说理尽管透辟，但厉王还是听不进去，最终只能被流放于彘。

[评析]

"防民之口，甚于防川。"这个道理，早在先秦时代已为许多有识见的政治家所熟知。但是历代的统治者总是不顾民众的意愿，肆无忌惮地压迫和剥削百姓，最后激起百姓的反抗，使他们的统治遭到灭顶之灾。周厉王就是一个例子。文中邵公对这个问题的论述颇为深刻，他把老百姓的议论，比之于"土之有山川也"。民众的舆论正是执政者鉴观成败得失的依据，执政者只能从中汲取营养，改进工作而不能禁止。这是古代文献中宝贵的民主性精华。

晋优施教骊姬谮太子申生

优施教骊姬夜半而泣谓公曰①："吾闻申生甚好仁而强，②甚宽惠而慈于民，皆有所行之。今谓君惑于我，必乱国，无乃以国故而行强于君。③君未终命而殁，④君其若之何？盍杀我，无以一妾乱百姓。"公曰："夫岂惠其民而不惠于其父乎？"骊姬曰："妾亦惧矣。吾闻之外人之言曰：为仁与为国不同。为仁者，爱亲之谓仁；为国者，利国之谓仁。故长民者无亲，众以为亲。⑤苟利众而百姓和，岂能惮君？⑥以众故不敢爱亲众况厚之，⑦彼将恶始而美终，以晚盖者也。⑧凡民利是生，杀君而厚利众，众孰沮之？⑨杀亲无恶于人，人孰去之？苟交利而得宠，志行而众悦，⑩欲其甚矣，孰不惑焉？⑪虽欲爱君，惑不释也。今夫以君为纣，⑫若纣有良子，而先丧纣，无章其恶而厚其败，⑬钧之死也，⑭无必假手于武王，⑮而其世不废，祀至于今，⑯吾岂知纣之善否哉？君欲勿恤，⑰其可乎？若大难至而恤之，其何及矣！"公惧曰："若何而可？"骊姬曰："君盍老而授之政。⑱彼得政而行其欲，得其所索，乃其释君。⑲且君其图之，自桓叔以来，⑳孰能爱亲？唯无亲，故能兼翼。㉑"公曰："不可与政。我以武与威，是以临诸侯。未殁而亡政，不可谓武；有子而弗胜，不可谓威。我授之政，诸侯必绝；㉒能绝于我，必能害我。失政而害国，不可忍也。尔勿忧，吾将图之。"

骊姬曰："以皋落狄之朝夕苟我边鄙，㉓使无日以牧田野，㉔君之仓廪固不实，又恐削封疆。君盍使之伐狄，以观其果于众也，㉕与众之信辑睦焉。若不胜狄，虽济其罪，㉖可也；若胜狄，则善用众矣，求必益广，乃可厚图也。且夫胜狄，诸侯惊惧，吾边鄙不儆，仓廪盈，四邻服，封疆信，君得其赖，㉗又知可否，其利多矣。君其图之！"公说。是故使申生伐东山，衣之偏裻之衣，㉘佩之金玦。㉙仆人赞闻之，㉚曰："太子殆哉！君赐之奇，奇生怪，怪生无常，无常不立。使之出征，先以观之，故告之以离心，而示之以坚忍之权，则必恶其心而害其身矣。恶其心，必内险之；㉛害其身，必外危之。㉜危自中起，难哉！且是衣也，狂夫阻之衣也。"㉝其言曰："尽敌而反。"虽尽敌，其若内谗何！㉞申生胜狄而反，谗言作于中。君子曰："知微。"

（选自《国语·晋语一》）

[注释]

①优施："优"指优伶，是扮演杂戏供统治者戏弄的人；"施"是其名。据《国语·晋语》载，他与骊姬私通。骊姬：晋献公姬妾，本骊戎女。公：指晋献公姬佹诸。

②申生：晋献公的世子。强：强暴以逞志。

③行强于：对君施强暴之行，指杀害。

④未终命而不殁：年寿未尽而不得善终，指被杀。

⑤"故长民"二句：长民：为民之长上，指执政治民。这两句意为治民者不重视亲属关系，而以民众为亲。

⑥惮：忌惮。这里指岂能忌惮害君。

⑦况：更加。

⑧"以晚"句：晚：后来。盖：掩盖。意谓以后来的善政掩盖先前杀父之恶。

⑨"凡民利是生"三句：大凡行为民生利之事，杀了君主而对民众有厚利，众人谁会阻止他？

⑩交利：俱利，指对申生及民众皆有利。宠：荣耀。"志行"句：谓其志行而众人悦。

⑪欲：指申生想做其事。惑：指民众谁不受迷惑。

⑫纣：殷代最后一个君主，著名的暴君。

⑬"无章"句：章：同"彰"。这句意谓不使纣的恶行显露出来而造成严重的败坏。

⑭钧之：同样的。

⑮"无必"句：指不必让周武王来动手。

⑯"而其世"二句：指殷代的世系不被废弃，其祭祀可延续至今。

⑰恤：忧虑。

⑱老：告老。授之政：把政权交给他。

⑲索：求。乃其释君：他才会放过您（晋献公）。

⑳桓叔：晋献公的祖先。西周末晋国的君主穆侯生子文侯仇及弟桓叔成师。文侯死，子昭侯立，封叔父成师于曲沃，晋大夫杀昭侯而谋立桓叔，不成，但从此晋分裂为翼和曲沃，曲沃不断进攻翼，最后灭翼，故云。

㉑"唯无亲"二句：只因不念亲情，故能兼并翼。翼：文侯子孙所居处，故地即今山西翼城县。

㉒"诸侯"句：绝：尽。这句说诸侯之位必将丧失。

㉓皋落狄：北方少数民族赤狄的一支。其地当在晋国之东，约当今山西潞城区一带。苟：侵扰。

㉔"使无日"句：指无日不受狄人侵犯，使晋人无法在田野放牧。

㉕"以观"句：果：果敢。此句指用此观察申生是否果敢于使用民众。

㉖济：增加。

㉗信：清楚。赖：利。

㉘"衣之"句：裻（dū）：衣背中缝。这句说给他穿件双色之衣，衣背上的缝两侧颜色不同。

㉙金玦（jué）：以金制的玉佩，其形似环而有缺口。

㉚赞：人名。申生之仆。

㉛"恶（è）其心"二句：指其内心憎恶，必心中盘算着害他。

㉜"害其身"二句：害：忌恨。这两句指忌恨其人则在外必危害他。

㉝"且是"二句：狂夫：指古代从事驱鬼的"方相氏"之士。阻：同"诅"，诅咒。此二句意谓穿这衣服前，必先祭和诅咒。

㉞"其言"三句：仆人赞把晋献公命申生"尽敌而反"之言，比作"狂夫祭诅之言"。

[串讲]

骊姬和优施设计陷害申生之事是春秋时代一个著名的政治阴谋事件，《左传》《史记》等书对此都有记述，而《国语》言之尤详。在《晋语》中，许多篇幅讲的都是此事。晋献公在开疆拓土方面有一定的能力，为晋国的霸业奠定了基础，但他又是一个贪恋权势且淫于女色的人。骊姬和优施正是利用他这个毛病进行造谣和挑拨，使他对申生产生猜忌以致最后迫使申生自杀，酿成了晋国多年的内乱。骊姬逸害申生是逐步深入的。她第一步先用花言巧语使献公误以为申生真有杀父夺位之心，为了说动献公，她引证了晋国历史上的真实事例，更使献公不能不信以为真。接着，她明知献公不肯放弃权势，偏进退位的建议，实为欲擒故纵，使献公更猜忌申生。但申生毕竟是献公之子,即使献公对他有了忌恨,一时还未必肯下毒手,所以骊姬又进一步提出派申生伐东山皋落狄的计策。此计尤为险恶,因为献公本有吞并皋落狄的野心,也想用此计来考查申生的才能。这就使申生陷于极端危险的境地,战败则不免被横加罪名,战胜又使献公因他有善于用兵的才能而更加猜忌。事实上献公此时早已不想立申生为继承人,所以其群臣中已有不少人看到了申生不得立的征兆。此文中"仆人赞"的话在《左传》中谓出自先丹木之口,这既可能是传闻异辞,也可能是两人所见略同。

[评析]

　　这段文字极写骊姬的狠毒。如"盍杀我,无以一妾乱百姓"一语,活画出她恃宠进谗的嘴脸。她明知献公决不会杀自己,故作此语,正是要打动献公之心,使父子二人处于势不两立的地位。她叫献公退位,亦为这种用心。她引证晋国桓叔和纣王的史事,在表面上看来,确实有理,但实为诡辩,申生并无此心而且也不可能有这力量。至于叫申生伐皋落氏,正是充分利用了献公贪婪和阴狠的心理。整篇文章深刻地写出了骊姬的阴险和毒辣,渲染了献公之愚昧和猜忌。在语言方面也能描写各种人物的口吻,绘声绘色,自是史传文学中的杰出名篇。

优施说里克

　　反自稷桑,处五年,①骊姬谓公曰:"吾闻申生之谋愈深。②曰,吾固告君曰得众,③众不利,焉能胜狄。④今矜狄之善,其志益广。⑤

狐突不顺,⑥故不出。吾闻之,申生甚好信而强,又失言于众矣,⑦虽欲有退,众将责焉。言不可食,众不可弭,是以深谋。君若不图,难将至矣。"公曰:"吾不忘也,抑未有以致罪焉。"⑧

骊姬告优施曰:"君既许我杀太子而立奚齐矣,⑨吾难里克,⑩奈何?"优施曰:"吾来里克,一日而已。⑪子为我具特羊之飨,⑫吾以从之饮酒。我优也,言无邮。"⑬骊姬许诺,乃具,使优施饮里克酒。中饮,优施起舞,谓里克妻曰:"主孟啖我,⑭我教兹暇豫事君。"⑮乃歌曰:"暇豫之吾吾,⑯不如鸟乌。⑰人皆集于苑,⑱已独集于枯。"⑲里克笑曰:"何谓苑?何谓枯?"优施曰:"其母为夫人,⑳其子为君,㉑可不谓苑乎?其母既死,㉒其子又有谤,㉓可不谓枯乎?枯且有伤。"㉔优施出,里克辟奠,㉕不飨而寝。㉖夜半,召优施曰:"曩而言戏乎?㉒抑有所闻之乎?"曰:"然。君既许骊姬杀太子而立奚齐,谋既成矣。"㉘里克曰:"吾秉君以杀太子,㉙吾不忍。通复故交,㉚吾不敢。中立其免乎?"优施曰:"免。"

且而里克见丕郑,㉛曰:"夫史苏之言将及矣!㉜优施告我,君谋成矣,将立奚齐。"丕郑曰:"子谓何?"㉝曰:"吾对以中立。"丕郑曰:"惜也!不如曰不信以疏之,㉞亦固太子以携之,㉟多为之故,以变其志,㊱志少疏,乃可闲也。㊲今子曰中立,况固其谋也。㊳彼有成矣,难以得闲。"里克曰:"往言不可及也,㊴且人中心唯无忌之,何可败也!㊵子将何如?"丕郑曰:"我无心,是故事君者,君为我心,制不在我。"㊶里克曰:"弑君以为廉,㊷长廉以骄心,因骄以制人家,吾不敢。㊸抑挠志以从君,㊹为废人以自利也,㊺利方以求成人,吾不能。㊻将伏也。"㊼明日,称疾不朝。三旬,难乃成。㊽

(选自《国语·晋语二》)

[注释]

①稷桑：皋落氏地，申生率晋军打败皋落氏于此，事在鲁闵公二年。处五年：指鲁僖公四年。

②申生之谋：指上篇所谓申生要杀晋献公之谋。

③得众：指申生能得众人之心。

④"众不利"二句：指民众若不以申生势为利，岂能战胜狄人。

⑤矜狄之善：自矜胜狄之功。广：大。

⑥狐突：晋大夫，文公重耳的外公，时为申生的御戎。

⑦又失言于众：指申生说出了为众人夺取政权的话。

⑧致罪：加以罪名。

⑨奚齐：骊姬所生之子。

⑩难：顾虑、担心。里克：晋大夫。

⑪"吾来"二句：意谓我能使里克来转为己用，这很容易。一日：喻容易做到。

⑫特羊之飨：一只羊为菜肴的宴席。

⑬"我优"二句：邮：过错。这两句说我只是个优人，说什么都不会出错。

⑭主孟：里克之妻。啖（dàn）：给我吃。

⑮"我教"句：兹：此，指里克。暇豫：空闲愉快。这句说我来教里克清闲快乐地服侍君主。

⑯吾（yú）吾：疏远不敢自亲的样子。

⑰鸟乌：乌鸦。

⑱苑：繁茂的树木。

⑲枯：枯木。

⑳“其母”句：指奚齐之母骊姬为夫人。

㉑其子为君：意谓奚齐将来会继位为君。

㉒其母既死：指申生之母齐姜已死。

㉓有谤：有人说他坏话。

㉔枯且有伤：指申生将被伤害。

㉕辟奠：撤去筵席。

㉖不飧而寝：不吃饭就睡。

㉗曩（nǎng）：刚才。

㉘谋既成矣：计谋已定。

㉙“吾秉”句：意谓要我奉君主之命去杀害太子。

㉚通复故交：仍和太子维持旧交。

㉛丕郑：晋大夫。

㉜史苏：晋大夫掌卜筮者。《国语·晋语》载：他曾预言骊姬将制造祸乱。

㉝子谓何：你（里克）对优施怎么说的？

㉞“不如”句：意谓不如表示不信骊姬有些计谋，以便使她有所顾虑而放松这计谋。

㉟“亦固”句：携（xié）：离散。这句说又巩固太子之地位以离散骊姬的党羽。

㊱变其志：指改变献公和骊姬的意志。

㊲“志少”二句：闲：瓦解。这两句说使骊姬的阴谋稍松懈，才可使之落空。

㊳况固其谋：更坚定了她的阴谋。

㊴“往言”句：指已说出的话无法改变。

㊵“且人”二句：意谓人内心并不忌惮，其阴谋怎能被击败。

㊶"我无心"四句：意谓我没有意志，事君者只以君主之志为自己的意志，因此不由我做主。

㊷廉：端方正直。

㊸"长廉"三句：意谓以骄心去显示自己的正直，逞其骄心去主宰别人家事，我不敢。

㊹"抑挠"句：挠：屈。这句说但要我屈志去服从君主。

㊺废人：指废太子申生。以自利：指从君主之意以求自利。

㊻"利方"二句：意谓有利正道以成就太子，我没有这能力。

㊼伏：隐藏。

㊽难乃成：指骊姬害申生之难终于出现。

[串讲]

　　骊姬害太子申生之事，显然为晋国多数臣民所反对，但在当时条件下，人们似乎并无力量去加以制止。里克和丕郑二人都是比较正直的，在《晋语》中，早已记载他们对献公这种行为的不满。不过，他们也不能不顾惜自身的安危，不能直谏，更无力制止。这段文字充分体现了里克的矛盾心情。优施正是看到并利用了这一点，迫使里克采取中立态度，以达到谗害申生的目的。优施的手段是先用暗示，看里克的态度，先不明说，而是用唱歌方式来打动里克，这一招果然有效，引起了里克的追问。优施的回答已很显然，明指献公将废申生而立奚齐。这对里克来说是一大难题，助献公以杀申生，自然不合道义，不能做；制止献公这个企图，他又不敢，最后只能选择了中立的态度。优施明知要里克转而支持自己并不容易，所以同意了他中立，这样，杀害申生的阴谋似乎已无阻力。但是从里克和丕郑的议论看来，他们只是屈从，并不心服。献公死后，首先出来杀奚齐的正是里克。里克后来为惠公夷吾所杀，他死后，夷吾后悔，称他为"社稷之镇"，可见里克在晋大夫中还是较正直而有才能的人。

[评析]

　　此文写优施之阴险佞巧，一步步地引诱里克放弃对申生之支持。他自恃是一个优人，如果说得不合里克之意，完全可以用"戏谑"来开脱，故称"言无邮"。从文中来看，他其实变了三副嘴脸。第一步，唱歌。仅是暗示，不能直说；第二步，当他见里克笑问"何谓苑、何谓枯"时，知道里克已经动心，所以直说，最后加一句"枯且有伤"，显示自己深解内情，使里克寄希望于自己；第三步，当里克问到自己中立能否免祸时，他直截了当说出一个"免"字，更使人感觉他此时已高踞里克之上，大有小人得志的感觉。

　　此文写里克亦颇深刻，里克对骊姬的行为本无好感，但作为晋献公的臣子，他既无力反对，也颇有顾虑，所以听到"暇豫之吾吾"的歌时，虽未必全懂，至少也猜出了其中有所暗示，当优施说出含义后，他收去饭菜不吃，说明内心出现了矛盾。显然，他并非全无正义感的人，否则他就会倒向骊姬和优施；但他既无力量，也不敢和献公较量，不得不采取妥协的手段，保持中立。不过他的内心并不平静，最后终于杀了奚齐、卓子和骊姬，并考虑迎立重耳。在一定意义上说，他这样做还是为晋国的前途着想。通过此文可以感知里克其人既非势利小人，亦不委曲求全，而是一个有独立主张却又考虑个人安危的人物。

叔向贺贫

　　叔向见韩宣子，[①]宣子忧贫，叔向贺之，宣子曰："吾有卿之名,而无其实,无以从二三子,②吾是以忧,子贺我何故?"对曰:"昔栾武子无一卒之田,③其宫不备其宗器,④宣其德行,顺其宪则,⑤使越于诸侯,⑥诸侯亲之,戎狄怀之,以正晋国,行刑不疚,⑦以免于难。及桓子骄泰奢侈,贪欲无艺,⑧略则行志,⑨假贷居贿,宜及于难,而赖武之德,以没其身。及怀子改桓之行,⑩而修武之德,可以免于难,而离桓之罪,以亡于楚。⑪夫郤昭子,⑫其富半公室,其家半三军,恃其富宠,以泰于国,其身尸于朝,⑬其宗灭于绛。⑭不然,夫八郤,五大夫三卿,⑮其宠大矣,一朝而灭,莫之哀也,唯无德也。今吾子有栾武子之贫,吾以为能其德矣,是以贺。若不忧德之不建,而患货之不足,将吊不暇,何贺之有?"宣子拜稽首焉,曰:"起也将亡,赖子存之,非起也敢专承之,其自桓叔以下嘉吾子之赐。"⑯

(选自《国语·晋语八》)

[注释]

①叔向:晋大夫,名羊舌肸(xī)。韩宣子:晋卿,即韩起。

②二三子:指晋国的卿大夫。

③栾武子:即栾书,见前。一卒之田:古代上大夫的俸禄为"一卒之田","一卒"指百人,百人所耕之田为百顷(百亩为顷)。上卿应有"一旅之田"即五百顷,而栾书之田不足百顷,还不及上大夫,故为贫困。

④宫:指家中居处。宗器:祭祀用的礼器。

⑤宪则:法制。

⑥越于诸侯:名声广传于各诸侯国。

⑦不疚：没有弊病。按：栾书曾和中行偃一起弑晋厉公，故下言"以免于难"。

⑧桓子：指栾书之子栾黡。艺：限制。

⑨略则行志：忽视法制而行其私意。

⑩怀子：指栾黡之子栾盈。

⑪离桓之罪：离：遭受。这句说栾盈受父罪的恶果。以亡于楚：指栾盈为范氏所逐奔楚。详见前《左传·晋栾盈之难》。

⑫郤昭子：指晋卿郤至。

⑬其身尸于朝：指郤至被杀后尸体被放在朝廷中示众。

⑭绛：晋国都城，今山西翼城县东南。

⑮五大夫三卿："三卿"指郤锜、郤犫（chōu）和郤至；另有族人五人为大夫。

⑯桓叔：韩氏的祖先，即前文已提及的曲沃桓叔，桓叔生子万，为韩万，即韩起的祖先。

[串讲]

晋国诸卿中，韩氏的势力较弱，韩起执政后，忧其财富不如其他诸卿，叔向历举已灭亡的栾、郤二族的历史，说明能修其德行，自能保全其性命而声名播于诸侯，虽贫不足为忧。相反，不修德行而只顾求富，势必骄奢淫逸，自取灭亡。说的都是不久前晋国的事实，自然使韩起心服。

[评析]

富与贵本是人们相贪，贫困则往往使人悲愁。叔向反而"贺贫"，实出韩起意外。但他列举事例，彰明较著，使人不得不信。古人作文，往往要求惊人之语，因此取法这类文章的不少。唐柳宗元曾作《非国语》，对《国语》颇多批评，但他的《贺进士王参元失火书》，当即师此文之意。

沈诸梁论白公胜

子西使人召王孙胜,①沈诸梁闻之,②见子西曰:"闻子召王孙胜,信乎?"曰:"然。"子高曰:"将焉用之?"③曰:"吾闻之,胜直而刚,欲置之境。"④子高曰:"不可,其为人也,展而不信,爱而不仁,诈而不智,毅而不勇,直而不衷,周而不淑。⑤复言而不谋身,⑥展也;爱而不谋长,⑦不仁也;以谋盖人,⑧诈也;强忍犯义,⑨毅也;直而不顾,不衷也;⑩周言弃德,不淑也。⑪是六德者,皆有其华而不实者也,将焉用之。彼其父为戮于楚,⑫其心又狷而不洁。⑬若其狷也,不忘旧怨,而不以洁悛德,⑭思报怨而已。则其爱也足以得人,其展也足以复之,其诈也足以谋之,其直也足以帅之,其周也足以盖之,其不洁也足以行之,而加之以不仁,奉之以不义,蔑不克矣。

"夫造胜之怨者,皆不在矣。⑮若来而无宠,速其怒也。若其宠之,毅贪无厌,既能得人,而耀之以大利,不仁以长之,思旧怨以修其心,苟国有衅,⑯必不居矣。⑰非子职之,其谁乎?彼将思旧怨而欲大宠,动而得人,怨而有术,若果用之,害可待之。余爱子与司马,⑱故不敢不言。"

子西曰:"德其忘怨乎!余善之,夫乃其宁。"⑲子高曰:"不然。吾闻之,唯仁者可好也,可恶也,可高也,可下也。好之不逼,恶之不怨,高之不骄,下之不惧。不仁者则不然。人好之则逼，恶之则怨，高之则骄，下之则惧。骄有欲焉，惧有恶焉，欲恶怨逼，所以生诈谋也。子将若何？若召而下之，将戚而惧；为之上者，将怒而怨。诈谋之心，无所靖矣。有一不义，犹败国家，今壹五六，[20]而必欲用之，不亦难乎？吾闻国家将败，必用奸人，而嗜其疾味，其子之谓乎？夫谁无疾眚！[21]能者早除之。旧怨灭宗，国之疾眚也，为之关籥蕃篱而远备闲之，[22]犹恐其至也，是为日惕。若召而近之，死无日矣。人有言曰：'狼子野心，怨贼之人也。'其又何善乎？若子不我信，盍求若敖氏与子干、子晳之族而近之？[23]安用胜也，其能几何？昔齐驺马繻以胡公入于具水，[24]邴歜、阎职戕懿公于园竹，[25]晋长鱼矫杀三郤于榭，[26]鲁圉人荦杀子般于次，[27]夫是谁之故也，非唯旧怨乎？是皆子之所闻也。人求多闻善败，以监戒。今子闻而弃之，犹蒙耳也。吾语子何益，吾知逃也已。"

子西笑曰："子之尚胜也。"[28]不从，遂使为白公。子高以疾闲居于蔡。[29]及白公之乱，子西、子期死。叶公闻之，曰："吾怨其弃吾言，而德其治楚国，楚国之能平均以复先王之业者，夫子也。以小怨置，大德，吾不义也，将入杀之。"帅方城之外以入，[30]杀白公而定王室，葬二子之族。[31]

（选自《国语·楚语下》）

[注释]

①子西：楚令尹公子申，平王子，昭王庶兄。王孙胜：即白公胜，平王太子建之子。太子建被谗奔宋，后奔郑，为郑所杀。胜被召时在吴。

②沈诸梁：即叶（旧读shè）公子高，楚大夫沈尹戍子。

③将焉用之：准备怎样使用他？

④"欲置"句：这句说想置他于楚吴边境。

⑤展而不信：展：诚实。谓貌似诚实而非忠信。爱而不仁：谓貌似爱人而实无仁心。毅而不勇：做事果敢但并不勇。直而不衷：貌似正直而实不合正道。周而不淑：其行事虽周详而居心并不善良。

⑥复言：说话能做到而不欺人。不谋身：不计其身之利害。

⑦爱而不谋长：外表爱护人但无长远之计。

⑧盖人：蒙蔽人。

⑨强忍：强力而忍心冒犯道义。按："强忍犯义"句，"犯义"二字当为注，误入正文。

⑩"直而"二句：意谓自以为直而不知隐讳，不合中道。

⑪"周言"二句：意谓其言虽周密，但不以德为依据，故不善良。

⑫彼其父为戮于楚：按：白公胜父太子建为费无极所谮，奔宋，后适郑，又与晋谋袭郑，为郑人所杀。事见《左传·哀公十六年》。

⑬猾：心胸狭隘。洁：廉洁。

⑭悛（quān）：悔改。

⑮"夫造胜"二句：指谮害太子建的费无极等都已死去。

⑯衅（xìn）：指可乘之机。

⑰居：指安居不动。

⑱司马：指子西弟公子结，即子期。

⑲夫乃其宁：这样他就会安宁了。

⑳今壹五六：此句承上句"有一不义，犹败国家"而来，说白公胜一人而有五六种不义。

㉑疾眚（shěng）：疾病和灾难。

㉒关：门闩。籥（yuè）：锁钥。蕃篱：篱笆墙壁。闲：阻拦。

㉓若敖氏：楚国贵族，至楚庄王平斗椒，遂灭若敖氏。子干：楚共王

子公子比。子皙：楚共王子公子黑肱。灵王死后，子干代立，以子皙为令尹，平王以计逼二人自杀而代立。

㉔驺（zōu）马繻（rú）：齐大夫。胡公：名姜靖，太公玄孙之子。虐其臣驺马繻，为所杀，并丢入具水。

㉕邴（bǐng）歜（chù）、阎职：齐臣。懿公：齐桓公子姜商臣。懿公游于申池，二人合谋杀懿公而弃于竹林中。

㉖长鱼矫：晋厉公臣，厉公与胥童等谋诛三郤（郤锜、郤犨、郤至），他假装诉讼以戈杀三郤。榭（xiè）：高台上所筑木屋，作为讲武堂之用。事见《左传·成公十七年》。

㉗圉人荦（luò）：鲁臣，"圉人"是掌管养马的人。"荦"是他的名字。子般：鲁庄公子。庄公弟庆父命圉人荦杀子般。次：旅舍。时庄公死于党氏，故子般立于党氏。事见《左传·庄公三十二年》。

㉘尚：重视。

㉙蔡：蔡国旧地，当时为楚邑，在今河南上蔡县东南。

㉚帅方城之外以入：方城：山名，在楚北境，叶公子高率方城外兵力入都平乱。

㉛二子：指子西和子期，其族多为白公胜所杀。

[串讲]

白公胜之父太子建出奔宋、郑，本由于费无极的谗害，当时他确实无罪。后来太子建为郑人所杀，其子胜就逃到了吴国。白公胜其人大约有一定的才能。到子西为令尹，想召回白公胜时已经上距太子建出亡三十多年。子西本意想利用白公胜的才能去守楚吴边境，但他对白公胜的为人并不很了解，只是看到他某些表面现象，而叶公子高却通过现象看到了本质，指出其外表诚实其实不讲信义，外表仁爱其实并不仁慈等六个特点，其分析可谓入木三分。接着他又分析了召回白公胜会导致的后果，并且引证了齐、鲁、晋等国的史实来告诉子西，引起他的警惕。但是，这一切子西完全听不进去，他既想用恩德去感化白公胜，又认为叶公子高过高估计了白公胜的危害。叶公子高知道无法说服子西，而退居于外，最后白公胜果如他所料，作乱杀子西、子期，幸赖叶公子高率军平定了叛乱。叶公子高能公正地评价子西，认为子西不听劝告虽然有错，但治理楚国有他的功劳。

[评析]

　　此文主要是"记言"，实为一篇政论文字。为了说服对方，叶公子高先就白公胜的为人作了分析，指出他六个特点。这六个特点在外表上看来虽像有所长，其实质不但不足取，而且有很大的危险性。接着又从白公胜之父被逐于楚，其不忘旧怨，而又有这六个性格特点，说明必然酿成祸乱。更危险的是，他的父仇相隔已久，若还要作乱，受其祸者就必然是子西、子期等执政者，叶公子高举出一系列历史来论证，更显得他对形势的了如指掌，显示了强大的说服力。文中也颇能传达说话的语气，如子西不同意叶公意见，说"子之尚胜也"，似是一副不以为意的口吻。叶公子高说"今子闻而弃之，犹蒙耳也"，也很生动地表现出失望之情。最后叶公对子西的评论，也说明了他能公正地对待别人，不失政治家风度。

越使诸暨郢行成于吴

　　吴王夫差起师伐越，①越王勾践起师逆之江。②大夫种乃献谋曰③：夫吴之与越，唯天所授，④王其无庸战。⑤夫申胥、华登简服吴国之士于甲兵,⑥而未尝有所挫也。夫一人善射,百夫决拾,胜未可成也。⑦夫谋必索见成事焉,而后履之,⑧不可以授命。⑨王不如设戎,约辞行成,以喜其民,⑩以广侈吴王之心。⑪吾以卜之于天,天若弃吴,必许吾成而不吾足也,⑫将必宽然有伯诸侯之心焉。⑬既罢弊其民,而天夺之食,安受其烬,⑭乃无有命矣。⑮

越王许诺,乃命诸暨郢行成于吴,⑯曰:"寡君勾践使下臣郢不敢显然布币行礼,⑰敢私告于下执事:⑱曰:昔者越国见祸,得罪于天王。⑲天王亲趋玉趾,⑳以心孤勾践,㉑而又宥赦之。㉒君王之于越也,繄起死人而肉白骨也。㉓孤不敢忘天灾,其敢忘君王之大赐乎!今勾践申祸无良,㉔草鄙之人,敢忘天王之大德,而思边垂之小怨,以重得罪于下执事?㉕勾践用帅二三之老,㉖亲委重罪,顿颡于边。㉗

"今君王不察,盛怒属兵,将残伐越国。㉘越国固贡献之国也,㉙君王不以鞭棰使之,而辱军士使寇令焉。㉚勾践请盟:一介嫡女,执箕帚以晐姓于王宫;㉛一介嫡男,奉槃匜以随诸御;㉜春秋贡献,不解于王府。㉝天王岂辱裁之,㉞亦征诸侯之礼也。

"夫谚曰:'狐埋之而狐搰之,㉟是以无成功。'今天王既封植越国,㊱以明闻于天下,而又刈亡之,㊲是天王之无成劳也。虽四方之诸侯,则何实以事吴?㊳敢使下臣尽辞,唯天王秉利度义焉。"

(选自《国语·吴语》)

[注释]

①吴王夫差:吴王阖庐之子,吴国最后的君主。

②越王勾践:越国君主。逆:迎战。

③大夫种:越国谋臣。

④唯天所授：言势均力敌，就看老天帮哪一方。

⑤无庸：不用。

⑥申胥：即伍子胥，封于申，故称"申胥"。华登：本宋臣，后奔吴为大夫。简服：训练之使惯于作战。

⑦决拾：射箭用具。"决"为骨制，套在手指上以便搭箭。"拾"为革制的臂套，亦射者所服。此处"决拾"指学射，谓吴人受了申胥、华登影响，多善战的人，所以越国并无必胜的把握。

⑧"夫谋"二句：意谓那计谋必须能预见其必然成功才能付诸行动。

⑨不可以授命：不能草率拼命。

⑩"王不如"三句：王不如一面备战，一面派人用言谈求和，使吴民喜于免战。

⑪以广侈吴王之心：使吴王的野心更加膨胀。

⑫不吾足也：不以威服我们为满足。

⑬宽：感觉宽缓无可虑。伯：同"霸"。

⑭"既罢"三句：烬：残余。这三句说既使吴民疲惫于远征，又遭灾荒，我们就能安然制服其残余势力。

⑮乃无有命矣：指吴国不复保有天命。

⑯诸暨郢：越大夫。

⑰"寡君勾践"句：显然：公然。布：陈列。币：玉帛。这句乃谦辞，自称不敢公然陈列玉帛，以示卑屈。

⑱下执事：下级管事的人，表示不敢言于吴王及大臣。

⑲见祸：被上天降下灾祸。天王：指吴王。

⑳"天王"句：玉趾：尊贵的脚。这句说劳您天王亲临征讨。

㉑"以心"句：孤：抛弃。这句说您本要抛弃勾践。

㉒宥赦：饶赦。

㉓繄(yī)：这是，如同。

㉔"今勾践"句：申：重。这句说今勾践无善心重得祸。

㉕"草鄙之人"四句：表示自己不敢忘吴王大德而念边境小怨以得罪吴的官吏。

㉖帅：同"率"。二三之老：指越国的官员们。

㉗颡(sǎng)：额头。顿颡：磕头。

㉘属兵：聚集兵马。残伐：攻灭。

㉙贡献之国：负责进贡的臣服之国。

㉚"君王"二句：意谓越本臣服之国，可以用鞭打驱使，而君王却像对付强寇一样动用军士来讨伐。

㉛"执箕帚"句：晐(gāi)：具备。这句说使勾践之女作为诸姓之一纳于天子宫中。

㉜槃匜(yí)：盥洗的用具，用匜盛水冲洗手，注入槃中。诸御：诸色侍者如宦官之类。

㉝解：用如"懈"。

㉞辱裁之：降意来加以裁决。

㉟㩼(hú)：掘出。

㊱"今天王"句：封植：培土栽种。此句以种植物为喻。

㊲刈(yì)：割草。

㊳何实以事吴：为什么要服事吴国？

[串讲]

吴王夫差和越王勾践的故事在我国历史上十分有名。《左传》《国语》《史记》以及后来的《吴越春秋》《越绝书》等都有记载，不但如此，这故事还在民间流传，几乎家喻户晓。吴王夫差本是一个有作为的君主，他为了替父阖庐报仇，起兵打败了越国。越王勾践为了雪耻，采纳了大夫种的计谋，用卑辞重币向吴求和，使夫差骄傲起来，自恃其强，向北与齐、晋等国争霸，以消耗吴国的实力，使吴国民力疲敝，加上天灾，国力大为削弱，最后趁吴王北征之时，乘虚而入，一举灭亡吴国。此文所载，就是当时大夫种为越王定计，先派诸暨郢向吴求和时的言论。诸暨郢的言论十分卑谦，自称越国过去蒙吴王宽恕，没有灭亡，因此感恩戴德，不敢背叛，愿意贡献自己的儿女去伺候吴王，春秋两季进贡，装出一副十分恭敬和恐惧的样子。这种言论打动了本已骄矜自满的吴王夫差之心，从此夫差对越失去了警惕，对伍子胥等旧臣的话再也听不进去，甚至把伍子胥杀害，完全堕入越王的毂中。这篇文章给人一个明确的教训，就是对甜言蜜语必须提高警惕；而自恃强大、骄傲放纵者，不免会自取灭亡。

[评析]

　　从本文中大夫种对越王勾践说的话看来，当时越国的实力并非完全不足以与吴对抗。大夫种的用心正在于使吴王夫差变得骄傲起来，所以遣词极为卑逊，完全是一个被征服者对征服者说话的口吻，把吴王称作"天王"，这在春秋时代诸侯国相互称呼中是几乎从未出现过的；把吴王当时宽恕越王称作"繄起死人而肉白骨也"，可谓极度的自卑；"勾践用帅二三之老，亲委重罪，顿颡于边"，更是诚惶诚恐，一副可怜相。这种言辞，对一个比较清醒的人说来，显然很容易想到这是"币重而言甘，诱我也"，但被胜利冲昏了头脑的吴王夫差对此却全无觉察。

　　诸暨郢这段话，其实也不尽是哀求，他引到了"狐埋之而狐搰之"的谚语，说吴既赦越，便要把好事做到底，不能半途而废，否则对吴国以后去争取别的诸侯国不利。这样的话，显然对夫差是有说服力的，因为他一人要做霸王，自然更想以"宽大"自诩。这篇外交辞令可谓能言善辩，措辞巧妙，但在这动人的言语中也多少显示出一种阴险狠毒的气味。

越灭吴

居军三年，吴师自溃。①吴王帅其贤良，与其重禄，以上姑苏。②使王孙雒行成于越，③曰："昔者上天降祸于吴，得罪于会稽。④今君王其图不谷，⑤不谷请复会稽之和。"王弗忍，⑥欲许之。范蠡进谏曰⑦："臣闻之，圣人之功，时为之庸。⑧得时不成，天有还形。⑨天节不远，五年复反，⑩小凶则近，大凶则远。先人有言曰：'伐柯者其则不远。'⑪今君王不断，⑫其忘会稽之事乎？"王曰："诺。"不许。

使者往而复来，辞愈卑，礼愈尊，王又欲许之。范蠡谏曰："孰使我蚤朝而晏罢者，非吴乎？⑬与我争三江、五湖之利者，⑭非吴耶？夫十年谋之，一朝而弃之，其可乎？王姑勿许，其事将易冀已。"⑮王曰："吾欲勿许，而难对其使者，子其对之。"范蠡乃左提鼓，右援枹，以应使者，曰："昔者上天降祸于越、委制于吴，⑯而吴不受。今将反此义以报此祸，吾王敢无听天之命，而听君王之命乎？"王孙雒曰："子范子，先人有言曰：'无助天为虐，助天为虐者不祥。'今吴稻蟹不遗种，子将助天为虐，不忌其不祥乎？"范蠡曰："王孙子，昔吾先君固周室之不成子也，⑰故滨于东海之陂，⑱鼋鼍鱼鳖之与处，⑲而蛙黾之与同渚。⑳余虽靦然而人面哉，㉑吾犹禽兽也，又安知是议议者乎？"㉒王孙雒曰："子范子将助天为虐，助天为虐不祥。雒请反辞于王。"范蠡曰："君王已委制于执事之人矣。㉓

子往矣，无使执事之人得罪于子。"使者辞反。范蠡不报于王，击鼓兴师以随使者，至于姑苏之宫，不伤越民，遂灭吴。

（选自《国语·越语下》）

[注释]

①"居军"二句：指鲁哀公二十年越围吴，至二十三年灭吴，凡三年。

②重禄：大臣。姑苏：吴国的台，在阊门外，近太湖。一说遗址在今虎丘山。

③王孙雒：吴大夫。

④会稽：山名，在今浙江绍兴市附近。鲁哀公元年（前494），吴败越，越王勾践避居会稽，向吴求和。

⑤不谷：吴、楚君主自称。

⑥王：指越王勾践。

⑦范蠡：越大夫。

⑧"时为"句：庸：用。这句说以天时为功用。

⑨"得时"二句：还：反。这两句说得天时而不用，就有转向反面之势。

⑩"天节"二句：意谓天道变化的期限是五年一个周期。

⑪"先人有言"句：先人：古人。按："伐柯"句见《诗经·豳风·伐柯》："伐柯伐柯，其则不远。"

⑫不断：不能决断。

⑬"孰使"二句：蚤：同"早"。罢：退朝。这两句说使我们提早上朝而晚退朝地忙碌的不就是吴国之患吗？

⑭三江：指长江下游的三条江，有多种说法，据韦昭说，当为吴江、

钱塘江和浦阳江。五湖：亦有多说，韦昭以为即今太湖。

⑮"其事"句：冀：希望。此句是说此愿望将易于实现。

⑯委制于吴：把越的命运交在吴国手里。

⑰子：子爵。在周代实行的五等爵中，子男同一位，地位最低。不成子：言越在周室，连子爵的地位也够不上。⑱滨于东海之陂：处于东海的水涯边。

⑲"鼋（yuán）鼍（tuó）"句：鼋：大鳖。鼍：扬子鳄。这句话是说越人与这些动物杂处。

⑳黾（měng）：蛙的一种。

㉑靦（tiǎn）：具有人的面目。

㉒诶（jiàn）诶：能言善辩。

㉓执事之人：指范蠡等领军之臣。

[串讲]

范蠡和大夫种是勾践灭吴的两个主要谋士。从上面所录的大夫种的献计和诸暨郢的求和看来，越国的主要策略就是让吴王夫差穷兵黩武，使民力耗尽，陷于困境。在吴王北向与齐、晋争强之时，越国却尽力休养生息，等待时机。这时，勾践一再地向范蠡请教，问是否可以伐吴，范蠡多次表示时机尚未成熟，直到吴国遭受严重灾荒，"稻蟹不遗种"，范蠡才建议出兵。出兵以后，他又主张不急于和吴国决战，围困三年，使吴师自溃。这时，吴王夫差出于无奈，不得不派王孙雒去向越求和。由于吴使的哀求，勾践曾一度动心，想答应和议，但范蠡坚决反对，指出为越国大患的是吴国，与越争"三江五湖之利"的也是吴国。他认为"天道"是会变化的，过去利于吴而不利于越，现在反之；如果放弃时机，说不定又会转过去有利于吴，因此击鼓进军，一举灭了吴国，体现了范蠡的老谋深算。

[评析]

　　《吴语》和《越语》在《国语》中比较特殊。一般来说，《国语》和《左传》之文均代表着春秋时代那种文雅和含蓄的风格，绝少疾言厉色，往往征引《诗经》《尚书》的语句，有时还多少表现出一些儒家"仁义"的思想。但《吴语》《越语》却不一样，其行文比较犀利，像范蠡最后对王孙雒说的话，毫无委婉之气，却显得杀气腾腾，近似于战国策士的口吻。这也不奇怪，越灭吴是鲁哀公二十二年的事，此时照传统的看法，虽然尚未进入战国，而"春秋"时代却已结束，所以时代风尚已经有了改变，文风自然也随之不同。

战国策

范雎说秦昭王

范雎至秦，王庭迎，①谓范雎曰："寡人宜以身受令久矣。②今者义渠之事急，③寡人日自请太后。④今义渠之事已，寡人乃得以身受命。躬窃闵然不敏，⑤敬执宾主之礼。"⑥范雎辞让。是日见范雎，见者无不变色易容者。秦王屏左右，宫中虚无人，秦王跪而请曰："先生何以幸教寡人。"范雎曰："唯唯。"⑦有间，秦王复请，范雎曰："唯唯。"若是者三。

秦王跪曰："先生不幸教寡人乎？"范雎谢曰："非敢然也。臣闻始时吕尚之遇文王也，⑧身为渔父而钓于渭阳之滨耳。⑨若是者，交疏也。已一说而立为太师，载与俱归者，⑩其言深也。故文王果收功于吕尚，卒擅天下而身立为帝王。⑪即使文王疏吕望而弗与深言，是周无天子之德，而文、武无与成其王也。⑫今臣，羁旅之臣也，⑬交疏于王，而所愿陈者，皆匡君之之事，⑭处人骨肉之间，⑮愿以陈臣之陋忠，而未知王心也，所以王三问而不对者是也。臣非有所畏而不敢言也，知今日言之于前，而明日伏诛于后，然臣弗敢畏也。大王信行臣之言，死不足以为臣患，亡不足以为臣忧，⑯漆身而为厉，⑰被发而为狂，不足以为臣耻。五帝之圣而死，⑱三王之仁而死，⑲五伯之贤而死，⑳乌获之力而死，㉑奔、育之勇焉而死。㉒死者，人之所必不免也。处必然之势，可以少有补于秦，此臣之所大愿也，臣何患乎？伍子胥橐载而出昭关，㉓夜行而昼伏，至于菱水，㉔

无以糊其口，坐行蒲服，乞食于吴市，㉕卒兴吴国，阖庐为霸。㉖使臣得进谋如伍子胥，加之以幽囚，终身不复见，是臣说之行也，臣何忧乎？箕子、接舆，㉗漆身而为厉，被发而为狂，无益于殷、楚。使臣得同行于箕子、接舆，漆身可以补所贤之主，是臣之大荣也，臣又何耻乎？臣之所恐者，独恐臣死之后，天下见臣尽忠而身蹶也，㉘是以杜口裹足，莫肯即秦耳。㉙足下上畏太后之严，㉚下惑奸臣之态，居深宫之中，不离保傅之手，㉛终身暗惑，无与照奸；㉜大者宗庙覆灭，小者身以孤危。此臣之所恐耳。若夫穷辱之事，死亡之患，臣弗敢畏也。臣死而秦治，贤于生也。"

秦王跽曰㉝："先生是何言也！夫秦国僻远，寡人愚不肖，先生乃幸至此，此天以寡人恩先生，㉞而存先王之庙也。寡人得受命于先生，此天所以幸先王而不弃其孤也。先生奈何而言若此！事无大小，上及太后，下至大臣，愿先生悉以教寡人，无疑寡人也。"范雎再拜，秦王亦再拜。

（选自《战国策·秦策三》）

[注释]

①范雎（jū）：魏人，相秦昭襄王，封应侯。王：指秦昭襄王嬴则（一云稷）。

②寡人：古代诸侯自称。宜以身受令：应该亲自来受您教诲。

③义渠：西北少数民族，故地大约在今陕西西部和甘肃东部一带。

④太后：昭襄王之母芈氏，号宣太后。

⑤躬窃闵然不敏：我自伤不聪明，乃自谦之辞。

⑥"敬执"句：作为君主接见士人而用主客相见之礼，是对范雎表

示尊敬。

⑦唯（wěi）唯：答应声。

⑧吕尚：即周初的太公望（姜太公）。文王：指周文王姬昌。

⑨渭阳之滨：渭水以北的河岸上。传说其地在今陕西岐山县一带。

⑩载与俱归：指文王听了吕尚的话，就用车载吕尚同归，加以任用。

⑪卒：终于。擅：占有。

⑫文、武：指文王及子武王姬发。王（wàng）：成就王业。

⑬羁旅之臣：指外来的臣子。

⑭匡：补救。匡君之之事：纠正君主缺失之事。按：两"之"字，疑衍一字。

⑮处人骨肉之间：按：范雎所论为秦王之母太后、舅穰侯及弟泾阳君、华阳君之事。

⑯亡：逃亡。

⑰厉：癞病。"漆身而为厉"指以漆涂在身上装作有癞病，使人认不出来以逃避追捕。

⑱五帝：指黄帝、颛顼（zhuān xū）、帝喾（kù）、尧、舜五位传说中的帝王。

⑲三王：指夏禹、商汤、周文武。

⑳五伯：即"五霸"。有几种说法：一说指齐桓公、晋文公、楚庄公、秦穆公和宋襄公；一说指齐桓、晋文、楚庄、吴阖庐和越勾践；又一说指齐桓、晋文、楚庄、秦穆和阖庐；又一说指夏代昆吾，商代豕韦、大彭，周代齐桓、晋文。

㉑乌获：秦武王时力士。

㉒奔、育：孟奔、夏育，古代两个勇士。

㉓伍子胥：即伍员。橐（tuó）：口袋。橐载：藏在口袋里。昭关：地

先秦散文选 | 117

名，故地在今安徽含山县西北小岘山上。

㉔菱（líng）水：即溧水，在今江苏溧阳市附近。

㉕蒲服：即"匍匐"。吴市：吴都之市，在今江苏苏州市。

㉖卒：终于。阖庐为霸：据此范雎似以阖庐为"五霸"之一。

㉗箕子：商纣之叔，曾披发为狂以避祸。接舆：春秋时楚国的隐士，曾狂歌以笑孔子。

㉘蹶（jué）：跌倒。引申为遭祸。

㉙杜口裹足：闭塞嘴，束缚脚，形容不敢去秦国说真话。即秦：来到秦国。

㉚足下：指秦昭襄王。上畏太后之严：言秦昭襄初年，政事须听太后决定，如前面谈到"义渠之事"必须"自请太后"。

㉛保傅：古代辅导君主的人称为"保""傅"。

㉜照奸：明察阴谋。

㉝跽（jì）：长跪。表示恭敬。

㉞"此天"句：惛（hùn）：打扰。这句意为老天把寡人之事来给先生添麻烦。

[串讲]

战国时代各诸侯国都有一些旧贵族掌握了部分政权，对君主构成威胁。当时的君主要改革政治、富国强兵，往往就会和这部分人发生冲突，甚至造成流血斗争。但历史的事实告诉我们，秦国的富强以及最后能统一中国，在很大程度上得力于此。所以后来的李斯在《谏逐客书》中说："昭王得范雎，废穰侯，逐华阳，强公室，杜私门，蚕食诸侯，使秦成帝业。"这个评价应该是有道理的。此文所记，是范雎刚到秦国见昭襄王的情景。这时秦国朝廷中的形势十分紧张，范雎所要反对的是秦王的母亲、舅舅和几个弟弟，尤其舅舅穰侯（魏冉）还在执政期间建立过功劳。所以范雎初来秦国，还不明白秦王的心思，只能吞吞吐吐，多方试探。秦昭襄王是一个有一定作为但权势欲很重的人，对范雎这种用意自然一拍即合，最后完全接受了范雎的思想。《战国策》中对范雎和秦王的谈话有好几篇记载，这是最广为传诵的一篇，写范雎初见秦王时的情景，由于是初次见面，不像后来几次那样直率，但正因为如此，写范雎那种欲擒故纵的手段更为生动传神。

[评析]

这篇文章在手法上和《战国策》中多数文章不大一样，除了记言之外，也杂有记事的成分。

这些记事的文字虽很简略，却烘托出当时的气氛。如"秦王屏左右，宫中虚无人"，"见者无不变色易容者"，说明秦王此次接见范雎，正酝酿着政治上的一场暴风雨，这一点，大约秦王左右的人也多少有所觉察。正因为如此，范雎不能不更加小心，因为"处人骨肉之间"，穰侯又是既有大功又掌握大权的人，万一走漏风声，显然十分危险。所以范雎提到"死""亡""漆身而为厉""被发而为狂"等，虽意在打动秦王，而这种危险倒也确实存在，所以秦王一再发问，他只是"唯唯"二字。当然，这种态度一方面说明他有顾虑，另一方面也是一种策略，他越是不开口，秦王越是急于听取他的意见。直到他摸清秦王的心思之后，才直截了当地提出了秦王已处于穰侯诸人控制之下，有被篡弑的危险。这些话似对当时的危险形势不无夸大，然而"上畏太后之严"的秦王心中久已不满，再加上范雎的言辞，就使他下决心对穰侯诸人下手。从客观效果看，范雎之见对秦的发展确实起了积极作用；但从范雎主观上说，恐不过想取穰侯等人而代之以求富贵而已。

陈轸说昭阳

　　昭阳为楚伐魏,①覆军杀将得八城,②移兵而攻齐。陈轸为齐王使,③见昭阳,再拜贺战胜,起而问:"楚之法,覆军杀将,其官爵何也?"④昭阳曰:"官为上柱国,⑤爵为上执珪。"⑥陈轸曰:"异贵于此者何也。"⑦曰:"唯令尹耳。"⑧陈轸曰:"令尹贵矣!王非置两令尹也,⑨臣窃为公譬可也。楚有祠者,⑩赐其舍人卮酒。⑪舍人相谓曰:'数人饮之不足,一人饮之有余。请画地为蛇,先成者饮酒。'一人蛇先成,引酒且饮之,⑫乃左手持卮,右手画蛇,曰:'吾能为之足。'未成,一人之蛇成,夺其卮曰:'蛇固无足,子安能为之足。'遂饮其酒。为蛇足者,终亡其酒。⑬今君相楚而攻魏,破军杀将得八城,不弱兵,⑭欲攻齐,齐畏公甚,公以是为名居足矣,⑮官之上非可重也。⑯战无不胜而不知止者,身且死,爵且后归,⑰犹为蛇足也。"昭阳以为然,解军而去。

(选自《战国策·齐策二》)

[注释]

　　①昭阳:楚怀王将。昭氏为楚国大族。

　　②覆军杀将:指破魏军,杀魏将。

　　③陈轸:战国游说之士,夏(夏族故地,汉颍川、南阳地,今河南南部偏西一带)人,曾仕齐、楚。

④"楚之法"三句：意为楚国的法律建破军杀将之功者，授何官，封何爵。

⑤上柱国：楚国官名。

⑥珪（guī）：一作"圭"，古代君主和贵族所执玉制礼器，上尖下方，以此表示身份。"上执珪"是楚国爵名。

⑦异贵于此者：比这更高贵的官爵。

⑧令尹：楚国的执政大臣，最高的官位。

⑨非置两令尹：王不会设两位令尹。

⑩楚有祠者：祠：祭。这句说楚国有人刚举行过祭祀。

⑪舍人：左右亲从的私属人员。

⑫且：将要。

⑬终亡其酒：终于失去了酒。

⑭不弱兵：没有削弱兵力。

⑮居：一本无此字，当是因下文"足"字而误衍。一本改作"亦"。

⑯官之上非可重也：更上的官位是不可能再增加了。

⑰爵且后归：意为您将得不到爵位而归于后来为将的人。

[串讲]

"画蛇添足"这个典故几乎成了人们常用的口语。这就是说，凡做事都要恰如其分，不能过头。譬如说蛇这个东西，本来没有脚，你偏要给它添上脚，就毫无必要。至于这里所谈到的昭阳更是如此，他打败了魏国，未必一定能再打败齐国，再说他的官爵已无法再升，如果继续下去，确有走向反面的危险。经陈轸一说，昭阳就收兵而去。前人说："此策虽其指为齐，亦持胜之善。"在历史上功高不赏反而受害的例子颇不少见，所以古人常有这种看法。

[评析]

　　这篇文章虽主旨在劝昭阳收兵，但后来的读者似更看重"画蛇添足"的寓言，那位首先画好蛇而又去添足的人，那种愚蠢却还扬扬得意的神情给人留下了深刻的印象。我们现在引用这个典故，其意义也已远远超出本文的用意。

冯谖客孟尝君

　　齐人有冯谖者，贫乏不能自存，使人属孟尝君，①愿寄食门下。孟尝君曰："客何好？"②曰："客无好也。"曰："客何能？"曰："客无能也。"孟尝君笑而受之曰③："诺。"左右以君贱之也，食以草具。④居有顷，⑤倚柱弹其剑，歌曰："长铗归来乎！⑥食无鱼。"左右以告，孟尝君曰："食之，比门下之客。"⑦居有顷，复弹其铗，歌曰："长铗归来乎！出无车。"左右皆笑之，以告。孟尝君曰："为之驾，比门下之车客。"⑧于是乘其车，揭其剑，⑨过其友曰："孟尝君客我。"后有顷，复弹其剑铗，歌曰："长铗归来乎！无以为家。"⑩左右皆恶之，⑪以为贪而不知足。孟尝君问："冯公有亲乎？"对曰："有老母。"孟尝君使人给其食用，无使乏。于是冯谖不复歌。

　　后孟尝君出记，⑫问门下诸客："谁习计会，⑬能为文收责于薛者乎？"⑭冯谖署曰⑮："能。"孟尝君怪之，曰："此谁也？"左右曰："乃歌夫长铗归来者也。"孟尝君笑曰："客果有能也，吾负之，未尝见也。"请而见之，谢曰：⑯"文倦于事，愦于忧，而性懧愚，⑰沉于国家之事，⑱开罪于先生。先生不羞，乃有意欲为收责于薛乎？"冯谖曰："愿之。"于是约车治装，载券契而行，辞曰："责毕收，以何市而反？"⑲孟尝君曰："视吾家所寡有者。"驱而之薛，使吏召诸民当偿者，悉来合券。⑳券遍合，起矫命以责赐诸民，㉑因烧其券，民称万岁。

长驱到齐，晨而求见。孟尝君怪其疾也，㉒衣冠而见之，曰："责毕收乎？来何疾也！"曰："收毕矣。""以何市而反？"冯谖曰："君云：'视吾家所寡有者。'臣窃计，君宫中积珍宝，狗马实外厩，美人充下陈。㉓君家所寡有者以义耳！窃以为君市义。"孟尝君曰："市义奈何？"曰："今君有区区之薛，不拊爱子其民，㉔因而贾利之。㉕臣窃矫君，以责赐诸民，因烧其券，民称万岁。乃臣所以为君市义也。"孟尝君不说，曰："诺，先生休矣。"㉖

后期年，齐王谓孟尝君曰："寡人不敢以先王之臣为臣。"㉗孟尝君就国于薛，未至百里，民扶老携幼，迎君道中。孟尝君顾谓冯谖："先生所为文市义者，乃今日见之。"冯谖曰："狡兔有三窟，仅得免其死耳，今君有一窟，未得高枕而卧也。请为君复凿二窟。"孟尝君予车五十乘，㉘金五百斤，西游于梁，谓惠王曰："齐放其大臣孟尝君于诸侯，㉙诸侯先迎之者，富而兵强。"于是，梁王虚上位，㉚以故相为上将军，遣使者，黄金千斤，车百乘，往聘孟尝君。冯谖先驱诫孟尝君曰㉛："千金，重币也；百乘，显使也。齐其闻之矣。"梁使三反，孟尝君固辞不往也。齐王闻之，君臣恐惧，遣太傅赍黄金千斤，㉜文车二驷，服剑一，封书谢孟尝君曰："寡人不祥，㉝被于宗庙之祟，㉞沉于谄谀之臣，开罪于君，寡人不足为也。㉟

愿君顾先王之宗庙，姑反国统万人乎？"冯谖诚孟尝君曰："愿请先王之祭器，立宗庙于薛。"庙成，还报孟尝君曰："三窟已就，君姑高枕为乐矣。"

（选自《战国策·齐策四》）

[注释]

①属：同"嘱"，嘱托。孟尝君：姓田名文，齐贵族大臣，以养士闻名。

②客何好：这位门客有何爱好？

③笑而受：笑着接受他为门客。

④贱之：看不起他。草具：粗劣的饮食。

⑤居有顷：住了一段时间。

⑥铗（jiá）：剑把。

⑦食（sì）之：供应他食物。比门下之客：和门下一般客一样。

⑧车客：出门有车，指地位较高的门客。

⑨揭：举起。

⑩无以为家：无法照顾家人。

⑪恶（wù）：讨厌。

⑫出记：出示通知。

⑬计会（kuài）：算账。

⑭责：同"债"。薛：地名，孟尝君封邑，故址在今山东枣庄市薛城区。

⑮署：签名。

⑯请而见之：请来相见。谢：道歉。

⑰愦：昏乱。懧（nuò）：懦弱。

⑱沉于国家之事：忙于国家事务。按：当时他是齐相。

⑲何市而反：买些什么回来？

⑳合券：验对债券。

㉑遍合：都验完无误。矫：假称。

㉒怪：以为奇怪。疾：快。

㉓下陈：在台阶下充伺候者之列。

㉔拊：同"抚"。爱子其民：爱其民如子。

㉕贾（gǔ）：谋求。

㉖休矣：休息吧。

㉗不敢以先王之臣为臣：客气话，实即免去孟尝君相位。

㉘五十乘：车五十辆，用马二百匹。

㉙放：放逐。

㉚虚上位：留下上座，以便请孟尝君为相。

㉛先驱：首先出发。

㉜赍：同"赍（jī）"，付与。

㉝不祥：不吉利。

㉞祟：鬼神降灾。

㉟不足为也：不值得计较。

[串讲]

孟尝君是战国时代以善于养士闻名的"四公子"之一。据说他有一次陷身秦国，几乎不得脱身，幸赖门客中有人善于学鸡鸣和盗窃，竟帮他逃出了函谷关。宋代大政治家王安石曾就此发过议论。从这篇文章看来，他的"养士"虽未必在他任齐相时帮他做出什么值得称道的政绩，但这些门客中有一些人确实为巩固他个人的地位，使他脱离困境出过一些力量，大抵他养士的目的也仅限于此。从冯谖为孟尝君所设计的"三窟"

看来，最终目的无非是使孟尝君能够"高枕而乐"。不过，他的手段也并非对民众没有一点好处，像他去薛地收债，矫称孟尝君放弃债权，使薛地人民对孟尝君感恩，客观上还是可取的。冯谖指责孟尝君"不拊爱子其民，因而贾利之"的话，也很有理。至于他游说梁王使之迎孟尝君，又叫孟尝君推辞，这显然是要挟齐王的一种手段。这种手段代表战国策士的一种特色，为了达到自己的目的，往往可以不择手段。篇末冯谖称"三窟已就，君姑高枕为乐矣"，赤裸裸地表示只求高枕为乐，绝无掩饰，这种口吻在后人的文章中绝少见到。

[评析]

冯谖的故事亦见于《史记·孟尝君列传》，应该有真人真事为背景，但在描述的过程中也可能采用了当时人的口头传说和作者的想象，所以绘声绘色，颇为动人。一开始强调冯谖的"客无好也""客无能也"，再加上多次的"弹铗而歌"，都给人以一种无能而多少有些可笑的印象。但孟尝君对此似乎并不计较，即使他自称能收债，而把债款送给民众后，孟尝君虽然不高兴，却也不曾有什么表示。文章的后半写到孟尝君被罢相返薛，受到百姓迎接时，气氛就此不同，冯谖的才能才充分表现出来，显示出他足智多谋的一面。作者所着力描写的正是冯谖施展手段，使齐、梁二国争着迎孟尝君，使其地位大为显赫。作者这样写的目的就在突出地显示，当时的君主和贵族都不免要得士人之助，所谓"得士者强，失士者亡"。为了加强文章的感染力，文中写人物的言语和神情，都有十分精彩之笔。如"诺，先生休矣"一语，刻画出孟尝君心里不满又不愿开罪冯谖的心情。冯谖后来说"狡兔有三窟"等语，表现了冯谖见孟尝君已认识到自己才能，而急于进一步表现自己的神态。冯谖说梁王，称孟尝君之能"诸侯先迎之者，富而兵强"，一种扬扬得意的口吻亦跃然纸上。

齐宣王见颜斶

齐宣王见颜斶，①曰："斶前！"斶亦曰："王前！"宣王不悦，左右曰："王，人君也。斶，人臣也。王曰'斶前'，亦曰'王前'可乎？"斶对曰："夫斶前为慕势，王前为趋士。②与使斶为趋势，不如使王为趋士。"王忿然作色曰："王者贵乎？士贵乎？"对曰："士贵耳，王者不贵。"王曰："有说乎？"斶曰："有。昔者秦攻齐，令曰：'有敢去柳下季垄五十步樵采者，③死不赦。'令曰：'有能得齐王头者，封万户侯，赐金千镒。'④由是观之，生王之头，曾不若死士之垄也。"宣王不悦。

左右皆曰："斶来，斶来！大王据千乘之地，⑤而建千石钟，万石虡。⑥天下之士，仁义皆来役处；⑦辩知并进，莫不来语；东西南北，莫敢不服。求万物不备具，而百姓无不亲附。⑧今夫士之高者，乃称匹夫，徒步而处农亩，下则鄙野，监门闾里，⑨士之贱也，亦甚矣。"

斶对曰："不然。斶闻古大禹之时，诸侯万国。何则？德厚之道，得贵士之力也。⑩故舜起农亩，出于鄙野，而为天子。及汤之时，诸侯三千。当今之世，南面称寡者，⑪乃二十四。由此观之，非得失之策与？⑫稍稍诛灭，灭亡无族之时，⑬欲为监门、闾里，安可得而有乎哉？是故《易传》不云乎：'居上位，未得其实，以喜其为名者，⑭必以骄奢为行。据慢骄奢，则凶从之。'⑮是故无其实而喜其名者削,⁑无德而望其福者约,⑰无功而受其禄者辱,祸必握。⑱故曰:'矜功不立,⑲虚愿不至。'⑳此皆幸乐其名,华而无其实德者也。㉑是以尧有九佐,舜有七友,禹有五丞,汤有三辅,㉒自古及今而能虚成名于天下者,无有。是以君王无羞亟问,㉓不愧下学;㉔是故成其道德而扬功名于后世者,尧、舜、禹、汤、周文王是也。故曰:'无形者,形之君也。㉕无端者,事之本也。'㉖夫上见其原,下通其流,㉗至圣人明学,㉘何不吉之有哉!老子曰:'虽贵,必以贱为本;虽高,必以下为基。是以侯王称孤寡不谷,是其贱之本与?'㉙非夫孤寡者,㉚人之困贱下位也,而侯王以自谓,岂非下人而尊贵士与?㉛夫尧传舜,舜传禹,周成王任周公旦,㉜而世世称曰明主,是以明乎士之贵也。"

宣王曰:"嗟乎!君子焉可侮哉,寡人自取病耳!㉝及今闻君子之言,乃今闻细人之行,㉞愿请受为弟子。㉟且颜先生与寡人游,食必太牢,㊱出必乘车,妻子衣服丽都。"㊲

颜斶辞去曰:"夫玉生于山,制则破焉,㊳非弗宝贵矣,然太璞不完。㊴士生乎鄙野,推选则禄焉,㊵非不尊遂也,㊶然而形神不全。斶愿得归,晚食以当肉,安步以当车,无罪以当贵,清静贞正以自虞。㊷制言者王也,尽忠直言者斶也。言要道已备矣,愿得赐归,安行而反臣之邑屋。"则再拜而辞去也。

斶知足矣,归真反朴,则终身不辱也。

(选自《战国策·齐策四》)

[注释]

①齐宣王:姓田,名辟疆,战国时齐王。颜斶(chù):齐隐士。

②趋（qū）：归附。

③柳下季：春秋时鲁大夫，即展禽，柳下是他的采邑，谥号为惠，故称柳下惠，以排行称柳下季。柳下惠的为人，曾得孔子、孟子称赞，故禁士兵侵其坟墓。垄（lǒng）：坟墓。樵采：砍柴。

④镒（yì）：二十两为一镒。

⑤千乘：一千辆战车。古人往往以兵车数计国之大小。

⑥石：一百二十斤为一石。虡：古代悬挂钟磬的架子。

⑦"天下"二句：当为"天下仁义之士，皆来役处"，意谓天下言仁义之士皆来居齐服事齐宣王。

⑧"求万物"二句：当为"求万物无不备具，而百姓无不亲附"。

⑨鄙野：边远的僻野之地。监门闾里：古代的乡二十五家为闾，僻远郊野二十五家为里，各有门，其看守门户者为监门。《史记·魏公子列传》记侯嬴曰："终不以监门困故而受公子财。"

⑩"得贵士"句：因贵士而得其力。

⑪南面称寡者：指君主，古代君主面向南，自称"寡人"。

⑫策：古代计数的小筹。这里引申为推知事理的根据。

⑬灭亡无族之时：指其国家灭亡，君主之族随之被诛灭之时。

⑭"居上位"三句：指居于上位，无其德行，徒喜尊贵之名者，即无德行之君主。

⑮据：同"倨"。凶从之：灾祸由此而来。

⑯削：削弱。

⑰约：陷于困境。

⑱握：通"渥"，深重。（按：这段引文不见今本《周易》的《系辞》《说卦》等传。）

⑲矜功不立：自矜其功者功不能立。

⑳虚愿不至：空有这愿望者不能实现。

㉑"此皆"二句：一本无"华"字，意为只喜高位之名而无居位之实德者。

㉒"是以"四句：这里的"九佐""七友"等皆虚拟之辞，不必实考其人名。

㉓"是以君王"句：亟（qì）：屡次。这句说君王不应以屡次问人为耻。

㉔下学：向地位低的人学习。

㉕无形：指德行等没有形体的东西。形：指有形体的爵位、国土等。

㉖无端：没有端倪，亦指德行一类，有其德方可居其位，所以为"事之本也"。

㉗原：指事物的根源。流：指事物的发展及后果。

㉘"至圣"句："人"字衍。明学：明通其学，知其本源。

㉙"虽贵"六句：见《老子》第三十九章，今本作"故贵必以贱为本，高必以下为基。是以侯王自称孤寡不谷，此非以贱为本耶？"

㉚"非夫"句：按：《老子》"此非以贱为本耶"句下有"非乎"二字。此句"非"字下疑夺"乎"字。"夫孤寡者"之"夫"字或即"乎"之误；"夫"字属下读亦通。

㉛"岂非"句：意思是侯王以"孤""寡"自称，难道不是侯、王谦居人下、重视士人的证明吗？

㉜周成王：武王子，姓姬名诵。旦：周公名。

㉝自取病：自讨没趣。

㉞细人之行：指无实德而不贵士。

㉟请受为弟子：一本无"为"字，文气更顺畅。

㊱"且颜先生与寡人游"二句："颜"字当为"愿"字，形近而误。

太牢：古人以牛、羊、猪全备为“太牢”，仅有羊、猪为“少牢”。

㊲丽都：美丽。

㊳“制则”句：制：裁作。这句说玉块一经制作，即破其完整。

㊴璞（pú）：未经雕琢的玉。

㊵推选：经人推举选拔。禄：享受俸禄，指做官。

㊶尊遂：尊贵而得志。

㊷虞：同“娱”。

[串讲]

战国时代由于“七雄”分立争强，给士人提供较多的仕进机会。一个士人在甲国不得志就可以到乙国去，“朝秦暮楚”的现象十分普遍，因此士人对君主很少有依赖性；相反地，倒是各国的君主和贵族因为要求贤才帮助自己富国强兵而往往谦恭下士。当时那些士人虽然未必都有真才实学，但确有一些士人对一些国家的政治改革起过较重要的作用，汉东方朔所谓“得士者强，失士者亡”，也并非全属虚语。所以当时的士人往往不愿对君主卑躬屈节，有时甚至对他们采取藐视的态度。这种情况，在当时的儒、道、法、纵横等学派的人物身上都有所表现。本文所记的颜斶大约兼受儒、道二家的影响，他所标榜的“圣贤”是尧、舜、禹、汤、文王、周公，这全是儒家所推崇的“圣人”，但他同时也引证《老子》语，其字句亦与今本《老子》基本相同。他提出了“士贵耳，王者不贵”的说法，指出历来不少君主但知居高位，自命尊贵而无实德，最后常常遭亡国灭族之祸，求为微贱之人而不可得。这样的例子很多，而且他把大禹之时诸侯万国，汤时仅存三千，到战国时只有二十四的原因，归结为“据慢骄奢”。这些话正好痛斥了齐宣王左右所夸耀的齐王之贵在于“据千乘之地，而建千石钟，万石虡”等鄙俗无知之语。齐宣王虽口头上表示钦佩，而仍以“食必太牢，出必乘车，妻子衣服丽都”作为与自己游处的条件，自然会遭到颜斶的拒绝。颜斶这种思想既代表了古代气节之士的传统，也反映着战国时代士人的特点。

[评析]

  此文写颜斶和齐王及其左右的争论。齐王及其左右认为王者尊贵，只是强调其权力大，财富多，其实是颇为庸俗的看法。颜斶的论点则不是这样，首先提到"秦攻齐"的例子，说到"生王之头，曾不若死士之垄"。这是惊人之语，但仅此一语，还不足以服齐宣王之心。所以颜斶举出了历史事实，并且引证《易传》《老子》的话，指出居上位而无实德，必以骄奢为行，则必招致灾之祸之理。又从哲理的高度阐发了《老子》所谓"虽贵，必以贱为本；虽高，必以下为基"的原理，说理十分透辟。写齐王左右向颜斶夸耀齐王的权力和财富亦颇生动地刻画出其庸俗鄙陋之态。《古文观止》中选录此文，颇加删削，如左右夸耀富贵之语及颜斶引《易传》《老子》以论骄奢之害部分，均未保存，不仅文意不全，也失去了颜斶语与齐王左右语的强烈对比，艺术效果与逻辑力量均有逊色。

庄辛说楚襄王

  庄辛谓楚襄王曰①："君王左州侯，右夏侯，辇从鄢陵君与寿陵君，②专淫逸侈靡，不顾国政，郢都必危矣。"③襄王曰："先生老悖乎？将以为楚国祅祥乎？"④庄辛曰："臣诚见其必然者也，非敢以为国妖祥也。君王卒幸四子者不衰，楚国必亡矣。臣请辟于赵，⑤淹留以观之。"⑥庄辛去之赵，留五月，秦果举鄢、郢、巫、上蔡、陈之地,⑦襄王流揜于城阳。⑧于是使人发驺,征庄辛于赵。⑨庄辛曰:"诺。"庄辛至,襄王曰:"寡人不能用先生之言,今事至于此,为之奈何?"

庄辛对曰:"臣闻鄙语曰:'见兔而顾犬,未为晚也;亡羊而补牢,未为迟也。'臣闻昔汤、武以百里昌,桀、纣以天下亡。今楚国虽小,绝长续短,⑩犹以数千里,岂特百里哉。⑪王独不见夫蜻蛉乎?⑫六足四翼,飞翔乎天地之间,俯啄蚊虻而食之,⑬仰承甘露而饮之,自以为无患,与人无争也。不知夫五尺童子,方将调铅胶丝,⑭加己乎四仞之上,⑮而下为蝼蚁食也。蜻蛉其小者也,黄雀因是以。俯噣白粒,⑯仰栖茂树,鼓翅奋翼,自以为无患,与人无争也。不知夫公子王孙,左挟弹,右摄丸,⑰将加己乎十仞之上,以其类为招。⑱昼游乎茂树,夕调乎酸咸,倏忽之间,坠于公子之手。

夫雀其小者也,黄鹄因是以。游于江海,淹乎大沼,俯噣鳝鲤,⑲仰啮陵衡,⑳奋其六翮,㉑而凌清风,飘摇乎高翔,自以为无患,与人无争也。不知夫射者,方将修其茓卢,㉒治其矰缴,㉓将加己乎百仞之上。被礛磻,㉔引微缴,折清风而抎矣。㉕故昼游乎江河,夕调乎鼎鼐。㉖

夫黄鹄其小者,蔡圣侯之事因是以。㉗南游乎高陂,北陵乎巫山,㉘饮茹溪流,㉙食湘波之鱼,㉚左抱幼妾,右拥嬖女,与之驰骋乎高蔡之中,㉛而不以国家为事。不知夫子发方受命乎宣王,㉜系己以朱丝而见之也。㉝

蔡圣侯之事其小者也,君王之事因是以。左州侯,右夏侯,辇从鄢陵君与寿陵君,饭封禄之粟,㉞而戴方府之金,㉟与之驰骋乎云梦之中,㊱而不以天下国家为事。不知夫穰侯方受命乎秦王,㊲填黾塞之内,㉘而投己乎黾塞之外。"

襄王闻之,颜色变作,身体战栗。于是乃以执珪而授之为阳陵君,与淮北之地。

（选自《战国策·楚策四》）

[**注释**]

①庄辛：人名,楚庄王之后,以谥号为氏。楚襄王：即楚顷襄王芈横,楚怀王子,在位时秦拔楚鄢郢,遂东迁于陈（今河南淮阳）。

②州侯、夏侯、鄢陵君、寿陵君：都是楚襄王的宠幸之臣。辇（niǎn）：人拉的车,一般为君主所乘。辇从：言辇车每出去时,鄢陵君、寿陵君随从辇后。

③郢都：楚国的都城,故地在今湖北江陵县。

④祅（yāo）祥：预示灾祸的事物反常现象。

⑤辟：同"避"。

⑥淹留：停留。

⑦"秦果举"句：按：此句疑后人追述有误。《史记·秦本纪》载秦昭襄王二十八年,"大良造白起攻楚,取鄢、邓,赦罪人迁之。二十九年,大良造白起攻楚,取郢为南郡,楚王走……三十年,蜀守若伐楚,取巫郡……"又《楚世家》：楚顷襄王十一年,"秦将白起遂拔我郢,烧先王墓夷陵。楚襄王兵散,遂不复战,东北保于陈城"。至于陈的陷落,在楚考烈王二十二年徙都寿春时,非襄王时事。

⑧流揜（yǎn）：流亡困迫。城阳：当作"成阳",故地在今河南息县东北。

⑨驺（zōu）：车辆及御者。征：征召。

⑩绝长续短：截长补短,喻楚国所余土地合起来。

⑪特：但。

⑫蜻蛉（líng）：蜻蜓。

⑬䗈䗈（méng）：" 䗈 "即" 蚊 "。䗈：飞蝇之类。

⑭" 方将 "句：鉁：当作" 饴 "，即饴糖。胶丝：在丝上涂胶水。这句指童子调制饴糖等准备粘取蜻蜓。

⑮仞：七尺（一说八尺）为一仞。

⑯啄：同" 啄 "。白粒：米粒。

⑰摄：按持。

⑱类：一说当为" 颈 "之误。招：的，即射击的目标。

⑲鳝：一本作" 鳝 "，一说为" 鰋（yǎn）"，即鲇鱼。

⑳啮（niè）：字本作" 啮 "，咬。陵：同" 菱 "。衡：指荇菜，一种水草。

㉑六翮：鸟的翅膀，因鸟翅有六根主要的羽毛，故称" 六翮 "。

㉒䂎：一本作" 砵（bō）"，即" 磻 "字，石制箭镞，可系绳射鸟。卢：通" 旅 "，黑色的弓。

㉓缯缴（zhuó）：缯：通" 矰 "，射鸟的箭。缴：系在箭上的丝绳。

㉔磁（jiān）：锋利的。

㉕抎（yǔn）：通" 陨 "，坠落。

㉖鼐（nài）：大鼎。

㉗蔡圣侯：一作" 蔡灵侯 "。（按：" 蔡灵侯 "是春秋时人，但也有学者认为当作" 圣侯 "，详下。）

㉘" 北陵 "句：按，春秋或战国时蔡之疆域都不可能包括巫山。

㉙饮茹溪流：茹溪为巫山的溪流。

㉚" 食湘波 "句：按，蔡国疆域亦不可到今湘江一带。

㉛高蔡：即上蔡，在今河南上蔡县一带。按：蔡国曾多次迁徙，但其

故址均在今河南东南部一带，此文说到"巫山""湘波"都与蔡国无涉。此文疑出后人追记而失实。

㉜子发：一说即春秋时楚灵王诱蔡灵侯而杀之事，但《左传》未记子发参与其事，因而推测为"盖使子发召之"。另一说指战国时事，诱杀蔡侯的是楚宣王，并谓楚宣王时有子发。宣王：名熊良夫，楚悼王子，肃王弟。

㉝朱丝：捆绑人的红绳。

㉞封禄之粟：所封禄位而收得的粮食。

㉟戴：一作"载"。方：四方。方府之金：四方所贡之金。

㊱云梦：古代的大湖，在今湖北、湖南二省境。

㊲穰侯：名魏冉，秦昭襄王之舅为秦相，封于穰。

㊳黾（méng）塞：楚国的要塞，即今平靖关，在今河南省信阳市西南与湖北广水市接界处。

[串讲]

战国后期，楚国政治日益混乱，国力日衰，屡次为秦所败。楚怀王入秦被扣留不返，长子顷襄王立，他比怀王更为昏庸，结果楚国遭到秦将白起进攻，被夺取了旧都鄢郢等大片土地，使顷襄王不得不向东逃亡，迁都于陈。这篇文章记载楚国的贤士庄辛在郢都失陷前，已经预见到这灾难，并向顷襄王进谏，但顷襄王丝毫听不进去。后来郢都失守，顷襄王也不能不想起庄辛当时的话，把他征召回来。庄辛再一次借"蜻蛉""黄雀""黄鹄"和"蔡圣侯"的例子，分析了危机的存在而行将被祸的人毫无觉察的事例，最后落实到顷襄王本人的情况。他的话当场确实打动了顷襄王，但后来的事实却证明顷襄王并未真正引以为戒，所以楚国的局势并未由此有所好转。这篇文章大约出于后来人追记，所以总的来说，写顷襄王的骄奢淫逸不恤国政，显然是真实的，但文中提到的一些史事则和事实大有出入。因此此文作为史料,其价值不高,但行文却有其特点,为不少读者所传诵。

[评析]

　　这篇文章历来被传诵,主要是因为其说理方法颇有特色。庄辛的主要目的是使楚襄王从沉湎于盘乐、怠傲理政的状态中猛醒过来,正视楚国当时的危险境地。但是像楚襄王这样一个昏庸的君主是很难接受劝谏的,如果直截了当地向他指出秦国正在算计他,要灭亡楚国,他未必肯听,而且弄不好还会招来麻烦。因此庄辛的说辞采取了迂回的手法,先从小小的蜻蛉说起,然后讲到黄雀、黄鹄,进而提到被楚国所灭的小国之君蔡圣侯,最终落实到楚襄王本人身上。文中提到人们去捕捉和猎杀蜻蛉、黄雀和黄鹄的方法,是大家日常习见的。人们做种种捕杀的准备时,蜻蛉等动物自然毫无所知,一到人下手时,已无可逃避。同样地,楚王的先世诱杀蔡侯灭亡蔡国时,蔡侯也是毫无觉察的,以此而论,秦强楚弱,秦王亡楚之计已定,而楚王竟尚无所知,依旧醉生梦死,岂不可危!全文由小到大,一层深入一层,剀切明白,使人不得不信、不得不服,自是说理文章的杰作。

汗明见春申君

　　汗明见春申君,①候问三月,而后得见。②谈卒,春申君大说之。汗明欲复谈,春申君曰:"仆已知先生,先生大息矣。"③汗明憱焉曰④:"明愿有问君而恐固。⑤不审君之圣,孰与尧也?"春申君曰:

"先生过矣,臣何足以当尧?"汗明曰:"然则君料臣孰与舜?"春申君曰:"先生即舜也。"汗明曰:"不然,臣请为君终言之。君之贤实不如尧,臣之能不及舜。夫以贤舜事圣尧,三年而后乃相知也。今君一时而知臣,是君圣于尧而臣贤于舜也。"春申君曰:"善。"召门吏为汗先生著客籍,⑥五日一见。

汗明曰:"君亦闻骥乎?夫骥之齿至矣,服盐车而上太行,蹄申膝折,⑦尾湛胕溃,⑧漉汁洒地,⑨白汗交流,中坂迁延,⑩负辕不能上。伯乐遭之,下车攀而哭之,解纻衣以幂之。⑪骥于是俯而喷,仰而鸣,声达于天,若出金石声者,何也?彼见伯乐之知己也。今仆之不肖,厄于州部,⑫堀穴穷巷,⑬沈洿鄙俗之日久矣,君独无意湔拔仆也,⑭使得为君高鸣屈于梁乎?"⑮

(选自《战国策·楚策四》)

[注释]

①汗明:人名,身世不详。春申君:即楚人黄歇,曾为楚相,以喜养士闻名。

②候问:一作"候间",指等待春申君有空才能接见。

③大息:指休息。

④愀:即"蹴(cù)",惊悚不安的样子。

⑤固:浅陋。

⑥著客籍:记下其名于宾客名籍中。

⑦蹄申膝折:申:同"伸"。这句说马拉的车过重,伸蹄向前而膝屈曲不进,喻力竭。

⑧尾湛:尾下沉。湛:同"沉"。这是出汗过多之故。胕:同"肤"。

胕溃：形容出汗而皮肤如溃烂之状。

⑨汁：指汗水。

⑩"白汗"二句：形容流汗多而无法前行。坂：山坡。迁延：不进的样子。

⑪纻（zhù）：用苎麻织成之衣。羃（mì）：同"幂"，遮盖。

⑫厄于州部：州部：指地方上的行政官署。此句意谓自己不为当地官员所重视。

⑬堀（kū）：穴。

⑭湔（jiān）：洗涤。

⑮梁：当指山梁，有人以为汗明曾困于梁国，恐非。

[串讲]

春申君虽以养士著名，但他似乎并不懂得识拔人才。从汗明求见到春申君接见他竟花了三个月时间，接见后尽管欣赏汗明，却不愿深谈，便叫人休息，这完全不是求贤若渴的态度，所以汗明以尧和舜的故事来说明春申君并不真正理解他。汗明其人究竟有多大才能？我们根据现有的史料已很难考知。但此文写骥和伯乐的故事，却写得颇为感人，代表着许多失意之士不遇知音之苦。

[评析]

千里马不遇伯乐，拉着盐车上太行山的寓言，长期以来一直被许多士人所乐道。因为几千年来广大士人能舒展其抱负者毕竟是少数。所以贾谊《吊屈原文》云"骥垂两耳，服盐车兮"；韩愈《杂说四》有"千里马常有，而伯乐不常有"之叹。此文极写老马困顿之状，十分传神，自能引起许多失意者之共鸣。

春申君与李园

楚考烈王无子,①春申君患之,求妇人宜子者进之,甚众,卒无子。赵人李园,持其女弟,②欲进之楚王,闻其不宜子,恐又无宠。李园求事春申君为舍人。③已而谒归,④故失期。还谒,春申君问状。对曰:"齐王遣使求臣女弟,与其使者饮,故失期。"春申君曰:"聘入乎?"⑤对曰:"未也。"春申君曰:"可得见乎?"曰:"可。"于是园乃进其女弟,即幸于春申君。知其有身,⑥园乃与其女弟谋。

园女弟承间说春申君曰:"楚王之贵幸君,虽兄弟不如。今君相楚王二十余年,而王无子,即百岁后将更立兄弟。⑦即楚王更立,彼亦各贵其故所亲,君又安得长有宠乎?非徒然也?君用事久,多失礼于王兄弟,兄弟诚立,祸且及身,奈何以保相印、江东之封乎?今妾自知有身矣,而人莫知。妾之幸君未久,诚以君之重而进妾于楚王,王必幸妾,妾赖天而有男,则是君之子为王也,楚国封尽可得,孰与其临不测之罪乎?"春申君大然之。乃出园女弟,谨舍而言之楚王。⑧楚王召入,幸之。遂生子男,立为太子,以李园女弟立为王后。楚王贵李园,李园用事。李园既入其女弟为王后,子为太子,恐春申君语泄而益骄,阴养死士,欲杀春申君以灭口,而国人颇有知之者。

春申君相楚二十五年,考烈王病。朱英谓春申君曰:⑨"世有无妄之福,⑩又有无妄之祸。今君处无妄之世,以事无妄之主,安不有无妄之人乎?"春申君曰:"何谓无妄之福?"曰:"君相楚二十余年矣,虽名为相国,实楚王也。五子皆相诸侯。今王疾甚,旦暮且崩,太子衰弱,疾而不起,而君相少主,因而代立当国,如伊尹、周公。王长而反政,不,即遂南面称孤,因而有楚国。此所谓无妄之福也。"春申君曰:"何谓无妄之祸?"曰:"李园不治国,王之舅也。不为兵将,而阴养死士之日久矣。楚王崩,李园必先入,据本议制断君命,⑪秉权而杀君以灭口。此所谓无妄之祸也。"春申君曰:"何谓无妄之人?"曰:"君先仕臣为郎中,君王崩,李园先入,臣请为君劗其胸杀之。⑫此所谓无妄之人也。"春申君曰:"先生置之,⑬勿复言已!李园,软弱人也,仆又善之,又何至此?"朱英恐,乃亡去。后十七日,楚考烈王崩,李园果先入,置死士,止于棘门之内。⑭春申君后入,止棘门。园死士夹刺春申君,斩其头,投之棘门外。于是使吏尽灭春申君之家。而李园女弟,初幸春中君有身,而入之王所生子者,遂立为楚幽王也。

(选自《战国策·楚策四》)

[注释]

　　①楚考烈王:名熊完,顷襄王子。

　　②女弟:妹。

　　③舍人:古代王公贵人的侍从宾客。

　　④谒归:告假回家。

　　⑤聘入乎:聘币已送入否?

　　⑥有身:怀孕。

　　⑦百岁后:死后。

⑧谨舍：指另一处房舍，而奉养护卫颇为谨严。

⑨朱英：春申君的门客。

⑩无妄：同"无望"，即想不到的。

⑪据本议：根据自己的本意。制断君命：主宰你的命运。

⑫劖（chōng）：刺。

⑬置之：停下，即不要说了。

⑭棘门：宫门。棘：通"戟"。古代宫门插戟以为护卫，故名。

[串讲]

　　这个故事亦见《史记·春申君列传》，其情节几乎全同，只是文字上稍有出入。值得注意的是在这故事发生的同时，秦国也出现了秦始皇为吕不韦之子的说法，而且两个故事又有不少类似之处，所以也有些研究者曾对此持有怀疑态度。在今天看来，这种宫闱之事，本很难说，然而《战国策》和《史记》的记载，大约都杂有民间传说的成分。《战国策》中这篇文章大约是战国秦汉间一些策士根据传闻写成的（当时《战国策》尚未成书，可能见于"《国策》""《事语》"或"《短长》"等名目的书中），而司马迁即以此采入《史记》。从这篇文章看来，春申君想借李园之妹以取楚国，而李园也想以此显贵于楚是完全可能的。至少春申君死于李园之手，这应该无疑问，所以故事反映的是统治者内部一种钩心斗角的情况。

[评析]

　　春申君早年曾经是一个颇有才能的人，《战国策·秦策四》有一篇他游说秦昭襄王的文章，对秦、楚、韩、魏形势的分析颇为清楚。如果不是这样，他不可能长期相楚，掌握楚国的大权。并且当时一些杰出的思想家如荀况，也曾对他抱有幻想。但春申君在显贵之后，变得骄纵昏庸起来，他听信李园的建议而向考烈王进献李园之妹，表现了他确有野心。但是，他对李园显然疏于防范，当朱英向他指出危险时，他竟说："先生置之，勿复言已！李园，软弱人也，仆又善之，又何至此？"一副不以为意的样子。这几句话很能传达出春申君的心态。至于写李园用告假手段引诱春申君纳其妹一节，情节曲折，有小说意味，大约亦出于传说。

鲁仲连义不帝秦

秦围赵之邯郸，①魏安厘王使将军晋鄙救赵。②畏秦，止于荡阴，③不进。魏王使将军辛垣衍间入邯郸，④因平原君谓赵王曰⑤："秦所以急围赵者，前与齐湣王争强为帝，⑥已而复归帝，以齐故。今齐湣王已益弱，⑦方今唯秦雄天下，此非必贪邯郸，其意欲求为帝。赵诚发使尊秦昭王为帝，⑧秦必喜，罢兵去。"平原君犹豫未有所决。此时鲁仲连适游赵，⑨会秦围赵。闻魏将欲令赵尊秦为帝，乃见平原君曰："事将奈何矣？"平原君曰："胜也何敢言事？百万之众折于外，⑩今又内围邯郸而不能去。魏王使将军辛垣衍令赵帝秦。今其人在是，胜也何敢言事？"鲁连曰："始吾以君为天下之贤公子也，吾乃今然后知君非天下之贤公子也。梁客辛垣衍安在？吾请为君责而归之。"平原君曰："胜请召而见之于先生。"平原君遂见辛垣衍曰："东国有鲁连先生，其人在此，胜请为绍介而见之于将军。"辛垣衍曰："吾闻鲁连先生，齐国之高士也。衍，人臣也，使事有职，吾不愿见鲁连先生也。"平原君曰："胜已泄之矣。"辛垣衍许诺。

鲁连见辛垣衍而无言。辛垣衍曰:"吾视居此围城之中者,皆有求于平原君者也。今吾视先生之玉貌,非有求于平原君者,曷为久居此围城之中而不去也?"鲁连曰:"世以鲍焦无从容而死者,⑪皆非也。今众人不知,则为一身。彼秦者,弃礼义而上首功之国也。⑫权使其士,虏使其民。⑬彼则肆然而为帝,⑭过而遂正于天下,⑮则连有赴东海而死矣。吾不忍为之民也。所为见将军者,欲以助赵也。"辛垣衍曰:"先生助之奈何?"鲁连曰:"吾将使梁及燕助之,齐、楚则固助之矣。"辛垣衍曰:"燕则吾请以从矣。若乃梁,则吾乃梁人也,先生恶能使梁助之耶?"鲁连曰:"梁未睹秦称帝之害故也,使梁睹秦称帝之害,则必助赵矣。"辛垣衍曰:"秦称帝之害奈何?"鲁仲连曰:"昔齐威王尝为仁义矣,⑯率天下诸侯而朝周。周贫且微,诸侯莫朝,而齐独朝之。居岁余,周烈王崩,⑰诸侯皆吊,齐后往。周怒,赴于齐曰:'天崩地坼,天子下席。东藩之臣田婴齐后至,则斫之。'⑱威王勃然怒曰:'叱嗟!而母婢也!'⑲卒为天下笑。故生则朝周,死则叱之,诚不忍其求也。彼天子固然,其无足怪。"辛垣衍曰:"先生独未见夫仆乎?十人而从一人者,宁力不胜,智不若耶?畏之也。"鲁仲连曰:"然梁之比于秦若仆耶?"辛垣衍曰:"然。"鲁仲连曰:"然吾将使秦王烹醢梁王。"⑳辛垣衍怏然不悦曰:"嘻,亦太甚矣,先生之言也!先生又恶能使秦王烹醢梁王?"

鲁仲连曰:"固也,待吾言之。昔者,鬼侯、鄂侯、文王,纣之三公也。㉑鬼侯有子而好,故入之于纣,纣以为恶,醢鬼侯。鄂侯争之急,辨之疾,故脯鄂侯。㉒文王闻之,喟然而叹,故拘之于牖里之库,㉓百日而欲令之死。曷为与人俱称帝王,卒就脯醢之地也?齐闵王将之鲁,㉔夷维子执策而从,㉕谓鲁人曰:'子将何以待吾君?'鲁人曰:'吾将以十太牢待子之君。'㉖夷维子曰:'子安取礼而来待吾君?彼吾君者,天子也。天子巡狩,诸侯辟舍,㉗纳(于)筦键,㉘摄衽抱几,㉙视膳于堂下,天子已食,退而听朝也。'鲁人投其籥,㉚不果纳。不得入于鲁,将之薛,假涂于邹。㉛当是时,邹君死,闵王欲入吊。夷维子谓邹之孤曰㉜:'天子吊,主人必将倍殡柩,㉝设北面于南方,然后天子南面吊也。'邹之群臣曰:'必若此,吾将伏剑而死。'故不敢入于邹。邹、鲁之臣,生则不得事养,死则不得饭含。㉞然且欲行天子之礼于邹、鲁之臣,不果纳。今秦万乘之国,㉟梁亦万乘之国。俱据万乘之国,交有称王之名,睹其一战而胜,欲从而帝之,是使三晋之大臣不如邹、鲁之仆妾也。且秦无已而帝,㊱则且变易诸侯之大臣。彼将夺其所谓不肖,而予其所谓贤;夺其所憎,而与其所爱。彼又将使其子女谗妾为诸侯妃姬,处梁之宫,梁王安得晏然而已乎?而将军又何以得故宠乎?"于是,辛垣衍起,再拜谢曰:"始以先生为庸人,吾乃今日而知先生为天下之士也。吾请去,不敢复言帝秦。"秦将闻之,为却军五十里。

适会魏公子无忌夺晋鄙军以救赵击秦,㊲秦军引而去。于是平原君欲封鲁仲连。鲁仲连辞让者三,终不肯受。平原君乃置酒,酒酣,起前以千金为鲁连寿。鲁连笑曰:"所贵于天下之士者,为人排患、释难、解纷乱而无所取也。即有所取者,是商贾之人也,仲连不忍为也。"遂辞平原君而去,终身不复见。

(选自《战国策·赵策三》)

[注释]

①邯郸：当时赵国的都城，今属河北。

②魏安厘王：名圉，昭王子。

③荡阴：在今河南汤阴县一带。

④间入：化装潜入。

⑤平原君：赵王之弟，名赵胜。

⑥齐湣王：一作"齐闵王"，姓田名地，宣王子。

⑦"今齐"句：意谓现在的齐湣王比过去更弱。

⑧秦昭王：即秦昭襄王，名则，一说名稷。

⑨鲁仲连：战国时高士，齐人，《汉书·艺文志》著录有《鲁仲连子》十四篇，此文有可能采自此书。从文中对"秦昭王""齐湣王"皆称谥号，疑出自后人追记。

⑩百万之众折于外：指秦昭襄王四十七年秦军在长平（今山西长子县南）大破赵军。

⑪鲍焦：周代隐者，荷担采樵，拾橡实而食，不愿出仕，后遇孔子弟子子贡，加以指责，"遂抱木立枯焉"。事见《韩诗外传》及《庄子·盗跖》成玄英疏。

⑫上首功：崇尚"首功"。首功：指作战时斩获敌军首级以论功。

⑬"权使"二句：意谓以权诈使唤其士人，如对奴虏一样对待其民众。

⑭肆然：放肆地。

⑮"过而"句：意谓如果秦真的肆然为帝，甚而至于为政于天下。过：甚。正：同"政"。

⑯齐威王：姓田，名婴齐，始代姜氏而有齐国。

⑰周烈王：姓姬名喜。（按：据钱穆先生《先秦诸子系年》卷四考

证，烈王与齐威王年代不相当，此疑后人增饰之辞。）

⑱斫（zhuó）：斩杀。

⑲而：同"尔"。

⑳醢（hǎi）：剁成肉酱。

㉑鬼侯、鄂侯：传说中殷末诸侯。一说"鬼侯"即"瑰侯"，其地在今山西西北部；鄂侯其地在今河南沁阳市西北。

㉒脯：杀了制成肉干。

㉓牖里：地名，在今河南汤阴县境。库：一作"车"。

㉔齐闵王：即齐湣王。

㉕夷维子：齐臣。策：马鞭。

㉖太牢：一牛一羊一猪为一太牢。

㉗辟：同"避"。辟舍：指避开正屋。

㉘笰键：锁和钥匙。

㉙摄衽抱几：提起衣襟，塞在腰带上，跪着捧案几向天子进献食品。

㉚籥：同"钥"，指放下钥匙，不为齐湣王开门。

㉛薛：本春秋时国名，后为齐所灭，今山东枣庄市薛城区。邹：国名，今山东邹城市。

㉜孤：邹国君的继承者，因父死故称"孤"。

㉝倍：同"背"。倍殡柩：指把死者的棺木掉转方向，头朝北，使天子面向南去吊唁。

㉞事养：指俸禄不够侍养其父母。饭含：指死后无米和珠子放在口中。

㉟万乘：一万辆兵车。指大国。

㊱无已：无法制止其称帝的话。

㊲魏公子无忌：即信陵君。

[串讲]

在战国"七雄"中，无疑以秦为最强大，最后也是由秦来统一了中国。但是早在秦统一以前，许多士人都把秦看作"虎狼之国"，称之为"暴秦"。这大约和秦法过于严酷而在对待敌国俘虏方面尤为残暴有关。例如长平之战后，秦将白起就屠杀了赵军降卒四十万人，这种行为自然得不到多数人的支持。所以鲁仲连反对尊秦为帝，在历来传为美谈，形诸吟咏。如晋左思《咏史》有"吾慕鲁仲连，谈笑却秦军"之句；南朝谢灵运《述祖德诗》也有"仲连却秦军"句。这篇文章虽属后人追记（文中提到齐湣王、秦昭王谥号），但文章中极写秦称帝之害，引用了许多历史事例，说明作者对当时的形势有很清楚的认识。尤其是痛斥辛垣衍想尊秦为帝之失策，认为"三晋之大臣不如邹、鲁之仆妾"，可谓痛切。至于谈到一旦秦果真称帝，"则且变易诸侯之大臣"一段，直接关系到了辛垣衍的地位，终于把辛垣衍打动，"不敢复言帝秦"。文中讲到纣杀鬼侯、鄂侯并囚禁文王，周王斥责齐威王以及鲁、邹二国之拒绝齐湣王等事，都说明一旦有个高踞诸侯之上的"天子"或"帝"，就能使诸国不胜其责求。尽管从历史的趋势来看，由割据而走向统一有其必然性，但反对秦的残暴统治，反对辛垣衍那样"睹其一战而胜，欲从而帝之"的主张，还是有一定意义的。

[评析]

这篇文章历来被视为《战国策》中的名篇，文中鲁仲连慷慨陈词，引证史实来说明秦称帝之害，说理透辟，笔锋洋溢着激愤之情，特别是叙述一些历史故事时，转述古人言语，能真实生动地写出这些人种种不同的心理状态，如齐威王发怒，斥责周王说："叱嗟！而母婢也！"一个君主出口骂人，仅用简短的几个字就烘托出他忍无可忍的狂怒心境。当辛垣衍提到梁国惧怕秦国，以主人和奴仆为比喻时，立即以"吾将使秦王烹醢梁王"来反驳，引出了不少事例，尤其写鲁、邹两国之臣拒绝齐湣王的情况，更显示了辛垣衍的怯懦和渺小。文中写平原君在见鲁仲连时连称"胜也何敢言事"，表现出他在战败之后，势穷力竭的心态。总之，全文中写鲁仲连、辛垣衍和平原君三人，都有其鲜明的性格，而这种性格，又往往用记言的手法，通过三言两语突现出来，给读者以深刻的印象。

聂政刺韩傀

韩傀相韩，严遂重于君，二人相害也。①严遂政议直指，②举韩傀之过。韩傀以之叱之于朝。严遂拔剑趋之，以救解。③于是严遂惧诛，亡去，游求人可以报韩傀者。至齐，齐人或言："轵深井里聂政，④勇敢士也，避仇隐于屠者之间。⑤"严遂阴交于聂政，以意厚之。聂政问曰："子欲安用我乎？"严遂曰："吾得为役之日浅，事今薄，⑥奚敢有请？"于是严遂乃具酒，觞聂政母前。仲子奉黄金百镒，⑦前为聂政母寿。聂政惊，愈怪其厚，固谢严仲子。仲子固进，而聂政谢曰："臣有老母，家贫，客游以为狗屠，可旦夕得甘脆以养亲。亲供养备，义不敢当仲子之赐。"严仲子辟人，⑧因为聂政语曰："臣有仇，而行游诸侯众矣。然至齐，闻足下义甚高，故直进百金者，特以为夫人粗粝之费，⑨以交足下之欢，岂敢以有求邪？"聂政曰："臣所以降志辱身，居市井者，徒幸而养老母。老母在，政身未敢以许人也。"严仲子固让，聂政竟不肯受。然仲子卒备宾主之礼而去。

久之，聂政母死，既葬，除服。聂政曰："嗟乎！政乃市井之人，鼓刀以屠，而严仲子乃诸侯之卿相也，不远千里，枉车骑而交臣，臣之所以待之至浅鲜矣，未有大功可以称者，而严仲子举百金为亲寿，我虽不受，然是深知政也。夫贤者以感忿睚眦之意，⑩而亲信穷僻之人，而政独安可嘿然而止乎？且前日要政，⑪政徒以老母。老母今以天年终，政将为知己者用。"遂西至濮阳，⑫见严仲子曰："前所以不许仲子者，徒以亲在，今亲不幸，仲子所欲报仇者为谁？"严仲子具告曰："臣之仇韩相傀。傀又韩君之季父也，⑬宗族盛，兵卫设。⑭臣使人刺之，终莫能就。今足下幸而不弃，请益具车骑壮士，以为羽翼。"政曰："韩与卫，中间不远，今杀人之相，相又国君之亲，此其势不可以多人。多人不能无生得失，⑮生得失则语泄，语泄则韩举国而与仲子为雠，岂不殆哉！"遂谢车骑人徒，辞，独行仗剑至韩。

韩适有东孟之会，⑯韩王及相皆在焉，持兵戟而卫者甚众。聂政直入，上阶刺韩傀。韩傀走而抱哀侯，⑰聂政刺之，兼中哀侯，左右大乱。聂政大呼，所杀者数十人。因自皮面抉眼，⑱自屠出肠，遂以死。韩取聂政尸于市，县购之千金。⑲久之，莫知谁子。政姊闻之曰："弟至贤，不可爱妾之躯，灭吾弟之名，非弟意也。"乃之韩，视之曰："勇哉！气矜之隆。⑳是其轶贲、育而高成荆矣。㉑今死而无名，父母既殁矣，兄弟无有，此为我故也。夫爱身不扬弟之名，吾不忍也。"乃抱尸而哭之曰："此吾弟轵深井里聂政也。"亦自杀于尸下。

晋、楚、齐、卫闻之曰："非独政之能，乃其姊者，亦列女也。"聂政之所以名施于后世者，㉒其姊不避菹醢之诛，㉓以扬其名也。

（选自《战国策·韩策二》）

[注释]

①相害：互相忌恨。

②政：同"正"。政议直指：议论正直，揭人的过失。

③以救解：因有人劝和而分开。

④轵：地名，故址在今河南济源市南。深井里：是聂政所居里名。

⑤隐于屠者之间：以从事屠宰业隐藏其身份。

⑥事今薄：承上"为役之日浅"而言，意谓交情还不深。

⑦镒：二十四两为一镒。

⑧辟人：同"避人"。

⑨粗粝之费：指供养聂政老母之费，因自谦数量少，故称"粗粝之费"，即不精美的食物。

⑩睚眦（yá zì）：怒目而视的样子，指小小怨怒。

⑪要：求请。

⑫濮阳：地名，故址在今河南濮阳市南。

⑬季父：叔父。

⑭兵卫设：士兵和守卫之具布置很齐备。

⑮得失：偏义复词，实为"失"，即漏洞、差错。

⑯东孟：地名，故址在今河南延津县西南。

⑰哀侯：韩国君主，文侯子。

⑱皮面抉眼：去掉面部之皮，挖去自己的眼，以免被人认出。

⑲县购：即悬赏。

⑳气矜之隆：指勇猛自信的气势极隆。

㉑轶：超过。贲、育：指孟贲和夏育，两位古代的勇士。成荆：人名，古代勇士。《吕氏春秋·论威》：成荆致死于韩王，而周人皆畏。

㉒施（yì）：延续。

㉓菹（zū）醢：剁成肉酱的酷刑。

[串讲]

　　这篇文章的内容亦见于《史记·刺客列传》，但文字略有出入。大抵《史记》即采自前人著述，而作了一些删改，如此文中记聂政刺杀韩傀是在"东孟之会"，且并中哀侯的事，《史记》删去；而《史记》载聂政姊名"荣"，其自述中有言及老母尚在、自己未嫁之事，亦不见《战国策》。

　　这篇文章从严仲子和韩傀结仇说起，次叙严仲子在逃亡中寻访为他报仇的勇士，最后知道了聂政之勇。严仲子费了不少心血去和聂政结交，但聂政因养母之故，不能答应，及至聂母死后，聂政才能为严仲子出力。他主动去找严，并单身至韩，杀死韩傀，为了不连累其姊，遂自杀而毁其容貌，但其姊不愿为自身安全，没其弟之名。这说明在战国士人中，的确流行过一种"士为知己者死"的风气。这种为了个人意气，去杀人并自杀的行为，在今天看来实不足称道，然而当时一些士人却颇加推重。

[评析]

　　此文写聂政的性格十分鲜明。从他的性格和行径看来，大约是一个带有游侠气的士人。严仲子得知其名是在齐国，说明他早年已与人结仇，不得不避仇而流亡入齐，以屠宰为业，其目的无非是想隐姓埋名，奉养老母以终其天年。然而他并非甘心隐居的人，当严仲子找到他时，他虽不受严仲子的赠金，但已深知严所以要和他结交，是有求于他。他当时自称"老母在，政身未敢以许人也"，虽是拒绝，实际上已经答应严仲子日后为他出力。文章最精彩的部分，自然是他仗剑至韩，刺杀韩傀，并刺及韩哀侯等情节。这种文字，几乎字字千金，使人物性格跃然纸上。应该说，不论此文作者还是司马迁，对这个人物的态度显然是赞赏的。我们今天阅读此文，应该从当时的历史条件来加以理解，既不必苛责，也不能无批判地加以赞扬。

乐毅报燕惠王书

昌国君乐毅为燕昭王合五国之兵而攻齐，①下七十余城，尽郡县之以属燕。②三城未下，③而燕昭王死。惠王即位，用齐人反间，疑乐毅，而使骑劫代之将。乐毅奔赵，赵封以为望诸君。齐田单欺诈骑劫，卒败燕军，复收七十城以复齐。燕王悔，惧赵用乐毅承燕之弊以伐燕。燕王乃使人让乐毅，且谢之曰："先王举国而委将军，将军为燕破齐，报先王之雠，天下莫不振动，寡人岂敢一日而忘将军之功哉！会先王弃群臣，寡人新即位，左右误寡人。寡人之使骑劫代将军者，为将军久暴露于外，故召将军且休计事。④将军过听，以与寡人有郄，⑤遂捐燕而归赵。将军自为计则可矣，而亦何以报先王之所以遇将军之意乎？"

望诸君乃使人献书报燕王曰："臣不佞，⑥不能奉承先王之教，以顺左右之心，恐抵斧质之罪，⑦以伤先王之明，而又害于足下之义，故遁逃奔赵。自负以不肖之罪，故不敢为辞说。今王使使者数之罪，臣恐侍御者之不察先王之所以畜幸臣之理，而又不白于臣之所以事先王之心，故敢以书对。

"臣闻贤圣之君，不以禄利其亲，功多者授之；不以官随其爱，能当者处之。⑧故察能而授官者，成功之君也；论行而结交者，立名之士也。臣以所学者观之，先王之举错，⑨有高世之心，故假节于魏王，⑩而以身得察于燕。⑪先王过举，擢之乎宾客之中，而立之乎群臣之上，不谋于父兄，而使臣为亚卿。臣自以为奉令承教，可以幸无罪矣，故受命而不辞。

"先王命之曰：'我有积怨深怒于齐，不量轻弱，而欲以齐为事。'臣对曰：'夫齐霸国之余教也，⑫而骤胜之遗事也，⑬闲于兵甲，习于战攻。王若欲攻之，则必举天下而图之。举天下而图之，莫径于结赵矣。且又淮北、宋地，楚、魏之所同愿也。赵若许，约楚、魏、宋尽力，⑭四国攻之，齐可大破也。'先王曰：'善。'臣乃口受令，具符节，南使臣于赵。顾反命，起兵随而攻齐。以天之道，先王之灵，河北之地，随先王举而有之于济上。济上之军，奉命击齐，大胜之，轻卒锐兵，长驱至国。齐王逃遁走莒，⑮仅以身免。珠玉财宝，车甲珍器，尽收入燕。大吕陈于元英，⑯故鼎反于历室，⑰齐器设于宁台，⑱蓟丘之植，植于汶篁。⑲自五伯以来，功未有及先王者也。先王以为惬其志，⑳以臣为不顿命，㉑故裂地而封之，使之得比乎小国诸侯。臣不佞，自以为奉令承教，可以幸无罪矣，故受命而弗辞。

"臣闻贤明之君，功立而不废，故著于春秋，㉒蚤知之士，㉓名成而不毁，故称于后世。若先王之报怨雪耻，夷万乘之强国，收入百岁之蓄积，及至弃群臣之日，余令诏后嗣之遗义，执政任事之臣，所以能循法令，顺庶孽者，㉔施及萌隶，㉕皆可以教于后世。

"臣闻善作者不必善成，善始者不必善终。昔者伍子胥说听乎阖闾，故吴王远迹至于郢。夫差弗是也，赐之鸱夷而浮之江。㉖故吴王夫差不悟先论之可以立功,㉒故沉子胥而不悔。子胥不蚤见主之不同量,故入江而不改。夫免身全功,以明先王之迹者,臣之上计也。离毁辱之非,㉓堕先王之名者,臣之所以大恐也。临不测之罪,以幸为利者,㉔义之所不敢出也。

"臣闻古之君子,交绝不出恶声。忠臣之去也,不洁其名。臣虽不佞,数奉教于君子矣。恐侍御者之亲左右之说,而不察疏远之行也。故敢以书报,唯君之留意焉。"

(选自《战国策·燕策二》)

[注释]

① 燕昭王:旧说以为是燕王哙的太子平,而今人有以为是公子职者,尚难定论。五国:指燕、赵、魏、韩、楚。

② "尽郡县"句:指把攻克的齐地立为郡县以归属燕国。

③ 三城未下:指聊、莒、即墨三城尚未攻下。

④ 且休计事:暂且休息,归国商议事情。这是托词。

⑤ 郤(xì):空隙,引申为怨恨。

⑥ 不佞:不才。

⑦ 斧质之罪:指死刑。质:通"锧",是古代的刑具,杀人时用为垫座的砧板。

⑧ 能当者处之:能称其职的人居此位。

⑨ 举错:任举和措施。错:通"措"。

⑩ "故假节"句:假:借。节:出使者所持的凭证。这句指乐毅曾为魏昭王使于燕,遂留在燕国。

⑪ "而以身"句:使自己亲自得到燕王的赏识。

⑫霸国之余教：指齐自春秋时桓公已为霸主，尚有其遗教。

⑬骤胜之遗事：指多次战胜的余威。（按：齐曾乘燕乱攻破燕国，又曾灭宋，屡次战胜。）

⑭约楚、魏、宋尽力：此时宋已灭亡。清人黄丕烈据《新序》，认为"宋"字衍。

⑮莒：齐地，今山东莒县一带。

⑯大吕：齐国的钟名。元英：燕宫殿名。

⑰故鼎：燕国之鼎。子之之乱，鼎为齐所掠，乐毅破齐后收回。历室：燕国宫名。

⑱宁台：燕国台名，据《史记正义》引《括地志》，"在幽州蓟县西四里"，故址大约在今北京市西南郊。

⑲蓟丘：丘名。据《史记正义》："蓟城西北隅有蓟丘。"汶篁：汶水之滨的竹林。汶水在今山东西南部。旧注有多种解释，似以燕蓟丘之所植（所栽的树林），移植于汶上之竹田为较顺。

⑳惬（qiè）：满意。

㉑不顿命：没有屈辱使命。

㉒春秋：泛指史书。

㉓蚤：同"早"。

㉔顺庶孽：古代君主实行嫡长子继承制，君主死后，庶出之子往往与嫡子争位。这里说燕昭王能预防此乱，使庶孽顺从。

㉕萌隶：普通百姓。

㉖鸱夷：皮制口袋。吴王夫差赐伍子胥自杀后，把他的尸体装进口袋，投入江中。

㉗先论：先见之论。

㉘离：同"罹"，遭受。

㉙以幸为利：指为赵代燕。

[串讲]

乐毅这个历史人物曾得到许多人赞赏，这主要是因为他既为燕国立了大功，而被谗离燕后，又不愿助赵攻燕。所以汉高祖刘邦要封赏他的子孙，诸葛亮要以他自比，曹操在《让县自明本志令》中也称道他。这篇文章，历来也被视为先秦散文中的典范之作。《战国策》中所载本文从开头起到"望诸君乃使人献书报燕王曰"为止当是后人所加，而乐毅的话，实自"臣不佞"句开始。第一段讲自己离燕出亡的原因及此次报书的用意。第二段叙述自己当年为什么要仕燕及接受"亚卿之位"的用意。第三段追述当年怎样和燕昭王合计攻齐及取得的战功。第四段论燕昭王的贤明，实亦有批评燕惠王不能很好地继承父志。第五段引证历史事例，说明"善作者不必善成，善始者不必善终"的道理，表示自己一旦被谗，不但有被杀的危险，而且还可能有伤燕昭王之明，所以不得不去燕而赴赵。但赴赵也不会因此助赵伐燕。最后即第六段又再次强调恐燕惠王不了解自己的用意，所以要以书信申述其意，希望惠王鉴察。

[评析]

这是一篇追述往事以自表心曲的文章。从文中看来，乐毅深感燕昭王知遇之恩，因此提到"先王"时，笔端是充满感情的。文中历叙自己被昭王所赏识和信任，以致燕破强齐。写到当时攻齐的胜利，笔酣墨畅，而归结为"自五伯以来，功未有及先王者也"，这并非自诩，而是追述昭王的识鉴和度量，文中字字句句都在称扬昭王。这种称颂正如诸葛亮《出师表》之一再称"先帝"（刘备）一样，充满着感激之情。这种称颂完全是真实的，但对昭王的称颂，也正好是对惠王的批评。这种感情真挚的文字，在战国策士的文章中实罕有其比，难怪此文成为千古传诵的名作。

礼记

《檀弓》二则（节选）

（一）苛政猛于虎

孔子过泰山侧，有妇人哭于墓者而哀，夫子式而听之，①使子路问之，②曰："子之哭也壹似重有忧者。"而曰："然！昔吾舅死于虎，③吾夫又死焉，今吾子又死焉。"夫子曰："何为不去也？"曰："无苛政。"夫子曰："小子识之，④苛政猛于虎也。"

（二）不食嗟来之食

齐大饥，黔敖为食于路，以待饿者而食之。⑤有饿者蒙袂，辑屦，⑥贸贸然来。⑦黔敖左奉食，右执饮，曰："嗟！来食！"扬其目而视之曰⑧："予唯不食嗟来之食，以至于斯也。"从而谢焉，终不食而死。曾子闻之曰⑨："微与，其嗟也可去，其谢也可食。"⑩

[注释]

①式：通"轼"，行车途中见到当致敬的人和事，便双手扶轼以示敬。

②子路：孔子弟子仲由的字。

③舅：夫之父。

④识（zhì）：记住。

⑤黔敖：人名。为食："食"音"shí"，指食物。食之："食"音"sì"，给人吃。

⑥蒙袂：以衣袖蒙面。辑屦（jù）：把鞋的后帮踩在脚跟下，形容其疲惫乏力。

⑦贸贸然：眼睛看不清的样子。

⑧扬其目：抬起眼来。

⑨曾子：指孔子弟子曾参。

⑩"微与"三句：微与：细枝末节。这几句意谓黔敖称"嗟，来食"为小过失，当他道歉后，可以吃他送来的饭。

[串讲]

这两则故事皆见于《礼记·檀弓下》。一些学者认为《檀弓》在《礼记》中是出现较早的篇目。篇目的内容主要讲古代一些礼制，但也不乏一些简短的故事。这些片段文字简洁、形象生动，历来颇受论文者推崇。这里所选的两则，一个讲苛政猛于虎，已为许多人所熟知，并经常引用。另一个讲一个气节之士，宁可饿死，而不受他人轻蔑的施舍。所谓"嗟来之食"这个典故，也经常为人们所引用。这个事亦见《新序·节士》和《吕氏春秋·介立》高诱注，可见在古代也颇流行。

[评析]

"苛政猛于虎"这个家喻户晓的典故说明了一个事实，即贪官污吏的残虐，比猛虎更为可怕。唐代散文家柳宗元的《捕蛇者说》，写到一个农民几代都捕蛇，父、祖皆死于毒蛇而不悔，是因为捕蛇可以免交赋税，而且正因为捕蛇，才使他免去了官吏、衙役的荼毒，写来十分沉痛，篇末也引了孔子此语，说明它反映了历代的一个普遍现象。

不吃嗟来之食的故事，似乎反映着战国时代布衣之士的一种情绪，他们不愿对君主们降志辱身以求富贵，正如《战国策》中的颜斶可以说出"士贵耳，王者不贵"的话，自然更不会苟求为一餐之饱看人颜色。《吕氏春秋·介立》和《列子·说符》中的爰旌目，可能就是受了这故事的影响。从文章中看，《礼记》诸篇都未必有意为文，但像"蒙袂""辑屦""贸贸然来"以及"扬其目而视之"等情节，写得都很生动。

礼运（节选）

昔者仲尼与于蜡宾，①事毕，出游于观之上，②喟然而叹。③仲尼之叹，盖叹鲁也。④言偃在侧，⑤曰："君子何叹？"孔子曰："大道之行也与三代之英，⑥丘未之逮也，⑦而有志焉。大道之行也，天下为公，选贤与能，讲信修睦。⑧故人不独亲其亲，不独子其子，使老有所终，壮有所用，幼有所长，矜寡孤独废疾者皆有所养。⑨男有分，女有归。⑩货恶其弃于地也，不必藏于己，力恶其不出于身也，不必为己，是故谋闭而不兴，⑪盗窃乱贼而不作，故外户而不闭，是谓大同。

"今大道既隐，⑫天下为家，各亲其亲，各子其子，货力为己，大人世及以为礼，⑬城郭沟池以为固，礼义以为纪。以正君臣，以笃父子，以睦兄弟，以和夫妇，以设制度，以立田里，以贤勇知，⑭以功为己。故谋用是作而兵由此起。禹、汤、文、武、成王、周公由此其选也。⑮此六君子者未有不谨于礼者也。以著其义，以考其信，⑯著有过，刑仁，讲让，示民有常。⑰如有不由此者，在埶者去，众以为殃。⑱是谓小康。"

[注释]

①仲尼：孔子字。与：参与。蜡（zhà）：古代祭祀名。年终祭享与农事有关的八神。蜡宾：指蜡祭时的宾客。

②观：指宗庙门前的望楼。

③喟（kuì）：叹气。

④盖叹鲁也：据《礼运》下文看，似指蜡祭为天子之事，鲁国是诸侯，行蜡祭不合礼制。

⑤言偃：孔子弟子，字子游。

⑥三代之英：夏商周三代英贤之臣。

⑦丘：孔子名。未之逮也：没赶上。

⑧讲信修睦：是说当时的人都讲求诚信，致力于和睦相处。

⑨矜（guān）寡孤独：矜：通"鳏"，老而无妻。寡：老而无夫。孤：幼而无父。独：老而无子。

⑩男有分：男子均有其职分。女有归：女子都能有合适的夫家。

⑪谋：阴谋诈伪。

⑫隐：消失、逝去。

⑬大人世及：指天子、诸侯等贵人实行世袭制。

⑭以贤勇知：以勇和知为贤能。

⑮由此其选也：在此中被选出的杰出者。

⑯"以著"二句：著：明。考：成。这两句说以礼明其义而成其信。

⑰刑：典。刑仁：指以仁为行为的典型。讲让：讲求谦让。有常：指常道，准则。

⑱"在埶者去"二句：埶：同"势"。在埶者：指据有权力的人。这两句说掌权的人不遵守常道，就该免去，因为众人都以他为祸殃。

[串讲]

《礼运》中这段文字反映了中国古代思想家们对太平盛世的向往。他们这种理想显然是以原始社会作为蓝本的，长期的剥削制度造成了社会的种种不平等和贫富悬殊，一些有正义感的士人不满，他们往往想用这种幻想来改造当时的现实，但是他们并没有办法去实现这种理想。然而这种理想毕竟是美好的，含有合理的成分。在这里所讲的"大同""小康"两个阶段，形成对比。"小康"比起后来的乱世，显然好得多，但"大同"更令人羡慕。这种理想对中国近现代许多革命家都曾产生影响，应该说是中国传统文化中的宝贵遗产。

[评析]

这段文字属于说理之文，主要以逻辑力量来说服读者，但由于所论是一种理想，所以极写"大同"之世的美好景象，使人神往。在说理的同时，作者亦颇注意文字的修饰。例如不论谈到"大同"还是"小康"的部分，都使用了排句，字句趋于整齐，已有对偶句萌芽。有些句子似间有韵语，如"天下为公"、"讲信修睦"（古音平声"东"部和入声"屋"部通转）、"老有所终"、"壮有所用"等句，就有韵。这种文体在战国时代出现的《易传》及诸子中往往有之。

墨子

兼爱上

圣人以治天下为事者也，必知乱之所自起，焉能治之，①不知乱之所自起，则不能治。譬之如医之攻人之疾者然，必知疾之所自起，焉能攻之，不知疾之所自起，则弗能攻。治乱者何独不然，必知乱之所自起，焉能治之；不知乱之所自起，则弗能治。

圣人以治天下为事者也，不可不察乱之所自起，当察乱何自起？起不相爱。臣子之不孝君父，所谓乱也。子自爱不爱父，故亏父而自利；②弟自爱不爱兄，故亏兄而自利；臣自爱不爱君，故亏君而自利，此所谓乱也。虽父之不慈子，兄之不慈弟，君之不慈臣，此亦天下之所谓乱也。父自爱也不爱子，故亏子而自利；兄自爱也不爱弟，故亏弟而自利；君自爱也不爱臣，故亏臣而自利。是何也？皆起不相爱。虽至天下之为盗贼者亦然，盗爱其室不爱其异室，③故窃异室以利其室；贼爱其身不爱人，故贼人以利其身。此何也？皆起不相爱。虽至大夫之相乱家，④诸侯之相攻国者亦然。大夫各爱其家，不爱异家，故乱异家以利其家，诸侯各爱其国，不爱异国，故攻异国以利其国，天下之乱物具此而已矣。⑤察此何自起，皆起不相爱。

若使天下兼相爱，爱人若爱其身，犹有不孝者乎？视父兄与君若其身，恶施不孝？⑥犹有不慈者乎？视弟子与臣若其身，恶施不慈？故不孝不慈亡有，⑦犹有盗贼乎？故视人之室若其室，谁窃？视人身若其身，谁贼？故盗贼亡有。犹有大夫之相乱家、诸侯之相攻国者乎？视人家若其家，谁乱？视人国若其国，谁攻？故大夫之相乱家、诸侯之相攻国者亡有。若使天下兼相爱，国与国不相攻，家与家不相乱，盗贼无有，君臣父子皆能孝慈，若此则天下治。故圣人以治天下为事者，恶得不禁恶而劝爱？⑧故天下兼相爱则治，交相恶则乱。故子墨子曰："不可以不劝爱人者，此也。"

[注释]

①焉：乃、于是。

②亏：损害。

③不爱其异室："其"字衍。

④大夫之相乱家：指大夫互相并吞别人家业，如晋六卿之相灭。

⑤物：事。

⑥恶（wū）施不孝：怎么会有不孝？

⑦亡：通"无"。

⑧"恶得"句："恶得"之"恶（wū）"，疑问词。"禁恶"之"恶（wù）"，憎恶。

[串讲]

"兼爱"是墨子学说的重要部分，孟子攻击墨子，主要就斥之为"无父"，其实这是出于不同学派的偏见。从这篇文章看来，恐未必能得此结论。墨子从善良的愿望出发，要求人们"兼相爱""交相利"，天下就会太平，这从事实上说是不可能的，但他的想法则未可非议。

[评析]

墨子在先秦是一位很重要的思想家，但其文章最乏文采，从这篇文章来看，其实为淡泊的说理之文，而且行文亦欠简洁。鉴于他在诸子中的地位，聊选此篇以备一格。

孟子

王道之始

梁惠王曰①："寡人之于国也，尽心焉耳矣。②河内凶，③则移其民于河东，④移其粟于河内。河东凶亦然。察邻国之政，无如寡人之用心者。邻国之民不加少，寡人之民不加多，何也？"孟子对曰："王好战，请以战喻。填然鼓之，⑤兵刃既接，弃甲曳兵而走，或百步而后止，或五十步而后止。以五十步笑百步，则何如？"曰："不可，直不百步耳，⑥是亦走也。"曰："王如知此，则无望民之多于邻国也。不违农时，谷不可胜食也；数罟不入洿池，⑦鱼鳖不可胜食也；斧斤以时入山林，材木不可胜用也。谷与鱼鳖不可胜食，材木不可胜用，是使民养生丧死无憾也，⑧养生丧死无憾，王道之始也。五亩之宅，树之以桑，五十者可以衣帛矣；鸡豚狗彘之畜，⑨无失其时，七十者可以食肉矣；百亩之田，勿夺其时，数口之家可以无饥矣；谨庠序之教，⑩申之以孝悌之义，颁白者不负戴于道路矣。⑪七十者衣帛食肉，黎民不饥不寒，然而不王者，⑫未之有也。狗彘食人食而不知检，⑬涂有饿莩而不知发；⑭人死，则曰：'非我也，岁也。'是何异于刺人而杀之，曰：'非我也，兵也。'⑮王无罪岁，斯天下之民至焉。"

(选自《孟子·梁惠王上》)

[注释]

①梁惠王：战国时魏国君主之一，名罃，武侯之子，因被秦所败，由安邑（今山西运城市境内）迁都大梁（今河南开封市），因此称梁惠王。

②尽心：用心。

③河内：指今河南温县一带的黄河以北地区。

④河东：指今山西西南部一带。

⑤填：形容击鼓之声。

⑥直：只是。

⑦数（cù）罟（gǔ）不入洿（wū）池：数：细密。罟：网。洿池：池塘。这句是说细密的渔网会捕捉小的鱼鳖，使之绝灭。

⑧憾：因缺乏而带来的遗憾。

⑨彘（zhì）：猪。

⑩庠（xiáng）序：学校。

⑪颁：同"斑"。颁白：指头发花白。

⑫王（wàng）：成就王业。

⑬检：制止。

⑭莩（piǎo）：同"殍"，饿死的人。发：开仓发粮救济。

⑮兵：指兵器。

[串讲]

魏国在战国初期比较富强，但到惠王时，因秦国夺去了黄河以西的大片土地，使都城安邑受到威胁而东迁大梁，从此国势一蹶不振。但梁惠王并不甘心国势衰弱下去，他大约是有志于重新兴起的，不过他的措施并不得法，像他自己说的"河内凶，则移其民于河东"，这种办法大约当时其他各国君主也会做到，孟子指出他的治国不比邻国高明，显然是事实。尤其像"狗彘食人食而不知检，涂有饿莩而不知发"的事，在当时不少见，魏国自亦难免。孟子强调"不违农时"以及"数罟不入洿池""斧斤以时入山林"的做法，说明古人已初步对保持生态平衡之事有所认识。尽管孟子的"王道"思想未必行得通，但他主张不违农时，以及使民众都能有土地耕种等思想，应该说还是有进步意义的。

[评析]

《孟子》之文善用比喻，不但生动形象，而且用意亦颇尖锐、深刻。如"五十步笑百步"之喻，已成了大家经常引用的典故。"是何异于刺人而杀之，曰：'非我也，兵也。'"读起来显得对方颇为可笑，而体味此语，则极沉痛。

率兽食人

梁惠王曰："寡人愿安承教。"①孟子对曰："杀人以梃与刃，有以异乎？"曰："无以异也。""以刃与政，有以异乎？"曰："无以异也。"曰："庖有肥肉，厩有肥马，民有饥色，野有饿莩，此率兽而食人也。兽相食，且人恶之。为民父母，行政不免于率兽而食人，恶在其为民父母也？②仲尼曰：'始作俑者，③其无后乎！'为其象人而用之也。④如之何其使斯民饥而死也？"

（选自《孟子·梁惠王上》）

[注释]

① "寡人"句：指梁惠王表示愿安心接受孟子的教诲。

②"恶（wū）在"句：恶：如何。这句说"如何可以称为民父母呢？"

③俑：殉葬用的陶人或木人。

④"为其"句：这句说孔子斥责始作俑者，是恨他把像人样的东西去陪葬，不合人道。其实，"俑"的出现，还是取代了用活人殉葬，不必深责。

[串讲]

这篇文字虽简短，却尖锐指出当时社会上的一个令人触目惊心的现象。一方面，统治者穷奢极欲，奢侈浪费；另一方面，民众的生活极端痛苦，甚至"野有饿莩"。这种现象的出现，正如《老子》所说："民之饥，以其上食税之多，是以饥。"孟子尖锐地指出这问题，应该说是有积极意义的。

[评析]

此文指出那种"庖有肥肉，厩有肥马，民有饥色，野有饿莩"的现象，是"率兽食人"。这和杜甫的《自京赴奉先咏怀五百字》中的"朱门酒肉臭，路有冻死骨"之句，有异曲同工之妙。杜甫的诗句虽来自唐代的现实生活，但很可能也从《孟子》此语中得到启发。

孟子拒齐宣王之召

孟子将朝王，①王使人来曰："寡人如就见者也，②有寒疾，不可以风。③朝，将视朝，④不识可使寡人得见乎？"对曰："不幸而有疾，不能造朝。"⑤明日，出吊于东郭氏。⑥公孙丑曰⑦："昔者辞以疾，今日吊，或者不可乎？"曰："昔者疾，今日愈，如之何不吊？"王使人问疾，医来。孟仲子对曰⑧："昔者有王命，有采薪之忧，⑨不能造朝。今病小愈，趋造于朝，我不识能至否乎？"使数人要于路，⑩曰："请必无归，而造于朝！"不得已而之景丑氏宿焉。⑪景子曰："内则父子，外则君臣，人之大伦也。父子主恩，君臣主敬。丑见王之敬子也，未见所以敬王也。"曰："恶！⑫是何言也！齐人无以仁义与王言者，岂以仁义为不美也？其心曰'是何足与言仁义也'云尔，则不敬莫大乎是。我非尧舜之道，不敢以陈于王前，故齐人莫如我敬王也。"景子曰："否，非此之谓也。礼曰：'父召，无诺；君命召，不俟驾。'⑬固将朝焉，闻王命而遂不果，⑭宜与夫礼若不相似然。"曰："岂谓是与？曾子曰⑮：'晋楚之富，不可及也。⑯彼以其富，我以吾仁；彼以其爵，我以吾义，吾何慊乎哉？'⑰夫岂不义而曾子言之？是或一道也。天下有达尊三⑱：爵一，齿一，德一。朝廷莫如爵，乡党莫如齿，辅世长民莫如德。⑲恶得有其一以慢其二哉？故将大有为之君，必有所不召之臣，欲有谋焉，则就之。其尊德乐道。不如是不足与有为也。故汤之于伊尹，学焉而后臣之，⑳故不劳而王；桓公之于管仲，㉑学焉而后臣之，故不劳而霸。今天下地丑德齐，莫能相尚。㉒无他，好臣其所教，而不好臣其所受教。㉓汤之于伊尹，桓公之于管仲，则不敢召。管仲且犹不可召，而况不为管仲者乎？"㉔

（选自《孟子·公孙丑下》）

[注释]

①朝王：朝见齐王，此当指齐宣王。

②"寡人"句：寡人本想到孟子馆舍中来见他。

③不可以风：不能受风。

④朝（zhāo），将视朝（cháo）：早晨将会去朝廷视事。

⑤造朝：到朝廷去。

⑥东郭氏：齐大夫。

⑦公孙丑：孟子弟子。

⑧孟仲子：孟子的从兄弟，随孟子学习。

⑨采薪之忧：谦辞，是说有病不能采薪（砍柴）。

⑩要（yāo）：强求。

⑪景丑氏：齐大夫，姓景名丑。

⑫恶（wū）：叹词。

⑬无诺：不等答应马上赶去。不俟驾：不等驾好车就出发。

⑭"闻王命"句：听到王召见之命反而不去了。

⑮曾子：孔子弟子曾参（shēn）。

⑯"晋楚"二句：曾子生活在春秋时代，当时最富强的莫如晋、楚二国，故云。

⑰"吾何"句：慊（qiǎn）：不满足。意谓自己并不羡慕晋、楚之君。

⑱达尊：通行的应该尊敬的人。

⑲乡党：所居处的邻里间。辅世长民：辅佐君主为民之长。

⑳汤：商代开国之君。伊尹：汤的贤相。言汤先向伊尹学而后以他为臣。

㉑桓公：指齐桓公。管仲：齐桓公的贤臣。

㉒地丑德齐：指各诸侯国疆域大小差不多，德行亦相等。莫能相尚：指哪一国都未必高于别国。

㉓"无他"三句：意为没有别的，是由于君主只爱任用他所能教导的人，不爱使用应当向之讨教的人。

㉔"而况"句：孟子曾多次批评管仲。不为管仲者：即指自己，他认为自己高于管仲。

[串讲]

战国的士人对各国君主的态度并不像后代人那样卑躬屈节，相反，他们往往有一种傲气。因为他们在这一国得不到任用，可以到另一国去，至于君主有时要依靠士人辅助富国强兵，因此对他们较能宽容，这种情况我们在《战国策》的《齐宣王见颜斶》中已经谈到过。孟子生活在那个时代，对待君主也不驯服，所以他本想去见齐王，但见齐王来召，就称病不去，而要做那种"不召之臣"。他这种做法得不到孟仲子和景丑的理解，孟仲子叫他赶快去朝见，景丑对他提出质疑，说明他们并不同意孟子的观点。显然，这些人看重的是爵位，而不重德和齿。孟子举出伊尹、管仲为例，其实伊尹、管仲当时情况和战国未必相同，是否如此，已难确考。但孟子那种傲视君主的态度，深得历来知识分子的同情和赞扬。

[评析]

这段文字之所以为不少读者所喜爱，一方面是因其表现了古代士人的桀骜不驯之气，另一方面对几个人物虽着墨不多，却都能通过几句话刻画出各人的心情。如孟仲子叫人路上等孟子，叫他"请必无归，而造于朝！"短短八个字，表现了他震于齐王的权势而焦急的心情。孟子回答景丑说："恶！是何言也！"表现他完全不同意景丑的批评。"管仲且犹不可召，而况不为管仲者乎"之句，则显出他那种自负之情。景丑因为孟子是客人，尽管他不同意孟子做法，但说话比较婉转客气，也很符合他的身份。

孟子和许行之争

有为神农之言者许行，①自楚之滕，②踵门而告文公曰③："远方之人闻君行仁政，愿受一廛而为氓。"④文公与之处，⑤其徒数十人，皆衣褐，⑥捆屦、织席以为食。⑦陈良之徒陈相与其弟辛，⑧负耒耜而自宋之滕，⑨曰："闻君行圣人之政，是亦圣人也，愿为圣人氓。"陈相见许行而大悦，尽弃其学而学焉。

陈相见孟子，道许行之言曰："滕君则诚贤君也；虽然，未闻道也。贤者与民并耕而食，饔飧而治。⑩今也滕有仓廪府库，⑪是厉民而以自养也，⑫恶得贤？"孟子曰："许子必种粟而后食乎？"曰："然。""许子必织布而后衣乎？"曰："否。许子衣褐。""许子冠乎？"曰："冠。"曰："奚冠？"曰："冠素。"⑬曰："自织之与？"曰："否。以粟易之。"曰："许子奚为不自织？"曰："害于耕。"⑭曰："许子以釜甑爨，⑮以铁耕乎？"⑯曰："然。""自为之与？"曰："否。以粟易之。""以粟易械器者，⑰不为厉陶冶；⑱陶冶亦以其机器易粟者，岂为厉农夫哉？且许子何为不陶冶，舍皆取诸其宫中而用之？⑲何为纷纷与百工交易，何许子之不惮烦？"曰："百工之事，固不可耕且为也。

"然则治天下独可耕且为与？有大人之事，有小人之事。且一人之身，而百工之所为备。如必自为而后用之，是率天下而路也。⑳故曰：或劳心，或劳力；劳心者治人，劳力者治于人；治于人者食人，治人者食于人；㉑天下之通义也。

"当尧之时，天下犹未平，洪水横流，泛滥于天下。草木畅茂，禽兽繁殖，五谷不登，禽兽逼人。兽蹄鸟迹之道，交于中国。尧独忧之，举舜而敷治焉。㉒舜使益掌火，㉓益烈山泽而焚之，㉔禽兽逃匿。禹疏九河，㉕瀹济漯，㉖而注诸海；决汝汉，排淮泗，而注之江，㉗然后中国可得而食也。当是时也，禹八年于外，三过其门而不入，虽欲耕，得乎？后稷教民稼穑。㉘树艺五谷，五谷熟而民人育。人之有道也，饱食、暖衣、逸居而无教，则近于禽兽。圣人有忧之，使契为司徒，㉙教以人伦：父子有亲，君臣有义，夫妇有别，长幼有序，朋友有信。放勋曰㉚：'劳之来之，匡之直之，辅之翼之，使自得之，又从而振德之。'㉛圣人之忧民如此，而暇耕乎？尧以不得舜为己忧，舜以不得禹、皋陶为己忧。㉜夫以百亩之不易为己忧者，农夫也。㉝分人以财谓之惠，教人以善谓之忠，为天下得人者谓之仁。是故以天下与人易，为天下得人难。孔子曰：'大哉尧之为君，惟天为大，惟尧则之，㉞荡荡乎民无能名焉！㉟君哉舜也，巍巍乎有天下而不与焉！'㊱尧舜之治天下，岂无所用心哉？亦不用于耕耳。

"吾闻用夏变夷者，㊲未闻变于夷者也。陈良，楚产也，悦周公、仲尼之道，北学于中国。㊳北方之学者，未能或之先也。彼所谓豪杰之士也。子之兄弟事之数十年，师死而遂倍之。㊴昔者孔子没，三年之外，门人治任将归，㊵入揖于子贡，㊶相向而哭，皆失声，然后归。子贡反，筑室于场，独居三年，然后归。他日，子夏、子张、子游以有若似圣人，㊷欲以所事孔子事之，强曾子。㊸曾子曰：'不可。江汉以濯之，秋阳以暴之，皓皓乎不可尚已。'㊹今也南蛮鴃舌之人，㊺非先王之道，㊻子倍子之师而学之，亦异于曾子矣。吾闻出于幽谷迁于乔木者，未闻下乔木而入于幽谷者。㊼《鲁颂》曰：‘戎狄是膺，荆舒是惩。’㊽周公方且膺之，㊾子是之学，亦为不善变矣。

“从许子之道，则市贾不贰，㊿国中无伪。虽使五尺之童适市，莫之或欺。布帛长短同，则贾相若；麻缕丝絮轻重同，则贾相若；五谷多寡同，则贾相若；屦大小同，则贾相若。”曰：“夫物之不齐，物之情也；或相倍蓰，(51)或相什伯，或相千万。子比而同之，(52)是乱天下也。巨屦小屦同贾，人岂为之哉？从许子之道，相率而为伪者也，恶能治国家？”

（选自《孟子·滕文公上》）

［注释］

①“有为”句：神农：传说中的古代帝王。许行：人名，生平不详，当为“农家”人物。这句是说有个假托神农之言的人叫许行。

②之：同“至”。滕：春秋战国时小国，故地在今山东滕州市。

③踵门：脚刚踏进门。文公：滕文公，滕国君主。

④廛（chán）：古代一户人家所居之屋。氓：百姓。

⑤与之处：给予居住之处。

⑥褐（hè）：粗布衣服。

⑦捆：叩击使之牢固。屦（jù）：鞋。以为食：求取生活来源。

⑧陈良：楚国儒者，见下。徒：学生。

⑨耒（lěi）：犁上木把。耜（sì）：古代农具，类似犁铧。

⑩“贤者与民”二句：饔（yōng）飧（sūn）：做饭。这两句说“贤者”应当和百姓一样耕田而食，自己做饭又兼管治理国家。

⑪仓廪（lǐn）：粮食仓库。

⑫"是厉"句：厉：病，使之受苦。这句说脧削民众以奉养自己。

⑬奚冠：带什么帽子。冠素：戴白色无装饰的帽子。

⑭害于耕：妨害耕田。

⑮釜（fǔ）：古代的一种锅。甑（zèng）：古代一种蒸饭用的瓦器。爨（cuàn）：烧火煮食品。

⑯以铁耕乎：指以铁制农具耕田，说明孟子时已普遍使用铁器耕种。

⑰械器：指农具及生活用具。

⑱厉陶冶：伤害制陶、冶铁的人。

⑲"舍皆"句：旧注赵岐、朱熹皆训"舍"为"止"，是说只在家中生产，不须外求。近人或以为"舍"即现代口语中的"啥"，似亦通。

⑳"是率"句：意谓引导天下人失其常居，即不能正常生活。

㉑"劳心者"四句：治人：统治人。治于人：被人统治。食人：供养别人。食于人：受人供养。这几句话显然是为统治者张目。

㉒敷：布。敷治：即平治水土。

㉓益：传说中舜、禹的贤臣。

㉔烈：炽烈。

㉕九河：指徒骇、太史、马颊、覆釜、胡苏、简、洁、钩盘、鬲津等九河，据《尚书·禹贡》，古黄河的下游分为九河入海。今徒骇、马颊等河尚存，在山东北部。

㉖瀹（yuè）：疏通。漯（tà）：古代河流名，故道在今山东北部。

㉗"决汝汉"三句：按：这几句不合地理实况，正如朱熹所说："汝、汉、淮、泗，亦皆水名也。据《禹贡》及今水路，惟汉水入江耳。汝、泗则入淮，而淮自入海。此谓四水皆入于江，记者之误也。"

㉘后稷：传说中舜、禹的贤臣，周代的祖先。

㉙契（xiè）：传说中舜禹的贤臣，商的祖先。

㉚放勋：即尧。

㉛"劳之"五句：意为慰劳他们（百姓），招来他们，纠正其缺失，使之正直，辅导帮助他们，使他们自己养成德行，又加以提醒勿使懈怠。这是尧吩咐契作为司徒应做的事。

㉜皋陶（gāo yáo）：舜禹掌管刑法的贤臣。

㉝"夫以"二句：这两句说以百亩之田不易丰收为忧的人只是农夫。至于统治者，有更大的事为忧。

㉞则：取法。

㉟荡荡乎：广大的样子。民无能名焉：人们无法以言语来形容他。

㊱巍巍：高大的样子。有天下而不与焉：有天下而不以为乐。

㊲夏：先秦以前古人自称本族曰"夏"，而称其他民族曰"夷"，有轻视之意。

㊳中国：这里指中原，即黄河流域一带。

㊴倍：背叛。

㊵任：担子，这里指行李。

㊶子贡：名端木赐，孔子弟子。

㊷子夏：卜氏，名商，孔子弟子。子张：颛孙氏，名师，孔子弟子。子游：言氏，名偃，孔子弟子。有若：孔子弟子，据《礼记·檀弓上》记载，他有些言论近似孔子。《史记·仲尼弟子列传》载，孔子死后曾被弟子们奉为师，因回答不了弟子的问题作罢。

㊸强（qiǎng）曾子：硬要使曾子同意。

㊹"江汉"三句：暴：同"曝"。皓（hào）皓乎：洁白的样子。尚：超过。这三句是用比喻说明孔子之不可及。长江、汉水水流大，洗涤的东西容易洁净，秋天干燥，日光强，晾晒易干，因此最为洁白。

㊺蛮：古人对南方少数民族的蔑称。鴂（jué）：鸟名，即伯劳。鴂舌：形容言语难懂，犹如鸟鸣，这是孟子歧视楚地人的话。

㊻先王之道：指尧舜禹汤文武圣古代"圣王"之道。

㊼"吾闻"二句：这两句借用《诗经·小雅·伐木》诗句"出自幽谷，迁于乔木"句意。"乔木"喻光明敞亮之地，"幽谷"喻阴暗不适居住之地。

㊽"戎狄"二句：膺：打击。荆：楚的别名。舒：邻近楚地的少数民族。二句见《诗经·鲁颂·閟宫》。

㊾"周公"句：按：《鲁颂》本称赞鲁僖公之诗，与周公无关，朱熹已指出此句为"断章取义"。

㊿贾：同"价"。不贰：没有不同。

㊶倍：加倍。蓰（xǐ）：五倍。

㊷比：合，等同。

[串讲]

这是一篇辩论文字，从头至尾采用问答的方式。在这里，孟子自然是儒家"思孟学派"的代表人物；陈相所述的许行学说则当属诸子十家中的"农家"。许行其人并无著作传世，他的思想我们也只能通过《孟子》此文略知一斑。《汉书·艺文志》中《诸子·农家》云："及鄙者为之，以为无所事圣王，欲使君臣并耕，悖上下之序。"这种思想，正和《孟子》所载许行之说相符。关于孟子和农家学派的争论，过去的学者无疑都信从孟子而反对许行；近代以来则多数人同情许行的观点而反对孟子，认为此章代表着孟子思想中最为落后甚至反动的部分。其实这场争论的是非问题比较复杂，我们将在下面"评析"中详论。这篇文章在《孟子》中最能代表其好辩的特点，一连发出许多问题，集中到一点，就是"百工之事"并不是一个人都能兼做的，由此引出"治天下"也不能"耕且为"，使对方很难作答。接着又提到陈相的老师陈良，以师生之情动之。这里虽然夹杂一些种族和地域的偏见，但强调曾子等人忠于孔子的事迹，仍有其感人处。此文说明孟子不但好辩，而且确实善辩。

[评析]

　　这篇文章自近代以来，常被人们视为《孟子》一书中的"糟粕"。这主要是因为"劳心者治人，劳力者治于人；治于人者食人，治人者食于人"的话，显然是在为统治者剥削、压迫民众辩护。但这仅仅是一个方面。历史的事实告诉我们：原始社会的瓦解和由此产生的私有制、人剥削人以及社会分工，体力劳动和脑力劳动的对立等社会现象的出现，都有其不可避免的必然性。这些现象在某种意义上说也曾对人类社会的发展起过一定的推动作用。因为只有产生了社会分工，才使人类的科学技术和文化艺术得以很快地发展进步。但随着分工和私有制的出现也产生了剥削者与被剥削者的区别，出现了贫富悬殊，"庖有肥肉，厩有肥马，民有饥色，野有饿莩"的情况不但无世无之，而且十分普遍。这就不能不使一些有正义感的人义愤填膺。但他们生活在古代，那种人剥削人的制度尚未发展到可以废除的阶段，人们自然提不出改变的方法，而只能用空想来表示抗议。应该指出这种空想自然不可能实行，而且往往显得很幼稚。然而，在这种空想背后确实存在着一定的正义性和合理因素。孟子对许行学说的批评也有其合理的一面，如批评许行否认社会分工、强调"布帛长短同，则贾相若"的幼稚主张，自然是对的。但他由承认分工而引出"劳心""劳力"之分是"天下之通义"就不免把统治和被统治的现象看作永远合理，这种说法就不足取了。当然，生活在两三千年前的孟子有这种历史局限性亦不必苛责。

孟子论陈仲子

匡章曰①："陈仲子岂不诚廉士哉？②居于陵，③三日不食，耳无闻，目无见也。井上有李，螬食实者过半矣，④匍匐往，将食之，三咽，然后耳有闻，目有见。"孟子曰："于齐国之士，吾必以仲子为巨擘焉。⑤虽然，仲子恶能廉？充仲子之操，则蚓而后可者也。夫蚓，上食槁壤，⑥下饮黄泉。仲子所居之室，伯夷之所筑与？⑦抑亦盗跖之所筑与？⑧所食之粟，伯夷之所树与？抑亦盗跖之所树与？是未可知也。"曰："是何伤哉？彼身织屦，妻辟纑，⑨以易之也。"曰："仲子，齐之世家也。⑩兄戴，盖禄万钟。⑪以兄之禄为不义之禄而不食也，以兄之室为不义之室而不居也。辟兄离母，⑫处于于陵。他日归，则有馈其兄生鹅者，己频顣曰⑬：'恶用是鶃鶃者为哉。'⑭他日，其母杀是鹅也，与之食之。其兄自外至，曰：'是鶃鶃之肉也。'出而哇之。⑮以母则不食，以妻则食之，以兄之室则弗居，以于陵则居之。是尚能充其类也乎？若仲子者，蚓而后充其操者也。"

（选自《孟子·滕文公下》）

[注释]

①匡章：人名，旧注说是齐人。

②陈仲子：战国时齐国名士，以廉称。

③于（wū）陵：古地名，属齐，故地为后来的山东长山县，今并入

邹平市。

④螬（cáo）：蛴（qí）螬，虫名。

⑤巨擘（bò）：大拇指，比喻杰出的人。

⑥槁壤：乾土。

⑦伯夷：殷周间人，殷亡后不食周粟，饿死于首阳山。

⑧盗跖：传说中的大盗。近人有说他为"奴隶起义"者，其实他是什么时代人有不同说法，是否真有其人也是疑问。

⑨辟纑（bì lú）：织麻织品。

⑩世家：世代仕官之家。

⑪盖（gě）：战国时齐地，故址在今山东沂水县西北。钟：古代容量单位，六斛四斗为一钟。

⑫辟：同"避"。

⑬频顣（cù）：频，同"颦"；顣，皱眉。

⑭鶂（yì）鶂：鹅叫声。

⑮哇（wā）：吐掉。

[串讲]

陈仲子在战国时代很有名，《荀子·不苟》《荀子·非十二子》《战国策·齐策》都提到过他，但对他都持否定态度。孟子说他为"齐国之士"的"巨擘"，恐怕也只是对"齐国之士"的轻视。从匡章和孟子说的情况看，他的为人确有些不近人情，但推其原因可能是出于愤世嫉俗。战国诸子对不同学派的人物往往指责得很尖刻，荀子骂陈仲"不如盗"，孟子倒没有这样明说，然其述吃鹅肉之事，亦颇刻薄。

[评析]

匡章叙述陈仲子在于陵挨饿的情节，极写他的狼狈相："耳无闻，目无见""匍匐往，将食之""三咽，然后耳有闻，目有见"，极为生动，读来如见其人。关于陈仲子之兄的为人，我们无从考知。如果其人确有劣迹，不食其粟亦无可非议。孟子述其食鹅又"出而哇之"的情节虽颇生动，似亦太过。

齐人有一妻一妾

齐人有一妻一妾而处室者，其良人出，①则必餍酒肉而后反。②其妻问所与饮食者，则尽富贵也。其妻告其妾曰："良人出，则必餍酒肉而后反；问其与饮食者，尽富贵也，而未尝有显者来，③吾将瞷良人之所之也。④"蚤起，⑤施从良人之所之，⑥遍国中无与立谈者。卒之东郭墦闲，⑦之祭者，乞其余，不足，又顾而之他，此其为餍足之道也。其妻归，告其妾曰："良人者，所仰望而终身也，今若此。"与其妾讪其良人，⑧而相泣于中庭。而良人未之知也，施施从外来，骄其妻妾。由君子观之，则人之所以求富贵利达者，其妻妾不羞也，而不相泣者，几希矣。

（选自《孟子·离娄下》）

[注释]

①良人：丈夫。

②餍（yàn）：饱。反：同"返"。

③显者：地位显赫的人。

④瞷（jiàn）：窥视。

⑤蚤：同"早"。

⑥施（yì）：逶迤而行，不使丈夫知道。

⑦墦（fán）：坟墓。

⑧讪（shàn）：怨骂。

[串讲]

这是一篇讽刺文章，其故事情节似出于孟子虚构。这里所讲的丈夫实际上是厚颜无耻地向人乞讨，以求满足其口腹之欲者，这种行径自然很可鄙可耻。孟子把那些求"富贵利达"的人和这种人相比，实际是说他们一味向统治者献媚，目的无非是求得富贵，以满足个人贪欲。挖苦极为深刻。

[评析]

这个故事颇为有名，明末迄清代的贾凫西、蒲松龄等人曾以此编成鼓词等通俗文艺作品。文中写到丈夫的行径已为妻妾所知，还扬扬得意，自吹自擂，这和那些以富贵骄人者确实如出一辙。可谓讽刺文学杰作。

孟子论桀纣失天下

孟子曰："桀纣之失天下也，失其民也；失其民者，失其心也。得天下有道，得其民，斯得天下矣；得其民有道，得其心，斯得民矣；得其心有道，所欲与之聚之，所恶勿施尔也。①民之归仁也，犹水之就下，兽之走圹也。②故为渊驱鱼者，獭也；为丛驱爵者，鹯也；③为汤武驱民者，桀与纣也。今天下之君有好仁者，则诸侯皆为之驱矣。虽欲无王，④不可得已。今之欲王者，犹七年之病求三年之艾也。⑤苟为不畜，终身不得。⑥苟不志于仁，终身忧辱，以陷于死亡。《诗》云：'其何能淑，载胥及溺。'⑦此之谓也。"

（选自《孟子·离娄上》）

[注释]

①"所欲"二句：意谓民众所想要的便招致它，如同聚敛。民众所厌恶的，就不对民众施行。

②圹（kuàng）：原野。

③爵：同"雀"。鹯（zhān）：一种猛禽，似"鹞"。

④王（wàng）：成就王业。

⑤艾：一种草，茎叶可制成艾绒，用于针灸治病。

⑥"苟为"二句：指病已深时，要临时找陈年的艾是不易得的，现在就积蓄起来，也许来得及。

⑦"《诗》云"二句：见《诗经·大雅·桑柔》。淑：善。载：则。胥：相。意谓现今这些人怎能达到善？只是相引而陷于乱亡而已。

[串讲]

这篇文章是讲得民心的重要。只有"好仁"才能得民心。如果不志于仁，不但有忧辱且有死亡之危险。所以应在危险来到以前，预先行仁义，或可免于难。

[评析]

此文所用比喻颇为有名，"为渊驱鱼"的比喻经常为人们所引用；"七年之病求三年之艾"的比喻亦颇有名。

孟子论专心致志

孟子曰:"无或乎王之不智也。①虽有天下易生之物也,一日暴之,十日寒之,②未有能生者也。吾见亦罕矣,③吾退而寒之者至矣。④吾如有萌焉何哉?⑤今夫弈之为数,⑥小数也;不专心致志,则不得也。弈秋,⑦通国之善弈者也。⑧使弈秋诲二人弈,其一人专心致志,惟弈秋之为听。一人虽听之,一心以为有鸿鹄将至,将援弓缴而射之,⑨虽与之俱学,弗若之矣。为是其智弗若与?曰:非然也。"

(选自《孟子·告子上》)

[注释]

①或:同"惑"。

②"一日"二句:暴:同"曝"。这两句说,一天晾晒,却十天藏着不晒。喻努力精进之日少,怠忽之日多。

③"吾见"句:罕(hǎn):少。这句说我去见王的日子很少。

④"吾退"句:意谓我退下去以后,在王面前讲与我相反的话的人就来了。

⑤"吾如有"句:意为即使我对王有所启发,也会被那些持相反论调的人消除,我对此又能有什么法子?

⑥弈(yì):下棋。数(shù):技艺。

⑦弈秋：善弈者，名秋。

⑧通国：全国。

⑨缴（zhuó）：系在箭上的生丝绳。

[串讲]

　　这篇文章的本意和《滕文公下》记孟子和戴不胜谈薛居州无法使宋王为善的话是一个意思，显然流露了孟子对当时齐国的失望。但他引用弈秋教人下棋的事，却说明了一个真理：人要在学业上精进，必须"专心致志"。这个道理似比论齐王的话给人们留下更深的印象。

[评析]

　　孟子论齐王语虽有较深的感慨，但事过境迁，对今人已无多少教育意义。然而弈秋的比喻，却对历来的人都有很重要的启发。"一心以为有鸿鹄将至"的比喻，更是经常被人们引来比喻那种不能专心于事业甚至抱有不切实际的幻想的人。

民贵君轻

　　孟子曰："民为贵，社稷次之，①君为轻。是故得乎丘民而为天子，②得乎天子为诸侯，得乎诸侯为大夫。诸侯危社稷，则变置。③牺牲既成，④粢盛既洁，⑤祭祀以时，然而旱干水溢，则变置社稷。"⑥

（选自《孟子·尽心下》）

[注释]

①社：土地神。稷：谷神。古人以为是国家的象征。

②丘民：田野之民。

③变置：废掉国君改立。

④牺牲：祭神所用的牛、羊等牲畜。

⑤粢（zī）盛：祭神所用的米粮。

⑥变置社稷：指废毁祭坛，表示更换土地神和谷神。

[串讲]

"民贵君轻"的思想，是《孟子》中很重要的部分，他曾多次提到这个问题，如"闻诛一夫纣矣，未闻弑君也"（《梁惠王下》）等，这种思想来源于古代的民本思想。这种说法不仅儒家有之，而且当时一部分统治者（如《战国策·齐策》中的赵威后）亦有类似的说法，但历来影响较大的则数《孟子》。

[评析]

这篇文章很短，但问题提得颇为尖锐。"民"比"君"和"神"更重要的思想，在春秋初年已出现，如《左传·桓公六年》，季梁曾说"夫民，神之主也"的话，但这里提到要"变置"国君和"变置社稷"，仍不失为大胆卓识之论。

荀子

劝　学

　　君子曰：学不可以已。青，取之于蓝，①而青于蓝；冰，水为之，而寒于水。木直中绳，②鞣以为轮，③其曲中规，虽有槁暴，④不复挺者，⑤鞣使之然也。故木受绳则直，金就砺则利，⑥君子博学而日参省乎己，⑦则知明而行无过矣。

　　故不登高山，不知天之高也；不临深溪，不知地之厚也；不闻先王之遗言，不知学问之大也。干、越、夷、貉之子，⑧生而同声，长而异俗，教使之然也。《诗》曰："嗟尔君子，无恒安息。靖共尔位，好是正直。神之听之，介尔景福。"⑨神莫大于化道，⑩福莫长于无祸。

　　吾尝终日而思矣，不如须臾之所学也。吾尝跂而望矣，⑪不如登高之博见也。登高而招，臂非加长也，而见者远；顺风而呼，声非加疾也，而闻者彰。假舆马者，非利足也，而致千里；假舟楫者，非能水也，而绝江河。⑫君子生非异也，善假于物也。

　　南方有鸟焉，名曰"蒙鸠"，以羽为巢，而编之以发，系之苇苕。⑬风至苕折，卵破子死。巢非不完也，所系者然也。西方有木焉，名曰"射干"，茎长四寸，生于高山之上，而临百仞之渊，木茎非能长也，所立者然也。蓬生麻中，不扶而直；白沙在涅，⑭与之俱黑。兰槐之根是为芷，其渐之滫，⑮君子不近，庶人不服。其质非不美也，所渐者然也。故君子居必择乡，游必就士，所以防邪僻而近中正也。

　　物类之起，必有所始。荣辱之来，必象其德。肉腐出虫，鱼枯生蠹。怠慢忘身，祸灾乃作。强自取柱，柔自取束。邪秽在身，怨之所构。施薪若一，火就燥也；平地若一，水就湿也。草木畴生，禽兽群焉，物各从其类也。是故质的张而弓矢至焉，⑯林木茂而斧斤至焉，树成荫而众鸟息焉，醯酸而蜹聚焉。⑰故言有召祸也，行有招辱也。君子慎其所立乎！

　　积土成山，风雨兴焉；积水成渊，蛟龙生焉；积善成德，而神明自得，圣心备焉。故不积跬步，⑱无以至千里；不积小流，无以成江海。骐骥一跃，不能十步；驽马十驾，功在不舍。锲而舍之，⑲朽木不折；锲而不舍，金石可镂。蚓无爪牙之利，⑳筋骨之强，上食埃土，下饮黄泉，用心一也。蟹六跪而二螯，㉑非蛇鳝之穴无可寄托者，㉒用心躁也。是故无冥冥之志者，无昭昭之明；无惛惛之事者，㉓无赫赫之功。行衢道者不至，㉔事两君者不容。目不能两视而明，耳不能两听而聪。螣蛇无足而飞，㉕鼫鼠五技而穷。㉖《诗》曰："尸鸠在桑，其子七兮。淑人君子，其仪一兮。其仪一兮，心如结兮。"㉗故君子结于一也。

　　昔者瓠巴鼓瑟而沉鱼出听，㉘伯牙鼓琴而六马仰秣。㉙故声无小而不闻，行无隐而不形。玉在山而草木润；渊生珠而崖不枯。为善不积邪？安有不闻者乎！

[注释]

①蓝：靛草，古人取为青色的染料。

②"木直"句：中（zhòng）：适应。绳：木工用的墨线。这句是说

原本很直的木条。

③鞣（róu）：使木条弯曲。

④槁暴（pù）：干枯日晒。

⑤挺：直。

⑥砺：磨砺，使刀刃锋利。

⑦参（cān）省：考察反省。

⑧干：同"邗（hán）"，古地名，在今江苏扬州市东北。"干越"，犹言"吴越"。夷：古代对东方少数民族的蔑称。貉（mò）：古代对北方少数民族的蔑称。

⑨"《诗》曰"以下六句：见《诗经·小雅·小明》。意谓："唉！君子们，不要久事安息。要谨守各自的职责，提倡正直。神明知道后，会降大福于你们。"

⑩神：指事物变化之神妙。

⑪跂（qǐ）：抬起脚后跟站立。

⑫绝：横渡。

⑬苕（tiáo）：芦苇的穗。

⑭涅（niè）：黑泥。

⑮滫（xiǔ）：酸臭的淘米水。

⑯质的：射箭的靶子。

⑰醯（xī）：醋。蜹（ruì）：蚊一类昆虫。

⑱跬（kuǐ）：半步。

⑲锲：刻。

⑳蟺：同"蚓"，蚯蚓。

㉑六跪而二螯：按：蟹本八足二螯，各本皆作"六"，王先谦、梁启雄等据《大戴礼记》及《说文》，以为当作"八"。

㉒蟺：同"鳝"。

㉓惛（hūn）惛：专一而不为人知。

㉔衢道：歧路。

㉕螣（téng）蛇：传说中一种能飞的神蛇。

㉖鼫（shí）鼠：传说中的"五技鼠"，据云："能飞不能过屋，能缘不能穷木，能游不能渡谷，能穴不能掩身，能走不能先人。"一本作"梧鼠"，非。

㉗"《诗》曰"以下六句：见《诗经·曹风·鸤鸠》。尸鸠：鸟名，即布谷鸟。意谓：布谷鸟在桑树上，其小鸟有七只。它对七只小鸟态度都一样。其态度不偏不倚，正因其用心坚定正直。

㉘瓠巴：古代善于鼓瑟的人，年代不详。沉鱼：潜藏水中的鱼。

㉙伯牙：古代善于弹琴的人。仰秣：形容马抬头听琴，停止吃草料。

学恶乎始？恶乎终？曰：其数则始乎诵经，㉚终乎读礼；其义则始乎为士，终乎为圣人。真积力久则入，学至乎没而后止也。故学数有终，若其义则不可须臾舍也。为之，人也；舍之，禽兽也。故《书》者，㉛政事之纪也；《诗》者，㉜中声之所止也；礼者，㉝法之大分、类之纲纪也。故学至乎《礼》而止矣。夫是之谓道德之极。《礼》之敬文也，《乐》之中和也，《诗》《书》之博也，《春秋》之微也，在天地之间者毕矣。

君子之学也：入乎耳，箸乎心，㉞布乎四体，形乎动静。端而言，蝡而动，㉟一可以为法则。小人之学也：入乎耳，出乎口。口耳之间则四寸耳，曷足以美七尺之躯哉！古之学者为己；今之学者为人。君子之学也，以美其身；小人之学也以，为禽犊。㊱故不闻而告谓之傲，问一告二谓之囋。㊲傲、非也，囋向、非也；君子如向矣。

学莫便乎近其人。《礼》《乐》法而不说，《诗》《书》故而不切，《春秋》约而不速。方其人之习君子之说，则尊以徧矣，周于世矣！故曰：学莫便乎近其人。

学之经莫速乎好其人，隆礼次之。上不能好其人，下不能隆礼，安特将学杂识志，顺《诗》《书》而已耳！㊳则末世穷年，不免为陋儒而已！将原先王，本仁义，则礼正其经纬蹊径也。若挈裘领，㊴诎五指而顿之，㊵顺者不可胜数也。㊶不道礼宪，以《诗》《书》为之，譬之犹以指测河也，以戈舂黍也，以锥飡壶也，㊷不可以得之矣。故隆礼，虽未明，法士也；不隆礼，虽察辩，散儒也。

告楛者勿问也。㊸说楛者勿听也。有争气者，勿与辩也。故必由其道至然后接之，非其道则避之。故礼恭而后可与言道之方，辞顺而后可与言道之理，色从而后可与言道之致。故未可与言而言谓之傲，可与言而不言谓之隐，不观气色而言谓之瞽。故君子不傲、不隐、不瞽，谨顺其身。《诗》曰："匪交匪舒，天子所予。"㊹此之谓也。

百发失一，不足谓善射；千里跬步不至，不足谓善御；伦类不通，仁义不一，不足谓善学。学也者，固学一之也。一出焉，一入焉，㊺涂巷之人也。其善者少，不善者多，桀、纣、盗跖也。全之尽之，然后学者也。

君子知夫不全不粹之不足以为美也，故诵数以贯之，㊻思索以通之，为其人以处之，除其害以持养之。使目非是无欲见也，使耳非是无欲闻也，使口非是无欲言也，使心非是无欲虑也。及至其致好之也，目好之五色，耳好之五声，口好之五味，心利之有天下。是故权利不能倾也,群众不能移也,天下不能荡也。㊼生乎由是,死乎由是,夫是之谓德操。德操然后能定,能定然后能应。能定能应,夫是之谓成人。天见其明,地见其光,㊽君子贵其全也。

[注释]

㉚数:指所要学习的学问门类。经:经典,当指《诗》和《书》。

㉛《书》:指《尚书》。

㉜《诗》:指《诗经》。

㉝礼:指当时所见关于礼的著作。这些著作大约均出现于战国以前,今存的《周礼》《仪礼》除外,当时这类著作甚多。《礼记·礼器》云:"故经礼三百,曲礼三千。"《荀子》书中引《礼》,有不见今《周礼》《仪礼》的。

㉞箸:同"贮",指藏于心中。

㉟端:同"喘",微言。蝡:微动。

㊱禽犊:犹言"禽兽"。

㊲嚾(zàn):多言。

㊳"安特"二句:安:语助词,同"案",是"于是"或"则"的意思。这两句本文应作"安特将学杂志,顺《诗》《书》而已耳!"志:即古"识"字,后人于"志"旁记一"识"字,遂误入正文。

㊴洁:举起。洁裘领:即举起裘衣的领子。

㊵诎(qū):屈,弯起来。顿:向下拉。

㊶"顺者"句:指裘衣的毛都能顺其方向。

㊷"以锥"句:飧:同"餐"。壶:古人盛食物的器具。这句是说好比用锥子代替筷子取食。

㊸楛(kǔ):态度粗疏恶劣。

㊹"《诗》曰"以下二句：见《诗经·小雅·采菽》。意谓不急不慢，其态度正是天子所赞赏的。交：同"绞"，急。

㊺一出焉，一入焉：指一时遵守这原则，一时不遵守。

㊻诵数以贯之：反复诵读以求贯通。

㊼荡：激荡，指受潮流冲击而有所变化。

㊽光：同"广"。古字通用。

[串讲]

荀子主张人性本恶，只有通过教育和学习才能变得善良，因此他特别重视"学"的作用。他那种"性恶"之说，虽未必可取，但他对学习重要性的论述以及关于教学方法的意见则颇有见地。例如本文的第一部分论教育可以改变人的性格，认为"木受绳则直，金就砺则利"。他认为不同地域的人，"生而同声，长而异俗"，是"教使之然也"，这种看法无疑是正确的。他很重视环境对人的影响，认为"君子生非异也，善假于物也"，强调要"防邪僻""近中正"。在学习上，他最强调刻苦努力，认为"骐骥一跃，不能十步；驽马十驾，功在不舍"。他说的"锲而舍之，朽木不折；锲而不舍，金石可镂"，更是颠扑不破的真理。他还说到"无冥冥之志者，无昭昭之明；无惛惛之事者，无赫赫之功"，尤其是那些在学习上浮躁而不愿下功夫者的对症良药。

本文的第二部分讲学习当从何开始，到何处终结。荀子认为"其数则始乎诵经，终乎读礼"。这里所谓"经"，主要指《诗经》和《尚书》。荀子之所以特别重视礼，是因为他认为礼是"法之大分、类之纲纪也"。他还认为"治之经，礼与刑"（《成相》）。这种思想也和其"法后王"的主张相通。因为据说礼出于周公，而《诗》有《商颂》，《书》更有《虞·夏书》。从这里可以看出他和孟子的不同。

最后一部分强调"全"的重要，是要求学者努力窥学问之全貌，并且应力求把学到的东西坚持贯彻下去。这些主张均有其借鉴作用。

[评析]

　　《劝学》在《荀子》一书中历来最为传诵。这一方面是因为前面已经提到，文中确有许多精辟之见；其次也因为此文在写作上颇具特色。《荀子》作为一部子书，虽然正如萧统在《文选序》中所说"盖以立意为宗，不以能文为本"，但多数子书为了说服读者，对行文亦颇留意。《荀子》之文浑厚朴茂，逻辑性强，善于使用比喻，这些特色在《劝学》中体现得最为突出。例如"登高而招""顺风而呼"两个比喻，是人们常见之事，却说明了"君子生非异也，善假于物也"的道理。至于"青出于蓝""驽马十驾"之喻，已经成为人们口头习用的成语。此文不但善用比喻，而且喜用排句，为了说明一个道理，连用几个譬喻，字句整齐，自然成对，读来颇具美感，已开秦汉散文之先声。

议　兵

　　临武君与孙卿子议兵于赵孝成王前。①王曰："请问兵要。"临武君对曰："上得天时，下得地利，观敌之变动，后之发，先之至，此用兵之要术也。"孙卿子曰："不然，臣所闻古之道，凡用兵攻战之本在乎壹民②：弓矢不调，则羿不能以中微；③六马不和，则造父不能以致远；④士民不亲附，则汤武不能以必胜也。故善附民者，是乃善用兵者也。故兵要在乎善附民而已。"临武君曰："不然，兵之所贵者埶利也，所行者变诈也，善用兵者感忽悠暗，⑤莫知所从出；

孙吴用之无敌于天下,⑥岂必待附民哉！"

孙卿子曰："不然,臣之所道,仁人之兵,王者之志也。君之所贵,权谋埶利也；所行,攻夺变诈也；诸侯之事也。仁人之兵,不可诈也；彼可诈者,怠慢者也,路亶者也。⑦君臣上下之间,滑然有离德者也。故以桀诈桀,犹巧拙有幸焉。以桀诈尧,譬之若以卵投石,以指挠沸；苦赴水火,入焉焦没耳！⑧故仁人上下,百将一心,三军同力；臣之于君也,下之于上也,若子之事父,弟之事兄,若手臂之扞头目而覆胸腹也,诈而袭之,与先惊而后击之,一也。且仁人之用十里之国,则将有百里之听；⑨用百里之国,则将有千里之听,用千里之国,则将有四海之听,必将聪明警戒和传而一。⑩故仁人之兵,聚则成卒,⑪散则成列,延则若莫邪之长刃,⑫婴之者断；兑则若莫邪之利锋,⑬当之者溃,圜居而方止,⑭则若盘石然,触之者角摧,⑮案角鹿埵、陇种、东笼而退耳！⑯且夫暴国之君,将谁与至哉！彼其所与至者,必其民也,而其民之亲我欢若父母,其好我芬若椒兰,彼反顾其上,则若灼黥,⑰若仇雠；人之情,虽桀、跖,⑱岂又肯为其所恶贼其所好者哉！是犹使人之子孙自贼其父母也,彼必将来告之,夫又何可诈也！故仁人用,国日明,诸侯先顺者安,后顺者危,虑敌之者削,反之者亡。《诗》曰：'武王载发,有虔秉钺；如火烈烈,则莫我敢遏。'⑲此之谓也。"孝成王、临武君曰："善！请问王者之兵设何道？何行而可？"

孙卿子曰："凡在大王,将率末事也；⑳臣请遂道王者诸侯强弱存亡之效,安危之埶：君贤者其国治,君不能者其国乱；隆礼贵义者其国治,简礼贱义者其国乱；治者强,乱者弱,是强弱之本也。上足卬则下可用也,㉑上不足卬则下不可用也；下可用则强,下不可用则弱；是强弱之常也。隆礼效功，上也；重禄贵节，次也；上功贱节，下也；是强弱之凡也。好士者强，不好士者弱；爱民者强，不爱民者弱；政令信者强，政令不信者弱；民齐者强，民不齐者弱；赏重者强，赏轻者弱；刑威者强，刑侮者弱；械用兵革攻完便利者强，械用兵革窳楛不便利者弱；㉒重用兵者强，轻用兵者弱；㉓权出一者强，权出二者弱，是强弱之常也。

"齐人隆技击，其技也，得一首者，则赐赎锱金，无本赏矣！㉔是事小敌毳则偷可用也，㉕事大敌坚则焉涣离耳！若飞鸟然，倾侧反覆无日，是亡国之兵也。兵莫弱是矣，是其去赁市佣而战之几矣。㉖

[注释]

①临武君：姓名不详，大约是楚将。孙卿子：即荀卿，汉代避宣帝刘询讳，改"荀"为"孙"。赵孝成王：姓嬴，名丹，惠文王子。

②壹民：使民众的心齐一。

③羿（yì）：传说中古代的善射者。中（zhòng）微：射中微小隐蔽的目标。

④造父：周穆王时善于驾马的人，秦、赵二国皆其子孙。

⑤"善用兵"句：感忽：同"奄忽"，有隐蔽之义。悠暗：深远。这句说善于用兵的人，其术隐微而深远。

⑥孙吴：指孙武和吴起，春秋战国时著名军事家。

⑦路亶：同"露瘅（dàn）"。"瘅"为因劳累而成病。"路亶"即指长期暴露于外的疲惫之兵。

⑧挠沸：用手指去搅沸水。焦没：指入火则焦，入水则没。

⑨百里之听：指其所能见闻的范围有百里之广。

⑩和传：当为"和搏"，意为和睦团结。而一：同"如一"。

⑪卒：卒伍。古代军制一百人为卒（一说二百人）。

⑫延：伸长。莫邪：传说中古代的铸剑名工，后遂以为宝剑之通称。

⑬兑：同"锐"。

⑭"圜居"句：圜：同"圆"。这句意为军队停留在阵地上布成圆的或方的阵形。

⑮角摧：以动物的折角形容强敌之溃败。

⑯"案角"句："角"为衍字，当删。"鹿埵、陇种、东笼"乃古代俗语，形容狼狈溃败之状，不可强为之解。

⑰"则若灼黥"句：形容畏惧仇恨之状如同火灼及受黥刑（面部刻字并涂墨）。

⑱桀、跖：桀与盗跖（见前《孟子·孟子论陈仲子》注）。

⑲"《诗》曰"以下四句：见《诗经·商颂·长发》。载发：《毛诗》作"载斾"。按："发""斾"古音通。这几句意谓汤开始出兵，恭敬地手持大斧，好比烈火燃烧，无人敢于阻挡。

⑳"凡在"二句：将率：同"将帅"。这两句是说：对大王来说，选任将帅还是小事。

㉑卬：同"仰"，仰仗。

㉒寙（yǔ）楛：恶劣。

㉓重用兵：指慎重用兵。轻用兵：轻易用兵。

㉔"得一首者"三句：锱（zī）：古代重量单位，八两为锱。这几句大意是说：斩得敌人一个首级的，赐给他金一锱，约等于罪犯所应缴纳的罚金，此外再无斩敌之赏了。

㉕毳：借为"脆"，脆弱。偷：勉强。

㉖"是其"句：赁：给人做雇工。几：近。这句说齐军和雇用市人

去作战差不多了。

"魏氏之武卒,以度取之,㉒衣三属之甲,㉘操十二石之弩,负服矢五十个,㉙置戈其上,冠轴带剑,㉚赢三日之粮,㉛日中而趋百里,中试则复其户,利其田宅,㉜是数年而衰而未可夺也,㉝改造则不易周也,㉞是故地虽大其税必寡,是危国之兵也。

"秦人,其生民也狭厄,其使民也酷烈,劫之以埶,隐之以厄㉟,忸之以庆赏,㊱鰌之以刑罚,㊲使天下之民所以要利于上者,非斗无由也;厄而用之,得而后功之,功赏相长也;五甲首而隶五家,㊳是最为众强长久,多地以正,㊴故四世有胜,非幸也,数也。

"故齐之技击不可以遇魏氏之武卒,魏氏之武卒不可以遇秦之锐士,秦之锐士不可以当桓文之节制,㊵桓文之节制不可以敌汤武之仁义;有遇之者,若以焦熬投石焉。㊶兼是数国者,皆干赏蹈利之兵也,佣徒鬻卖之道也,未有贵上安制綦节之理也,㊷诸侯有能微妙之以节,则作而兼殆之耳!㊸故招近募选,隆埶诈,尚功利,是渐之也;㊹礼义教化,是齐之也。㊺故以诈遇诈,犹有巧拙焉;以诈遇齐,辟之犹以锥刀堕太山也,非天下之愚人莫敢试。故王者之兵不试:汤武之诛桀纣也,拱挹指麾,㊻而强暴之国莫不趋使,诛桀纣若诛独夫。故《泰誓》曰:'独夫纣。'㊼此之谓也。故兵大齐则制天下,小齐则治邻敌,若夫招近募选,隆埶诈,尚功利之兵,则胜不胜无常,代翕代张代存代亡,相为雌雄耳矣。㊽夫是之谓盗兵,君子不由也。

"故齐之田单,㊾楚之庄蹻,㊿秦之卫鞅,㈑燕之缪虮,㈒是皆世俗之所谓善用兵者也,是其巧拙强弱则未有以相君也,若其道一也,未及和齐也；掎契司诈，㉝权谋倾覆，未免盗兵也。齐桓、晋文、楚庄、吴阖闾、越勾践是皆和齐之兵也，㉞可谓入其域矣，然而未有本统也；㉟故可以霸而不可以王，是强弱之效也。"

[注释]

㉗度：指录取的规格。

㉘衣三属之甲：穿三片铠甲，即上身、腹股和腿胫三个部位。

㉙服：同"箙"，盛箭之器。每"箙"盛箭五十支。

㉚䩜：用如"胄"，头盔。

㉛赢（yíng）：背。

㉜"中（zhòng）试"二句：中：合格。复其户：免除这一户的赋税和劳役。利其田宅：给他们田宅以优待。

㉝"是数年"句：意谓这些人几年后人老力衰，不能剥夺。

㉞"改造"句：改造：指重新挑选人员。不易：指制度未变。周：循环。这句说即使重选人员，但制度不改，仍重复过去的情况。

㉟"秦人"五句：狭：窄小。厄（è）：险阻。隐：劳苦。这几句是说秦国劳苦其民于险阻之地。

㊱忸（niǔ）：同"狃"，习惯。

㊲鰌："遒（qiú）"的假借字，意为"迫"。

㊳"五甲首"句：意谓斩得敌军五个甲士的首级，则赏予五家人供其役使。

㊴多地以正：正：通"征"。此句承上句而言，意谓这五家人既要向国家纳税，又得为有军功者服役。这样，一块土地上征了两种赋税，地虽少而税反见多。

㊵桓文：齐桓公和晋文公。

㊶若以焦熬投石焉：此句疑有误。当为“以指焦熬，以卵投石”。焦：当为“撨”，拂拭。熬：干煎。这是说像用手指去摸正在煎烤之物。

㊷贵上：尊爱其长上。安制：安于上级的部署。綦：极。节：节义。綦节：竭尽忠节。

㊸微妙：精尽。作：兴起。此处“节”字，旧注谓指“仁义”；近人或释为“礼”，从文义看来，似谓诸侯中有能精尽其使民尽节之道，就能起而擒灭齐、魏、秦等国。

㊹渐：欺诈。

㊺齐：心力齐一。

㊻拱挹：同“拱揖”，拱手与作揖，形容其从容自如。指麾：同“指挥”。

㊼《泰誓》：《尚书·周书》篇名，原文已佚。今存伪古文《泰誓》乃出后人伪造。独夫：喻纣之失尽人心，犹《孟子》所谓“闻诛一夫纣矣”。

㊽“代翕（xī）代”二句：代：一时。翕：收敛。这句是说那些军队都随时缩扩，强弱存亡不定，互为雌雄。

㊾田单：战国时齐将，据即墨以抗燕，复收齐七十余城。

㊿庄蹻：战国楚将，曾率兵开黔中以西地，至滇池，逢秦夺楚黔中地，不得归，遂留滇，从其俗。又一说庄蹻曾为“盗”，故注家或谓其“初为盗，后为楚将”。

(51)卫鞅：即商鞅，曾将兵夺魏河西地。

(52)缪虮：生平未详。

(53)掎契司诈：契：读为“挈”，即持。掎契：掎摭，即抓住敌方弱点。司：同“伺”。这句说抓住敌方漏洞，伺机行诈以击败它。

(54)和齐之兵：和睦齐一的军队。

(55)本统：指仁义教化之本。

孝成王、临武君曰："善！请问为将。"孙卿子曰："知莫大乎弃疑，行莫大乎无过，事莫大乎无悔，事至无悔而止矣，成不可必也。故制号政令欲严以威；庆赏刑罚欲必以信；处舍收藏欲周以固；�56徙举进退，欲安以重，�57欲疾以速；窥敌观变，欲潜以深，欲伍以参；�58遇敌决战，必道吾所明，无道吾所疑；夫是之谓六术。无欲将而恶废，�59无急胜而忘败，无威内而轻外，无见其利而不顾其害，凡虑事欲孰而用财欲泰，夫是之谓五权。所以不受命于主有三：可杀而不可使处不完，可杀而不可使击不胜，可杀而不可使欺百姓，夫是之谓三至。凡受命于主而行三军，三军既定，百官得序，群物皆正，则主不能喜，敌不能怒，夫是之谓至臣。虑必先事而申之以敬，慎终如始，终始如一，夫是之谓大吉。凡百事之成也必在敬之，其败也必在慢之，故敬胜怠则吉，怠胜敬则灭，计胜欲则从，欲胜计则凶。战如守，行如战，有功如幸。敬谋无圹，敬事无圹，�60敬吏无圹，敬众无圹，敬敌无圹，夫是之谓五无圹。慎行此六术、五权、三至，而处之以恭敬无圹，夫是之谓天下之将，则通于神明矣。"

临武君曰："善！请问王者之军制？"孙卿子曰："将死鼓，御死辔，百吏死职，士大夫死行列。闻鼓声而进，闻金声而退，顺命为上，有功次之，令不进而进，犹令不退而退也，其罪惟均。不杀老弱，不猎禾稼，服者不禽，格者不舍，鲗命者不获。凡诛，非诛其百姓也，诛其乱百姓者也；百姓有扞其贼，则是亦贼也。是故顺刃者生，苏刃者死，�61鲗命者贡。�62微子开封于宋；�63曹触龙断于军；�64

殷之服民所以养生之者也无异周人；故近者歌讴而乐之，远者竭蹙而趋之，㊅无幽闲辟陋之国。㊆莫不趋使而安乐之，四海之内若一家，通达之属莫不从服，夫是之谓人师。《诗》曰：'自西自东，自南自北，无思不服。'㊇此之谓也。

"王者有诛而无战，城守不攻，兵格不击。上下相喜则庆之。不屠城，不潜军，不留众，师不越时。㊈故乱者乐其政，不安其上，欲其至也。"临武君曰："善。"

陈嚣问孙卿子曰㊉："先生议兵，常以仁义为本；仁者爱人，义者循理，然则又何以兵为？凡所为有兵者，为争夺也。"孙卿子曰："非女所知也！彼仁者爱人，爱人故恶人之害之也；义者循理，循理故恶人之乱之也。彼兵者，所以禁暴除害也，非争夺也。故仁人之兵，所存者神，㊊所过者化，若时雨之降，莫不说喜。是以尧伐驩兜，㊋舜伐有苗，㊌禹伐共工，㊍汤伐有夏，文王伐崇，㊎武王伐纣，此四帝两王，皆以仁义之兵行于天下也。故近者亲其善，远方慕其德，兵不血刃，远迩来服，德盛于此，施及四极。《诗》曰：'淑人君子，其仪不忒；其仪不忒，正是四国。'㊏此之谓也。"

[注释]

㊶臧：同"藏"。

㊷安以重：安稳而慎重。

㊸欲伍以参："伍参"即错杂，使间谍潜入敌阵，杂处敌人部伍间以尽知其事。

㊹欲将：用所爱的人为将。恶废：废弃自己所不喜的人。

㊺圹：同"旷"，疏忽，怠慢。

㉒顺刃：指顺着我军刀锋所指方向而行的人，即避逃者。苏：同"傃（sù）"，面向。苏刃：面向我军兵刃者，即抗拒格斗者。

㉒䎿：同"奔"。贡：当为"置"字之误。"置"即赦免。

㉒微子开：即微子启，纣庶兄，降周后封于宋。汉人避景帝刘启讳，改"启"为"开"。

㉒曹触龙：人名，当为纣臣。断：斩。

㉒竭蹶（jué）：尽力奔跑以致跌倒。形容人们争先恐后归向周朝。

㉒"无幽"句：幽闲：荒僻。辟陋：偏僻狭小。这句是说即使偏僻狭小之国也都来降服。

㉒"《诗》曰"以下三句：见《诗经·大雅·文王有声》，意谓东西南北之人无不服从。

㉒"王者"八句：是说"王者"的军队只诛有罪的人而不攻击尚未接受其德义之人，故不战。所以对方城市尚拒守则不攻，尚在抵御则不打击，对方上下相爱悦，就加庆贺，不加侵伐。因此不屠城、不偷袭，攻克后不留兵防守，出兵不超过三个月。（一说"留"同"镏"，杀。"不留众"为不屠杀民众。）

㉒陈嚣：荀卿弟子。

㉒所存者神：意谓仁人之兵所在处都能得到平治。神：治。

㉒驩兜（huān dōu）：传说中人名。

㉒有苗：古代部族名。

㉒共工：传说中人名。

㉒崇：殷末诸侯国。

㉒"《诗》曰"以下四句：见《诗经·曹风·鸤鸠》，意谓美好的君子，言行无误；言行无误，可以匡正四方。

李斯问孙卿子曰⁷⁶:"秦四世有胜,兵强海内,威行诸侯,非以仁义为之也,以便从事而已!"⁷⁷孙卿子曰:"非女所知也!女所谓便者,不便之便也。吾所谓仁义者,大便之便也。彼仁义者,所以修政者也;政修则民亲其上,乐其君,而轻为之死。故曰:凡在于军,将率,末事也。秦四世有胜,諰諰然常恐天下之一合而轧己也,⁷⁸此所谓末世之兵,未有本统也。故汤之放桀也,非其逐之鸣条之时也;⁷⁹武王之诛纣也,非以甲子之朝而后胜之也,⁸⁰皆前行素修也,此所谓仁义之兵也。今女不求之于本而索之于末,此世之所以乱也。"

礼者,治辨之极也,强固之本也,威行之道也,功名之总也,王公由之,所以得天下也,不由,所以陨社稷也;故坚甲利兵不足以为胜,高城深池不足以为固,严令繁刑不足以为威,由其道则行,不由其道则废。

楚人鲛革犀兕以为甲,⁸¹坚如金石,宛钜铁釶,惨如蜂虿;轻利僄遨,卒如飘风;⁸²然而兵殆于垂沙,唐蔑死。⁸³庄蹻起,楚分而为三四,⁸⁴是岂无坚甲利兵也哉!其所以统之者非其道故也。汝颍以为险,江汉以为池,限之以邓林,⁸⁵缘之以方城,⁸⁶然而秦师至而鄢郢举,⁸⁷若振槁然,⁸⁸是岂无固塞隘阻也哉!其所以统之者非其道故也。

纣刳比干,囚箕子,⁸⁹为炮烙刑,杀戮无时,臣下懔然莫必其命,⁹⁰然而周师至而令不行乎下,不能用其民,是岂令不严,刑不繁也哉!其所以统之者非其道故也。

古之兵,戈矛弓矢而已矣,然而敌国不待试而诎,城郭不辨,⁹¹沟池不抇,⁹²固塞不树,机变不张,然而国晏然不畏外而明内者,无它故焉,明道而钧分之,⁹³时使而诚爱之,下之和上也如影响,有不由令者，然后俟之以刑。故刑一人而天下服，罪人不邮其上，⁹⁴知罪之在己也；是故刑罚省而威流，无它故焉，由其道故也。古者帝尧之治天下也，盖杀一人、刑二人而天下治。传曰："威厉而不试，刑错而不用。"此之谓也。

[注释]

⑦⁶李斯：荀卿弟子。楚人，相秦始皇，助其并吞六国，后为赵高所谮杀。

⑦⁷以便从事：选择有利形势行事。

⑦⁸谡（xǐ）谡然：恐惧的样子。轧（yà）：排挤。

⑦⁹鸣条：古地名，在今山西运城市东北的安邑镇以北，汤击败夏桀后，桀奔于鸣条。

⑧⁰甲子：武王克商之日的干支，详见前《尚书·牧誓》注。

⑧¹鲛（jiāo）：鲨鱼。

⑧²宛：古地名，今河南南阳市。钜：精刚之铁。铊：同"鍦（shī）"，矛。虿（chài）：古书上说的一种类似蝎子的毒虫。僄（piào）：轻捷。遬：同"速"。卒：同"猝"，突然而来。

⑧³垂沙：古地名，故址不详。唐蔑：楚将，当即《史记·楚世家》所载楚怀王二十八年秦与齐、韩、魏共攻楚所杀楚将唐昧。

⑧⁴"庄蹻"二句：庄蹻事迹诸书所说颇有分歧，此疑指《吕氏春秋·介立》所说"庄蹻暴郢"事。

⑧⁵邓林：邓地之山林。邓：当即今河南邓州市一带，楚之北境。

⑧⁶方城：山名，大约在今河南叶县以南一带。

⑧⁷鄢：古地名，故址在今湖北宜城市西南，楚之别都。郢：春秋战国时楚都，故址在今湖北江陵县。

⑧振槁：犹今言摧枯拉朽。

⑧比干：纣之叔父。箕子：纣的叔父。

⑨懔然莫必其命：恐惧地不能预知自己的命运。

⑨诎：屈服。辨：修治。

⑨扣：本字当作"搰（hú）"，掘。

⑨钧：通"均"，指人们的资财和劳役都能分配平均。

⑨邮：怨恨。

凡人之动也，为赏庆为之，则见害伤焉止矣。故赏庆、刑罚、埶诈不足以尽人之力，致人之死。为人主上者也，其所以接下之百姓者，无礼义忠信，焉虑率用赏庆、刑罚、埶诈除阨其下，⑨获其功用而已矣，大寇则至，使之持危城则必畔，遇敌处战则必北，劳苦烦辱则必奔，霍焉离耳，⑨下反制其上。故赏庆、刑罚、埶诈之为道者，佣徒粥卖之道也，不足以合大众，美国家；故古之人羞而不道也，故厚德音以先之，明礼义以道之，致忠信以爱之，尚贤使能以次之，爵服庆赏以申之，时其事轻其任以调齐之；长养之，如保赤子。⑨政令以定，风俗以一，有离俗不顺其上，则百姓莫不敦恶，⑨莫不毒孽，⑨若被不祥，⑩然后刑于是起矣，是大刑之所加也，辱孰大焉。将以为利邪？则大刑加焉。身苟不狂惑戆陋，谁睹是而不改也哉！然后百姓晓然皆知修上之法，像上之志而安乐之，于是有能化善、修身、正行、积礼义、尊道德，百姓莫不贵敬，莫不亲誉，然后赏于是起矣，是高爵丰禄之所加也，荣孰大焉。将以为害邪？则高爵丰禄以持养之。生民之属，孰不愿也。雕雕焉县贵爵重赏于其前，⑩县明刑大辱于其后，虽欲无化，能乎哉！故民归之如流水，所存者神，所为者化。之属为之化而顺，⁰²暴悍勇力之属为之化而愿。旁辟曲私之属为之化而公，矜纠收缭之属为之化而调，⁰³夫是之谓大化至一。《诗》曰："王犹允塞，徐方既来。"⁰⁴

凡兼人者有三术：有以德兼人者，有以力兼人者，有以富兼人者；彼贵我名声，美我德行，欲为我民，故辟门除涂，⁰⁵以迎吾入，因其民，袭其处，⁰⁶而百姓皆安；立法施令莫不顺比；是故得地而权弥重，兼人而兵俞强；是以德兼人者也。非贵我名声也，非美我德行也，彼畏我威，劫我埶，故民虽有离心，不敢有畔虑，若是，则戎甲俞众，奉养必费；是故得地而权弥轻，兼人而兵俞弱，是以力兼人者也。非贵我名声也，非美我德行也，用贫求富，用饥求饱，虚腹张口，来归我食；若是，则必发夫掌窌之粟以食之，⁰⁷委之财货以富之，立良有司以接之，已期三年，然后民可信也；是故得地而权弥轻，兼人而国俞贫，是以富兼人者也。故曰：以德兼人者王，以力兼人者弱，以富兼人者贫。古今一也。

兼并易能也，唯坚凝之难焉。⁰⁸齐能并宋，而不能凝也，故魏夺之。⁰⁹燕能并齐，而不能凝也，故田单夺之。¹¹⁰韩之上地，¹¹¹方数百里，完全富足而趋赵，赵不能凝也，故秦夺之。故能并之而不能凝则必夺，不能并之又不能凝其有则必亡。能凝之则必能并之矣。得之则凝，兼并无强。古者汤以薄，¹¹²武王以滈，¹¹³皆百里之地也，天下为一，诸侯为臣，无它故焉，能凝之也。故凝士以礼，凝民以政；礼修则士服，政平而民安；士服民安，夫是之谓大凝，以守则固，以征则强，令行禁止，王者之事毕矣。

[注释]

⑨⑤"焉虑"句：焉：于是。除：当为"险"。这句说：于是才考虑最终用赏罚权诈来使其下遭受险厄。

⑨⑥霍焉：同"涣然"。离：离散。

⑨⑦赤子：婴儿。

⑨⑧敦：同"憝（duì）"，怨恨。

⑨⑨"莫不"句：孽：灾害。这句说莫不以之为灾害。

⑩⑩祓（fú）：古人迷信用斋戒沐浴等方法免灾。

⑩①雕雕：犹"昭昭"，明显地。

⑩②之属为之化：原缺，清汪中补此五字，但上面当还有缺文。

⑩③旁辟：邪僻。曲私：专营私利。矜纠收缭：急躁乖戾。

⑩④"《诗》曰"以下二句：见《诗经·大雅·常武》，意谓周王的谋略真正确，徐方已前来归降。

⑩⑤辟门：开门。除涂：清除道路。

⑩⑥袭：因袭。

⑩⑦掌：当为"禀"（即"廪"）之误字，指粮仓。窌（jiào）：地窖。

⑩⑧凝：巩固。

⑩⑨"齐能"三句：指齐湣王灭宋，不久被燕所破，宋国旧地为魏所夺。

⑩⑩"燕能"三句：指燕昭王用乐毅，平齐七十余城，昭王死后，乐毅遭谗奔赵，齐田单破燕复齐。

⑪⑪上地：指上党（今属山西），本韩地，为秦所攻，上党守将以地归赵。秦攻赵，败之长平。

⑪⑫薄：同"亳"。

⑪⑬滈：同"镐"。

[串讲]

　　这篇文章写的是荀子和一些人辩论军事问题，其中主要是和临武君的争论。在这场争论中，荀子坚持儒家的"仁义"观点，驳斥临武君所主张的"兵之所贵者埶利也，所行者变诈也"的观点，而强调只有行"仁义"，才能得到民众亲附，战无不胜。他认为对"仁人之兵"，那种"埶利"和"变诈"是没有用的。据说通过荀子的反驳，临武君就被驳倒了。从第一段看来，荀子的意见基本上是对的，因为两军作战，如果一方深得民心，一方不得民心，显然只能是得民心的一方取胜。

　　接着，临武君和赵孝成王又问："王者之兵设何道？何行而可？"关于这问题，荀子的回答也是有道理的，他认为国君贤能、内政修明者强，国君无能、内政混乱者弱。同时，他并不单纯地一味强调"仁义""教化"，也主张要讲求"赏"和"刑"，也主张要"兵革攻完便利"，这和孟子说行仁义可以"制梃以挞秦楚之坚甲利兵"（《梁惠王上》）还是不同的。荀子又对当时的齐、魏、秦三国的军制进行评论，认为魏强于齐，秦强于魏，这是很对的。然而他又认为三国之兵不足当春秋"五霸"，"五霸"不足当商汤、周武王，则未免儒家之见。

　　荀子又回答了赵孝成王和临武君关于"为将"及"王者之军制"的问题。他所论为将之道及"王者"用兵在于服人之心、不杀无辜、不杀归降者等主张。

　　文章的后半，又写到荀子回答陈嚣和李斯的话。陈嚣认为荀子讲"仁义"，似不必用兵。荀子以汤伐桀、武王伐纣为例，说明了用兵和仁义并非永远是矛盾的，仁者为了除暴，也免不了用兵。李斯的提问似乎更尖锐些，他认为秦国在一系列战争中取得胜利，并非由于行"仁义"，只是能"以便从事而已"。荀子和他的争论实际反映了儒、法二家的不同观点。看来李斯相秦所采取的方法，全和荀子不同。从荀子所举楚国事实来看，他主张要得民心的论点是有一定道理的，但在战国末年，他这种看法也不免迂腐而不合各国统治者的心意，所以不可能实行。所以两人的论争，恐未可轻易地以某一说为全是，某一说为全非。

[评析]

  这篇文章由于带争论性，所以颇有雄辩色彩，虽不如《劝学》之富于文采，但逻辑性很强、说理透辟，有时还兼用一些俗语的词汇（如"鹿埵、陇种、东笼而退耳"）。从全篇看来，语气亦有不同，如和临武君争论，尽管坚持自己的看法，据理力争，但口气比较缓和。后面回答陈嚣、李斯的话则比较直率，这因为陈、李皆其弟子。

  关于荀子的军事思想应该如何评价？似应联系他的政治观点来加以分析。粗看起来，荀子和其他儒家人物强调"附民"，认为得不得民心是决定战争成败的主要因素。这个论点可以说是完全正确的。问题在于完成中国统一大业的却是秦国，它执行的是商鞅、韩非那种尚欺诈和权势，完全不考虑人心向背的路线。这究竟是为什么？看来还在于儒家主张的"法先王"，这道路自然不可能实现，所以也不会得到民众的支持。荀子虽称"法后王"，其实也不过是要回到商周之初去，仍为开倒车的主张。既然如此，他们说的"附民"也不过是句空话。不过，韩非、李斯之流不顾民心向背的做法，虽能收效于一时，最终也只能导致秦的覆亡。从这种意义上说，荀子的主张虽有迂腐而不合时宜的一面，却也多少指出了法家学说的错误。

天　论

　　天行有常:①不为尧存，不为桀亡。应之以治则吉，②应之以乱则凶。强本而节用，③则天不能贫。养备而动时，则天不能病。修道而不贰，则天不能祸。故水旱不能使之饥，寒暑不能使之疾，祅怪不能使之凶。本荒而用侈，则天不能使之富。养略而动罕，则天不能使之全。倍道而妄行，④则天不能使之吉。故水旱未至而饥，寒暑未薄而疾，⑤祅怪未至而凶。受时与治世同，而殃祸与治世异，不可以怨天，其道然也。故明于天人之分，则可谓至人矣。⑥

　　不为而成，不求而得，夫是之谓天职。⑦如是者，虽深，其人不加虑焉；虽大，不加能焉；虽精，不加察焉；夫是之谓不与天争职。天有其时，地有其财，人有其治，夫是之谓能参。舍其所以参，而愿其所参，则惑矣！⑧

　　列星随旋，日月递照，四时代御，阴阳大化，⑨风雨博施，万物各得其和以生，各得其养以成，不见其事而见其功，夫是之谓神。皆知其所以成，莫知其无形，夫是之谓天。惟圣人为不求知天。

　　天职既立，天功既成，形具而神生，好恶喜怒哀乐臧焉，⑩夫是之谓天情。耳目鼻口形能各有接而不相能也，夫是之谓天官。心居中虚，⑪以治五官，夫是之谓天君。财非其类以养其类，⑫夫是之谓天养。顺其类者谓之福，逆其类者谓之祸，夫是之谓天政。暗其天君，乱其天官，弃其天养，逆其天政，背其天情，以丧天功，夫是之谓大凶。圣人清其天君，正其天官，备其天养，顺其天政，养其天情，以全其天功；如是，则知其所为，知其所不为，则天地官而万物役矣。其行曲治，其养曲适，其生不伤，夫是之谓知天。⑬

故大巧在所不为，大智在所不虑。所志于天者，已其见象之可以期者矣。所志于地者，已其见宜之可以息者矣。志于四时者，已其见数之可以事者矣。所志于阴阳者，已其见知之可以治者矣。⑭官人守天而自为守道也。

治乱天邪？曰：日月星辰瑞历，⑮是禹桀之所同也；禹以治，桀以乱，治乱非天也。时邪？曰：繁启蕃长于春夏，畜积收藏于秋冬，是又禹桀之所同也；禹以治，桀以乱，治乱非时也。地邪？曰：得地则生，失地则死，是又禹桀之所同也；禹以治，桀以乱；治乱非地也。《诗》曰："天作高山，大王荒之；彼作矣，文王康之。"⑯此之谓也。

天不为人之恶寒也，辍冬；地不为人之恶辽远也，辍广；君子不为小人之匈匈也，⑰辍行。天有常道矣，地有常数矣，君子有常体矣。君子道其常，而小人计其功。《诗》曰："礼义之不愆，何恤人之言兮。"⑱此之谓也。

楚王后车千乘，非知也；君子啜菽饮水，非愚也；是节然也。⑲若夫心意修，德行厚，知虑明，生于今而志乎古，则是其在我者也。故君子敬其在己者，而不慕其在天者；小人错其在己者，⑳而慕其在天者。君子敬其在己者，而不慕其在天者，是以日进也；小人错其在己者，而慕其在天者，是以日退也。故君子之所以日进，与小人之所以日退，一也。君子小人之所以相县者在此耳。㉑

星队，㉒木鸣，国人皆恐。曰：是何也？曰：无何也，是天地之变，阴阳之化，物之罕至者也。怪之，可也；而畏之，非也。夫日月之有蚀，风雨之不时，怪星之党见，㉓是无世而不常有之。上明而政平，则是虽并世起，无伤也。上暗而政险，则是虽无一至者，无益也。夫星之队，木之鸣，是天地之变，阴阳之化，物之罕至者也；怪之，可也，而畏之，非也。

物之已至者，人袄则可畏也：㉔楛耕伤稼，㉕耘耕失薉，㉖政险失民，田薉稼恶，籴贵民饥，道路有死人，夫是之谓人袄。政令不明，举错不时，本事不理，夫是之谓人袄。礼义不修，内外无别，男女淫乱，父子相疑，上下乖离，寇难并至，夫是之谓人袄。袄是生于乱，三者错，无安国。其说甚尔，㉗其菑甚惨。勉力不时，则牛马相生，六畜作袄，可怪也，而不可畏也。传曰：万物之怪书不说。无用之辩，不急之察，弃而不治。若夫君臣之义，父子之亲，夫妇之别，则日切磋而不舍也。

雩而雨，㉘何也？曰：无何也，犹不雩而雨也。日月食而救之，天旱而雩，卜筮然后决大事，非以为得求也，以文之也。㉙故君子以为文，而百姓以为神。以为文则吉，以为神则凶也。

在天者莫明于日月，在地者莫明于水火，在物者莫明于珠玉，在人者莫明于礼义。故日月不高，则光辉不赫；水火不积，则晖润不博；珠玉不睹乎外，则王公不以为宝；礼义不加于国家，则功名不白。故人之命在天，国之命在礼。君人者，隆礼尊贤而王，重法爱民而霸，好利多诈而危，权谋倾覆幽险而尽亡矣。

大天而思之，孰与物畜而制之。㉚从天而颂之，孰与制天而用之。望时而待之，孰与应时而使之。因物而多之，孰与骋能而化之。㉛思物而物之，孰与理物而勿失之也！愿于物之所以生，孰与有物之所以成！故错人而思天，则失万物之情。

百王之无变，足以为道贯。㉜一废一起，应之以贯，理贯不乱。不知贯不知应变，贯之大体未尝亡也。乱生其差，治尽其详，㉝故道之所善，中则可从，畸则不可为，匿则大惑。㉞水行者表深，表不明则陷。治民者表道，表不明则乱。礼者表也，非礼，昏世也，昏世，大乱也。故道无不明，外内异表，隐显有常，民陷乃去。㉟

万物为道一偏，㊱一物为万物一偏，愚者为一物一偏，而自以为知道，无知也。慎子有见于后，无见于先。㊲老子有见于诎，无见于信。㊳墨子有见于齐，无见于畸。㊴宋子有见于少，无见于多。㊵有后而无先，则群众而无门。有诎而无信，则贵贱不分。有齐而无畸，则政令不施。有少而无多，则群众不化。《书》曰："无有作好，遵王之道。无有作恶，遵王之路。"㊶此之谓也。

[注释]

①天行有常：言天道运行有其正常规律。

②应：对待。

③强本：着力于本业（指农桑）。

④倍：通"背"，违反。

⑤薄：同"迫"，侵犯。

⑥天人之分：指自然界和人事之区别。至人：明乎事理之人。

⑦"不为"三句：这是说不必人力去做，就能成功，不必去求而可得的事物，这是自然界必然的现象，故为"天"的自然功能。

⑧"天有其时"七句：参：参与。指人对"天"和"地"的自然存在进行人力加工。这几句说人能以人力改造自然。如果不努力去改造，而

只是希望自然界符合自己的愿望，那就错了。

⑨旋：指星体的运行。递照：互相替换着照耀。代御：指季节交替。阴阳大化：古人把世界事物的形成和变化归因于阴阳的相反相成，以化生万物。

⑩好恶（wù）：爱憎。臧：同"藏"。

⑪心居中虚：身中空虚的部位，指胸中。

⑫"财非"句：财：同"裁"。非其类：指不同于人的其他事物。这句是说人裁取自然物以供其衣食等生活所需。

⑬"其行曲治"四句：曲：普遍。这几句说人的行为符合自然规律，其生活需要都得到满足而不受伤害，这就叫"知天"。

⑭"所志于天者"以下八句：志：记载。已：当作"己"，乃"记"之省写。见：示，出现。知：当作"和"。这几句是说：那些记载天的，是记录一些天象，为预知某些现象的到来而做准备。那些记载地的，是记录一些地理现象以便因地制宜进行生产。那些记录时令的，是记录四时气候变化以定所应从事的劳作。那些记载阴阳变化的，是记录其阴阳之和以便为治国借鉴的。

⑮瑞历：即历象，指日月星辰运行的各种现象。

⑯大王：即"太王"，即古公亶父，周文王的祖父。"《诗曰》"以下四句：见《诗经·周颂·天作》，意谓天生的高山，太王来治理它；周人既在此筑室，文王又使他们得以安康。

⑰訩訩：喧闹不宁。

⑱"《诗》曰"以下二句：当为逸《诗》，亦见《左传·昭公四年》子产所引（文字略有出入），大意为只要礼义上没有失误，不必怕人议论。

⑲节：犹"适"，偶然。

⑳错：同"措"，放弃。

㉑县：同"悬"，悬殊。

㉒队：同"坠"，坠落。

㉓党：古"傥"字。

㉔人袄：指人事中怪异现象。

㉕楛（hǔ）耕：耕田不精细，质量粗劣。

㉖薉：同"秽"，荒芜。

㉗尔：同"迩"，近。

㉘雩（yú）：古代一种求雨祭典。

㉙以文之也：用来文饰政事。

㉚"大天"二句：意谓把天看得至高无上而崇拜它，还不如把它当万物一样来制裁利用它。

㉛"因物"二句：意谓与其单因物类繁多而求数量之增加，不如发挥人的能力而使之变化以适人用。

㉜无变：指一些不变的道理。道贯：贯彻古今的传统。

㉝"乱生"二句：意谓乱生于执行这"道贯"之差错，治生于正确详尽地贯彻它。

㉞"中则"三句：意谓得其中正适当则其事可行；如有偏差（畸），就行不通；如果错了（"匿"同"慝"，过错），就会大误。

㉟"隐显"二句：意谓隐处和显处的标志分明，使民众被陷的祸根就去除了。

㊱一偏：一部分，一个侧面。

㊲慎子：指慎到。他重视已成不变之理而忽视了此理形成之原因，故云"无见于先"。

㊳诎：同"屈"。信：同"伸"。老子强调"柔弱胜刚强""不敢为

天下先”，故云。

㊴齐：同一。畸：参差不同。墨子主兼爱而无差等，故云。

㊵宋子：即宋钘。宋钘以“寡欲”为教，故云。

㊶“《书》曰”以下四句：见《尚书·周书·洪范》，大意谓不存偏好，遵循先王的正道；不存偏恶，遵循先王的正路。

[**串讲**]

在先秦诸子中，荀子这篇《天论》对“天”“人”关系的看法最有见地。自西周以来，人们往往把“天”理解为一个有意志并支配着一切的“天”。这个“天”其实和殷商人所说的“帝”并无多大区别。不过，自春秋以后，人们对“天”的信仰多少已有所动摇。孔子很少谈到“天”，但似乎还承认“天”有一定的意志（如“天之将丧斯文也”“知我者其天乎”）；《墨子》中有《天志》《明鬼》诸篇，主张“天”有意志，也承认鬼神的存在；《庄子》中有《天道》《天运》诸篇，似乎不大强调“天”有其意志，但他还是强调人只有服从自然界的规律，而不能有所作为，所以荀子在《解蔽》中说他“蔽于天而不知人”。荀子的主张则和上述诸家不同。

在荀子看来，“天”应该是客观存在的自然界，它是不依人的意志为转移而独立运行的。所以说“不为尧存，不为桀亡”。同时它也不能给人以祸福，只要人自己能正确对待，它也对人无所影响。人们所当考虑的不是自然界的运行本身，而是通过主观努力，使之为人所用。

荀子强调人有耳目鼻口和心志，可以用此去制裁万物以自养和防受伤害。人所以要记载天、地、四时、阴阳也不过是要理解在人的生产、生活中如何对它们加以利用。荀子认为人世的治和乱，与“天”无关，也和“地”“四时”无关，治乱决定于人事。人的贫富、穷达只是偶然的遭遇，而重要的是提高自己的德行。

荀子认为自然界一些反常现象，并不足畏，真正可怕的倒是人事上的过错。

荀子不信雩祭等仪式，认为这些不过是一种文饰而已。他反对崇拜"天"，主张用人力来利用和改造它，所谓"物畜而制之""制天而用之"。荀子认为应该思考的是"百王之无变"，亦即历来一些不变的道理，以此为治国的传统。要明确地了解治乱之源，执行中道，不陷于片面。他批评了慎到、老子、墨子和宋钘学说的片面性。

[评析]

荀子生活在两三千年前，能够这样明显地把"天"理解为自然界的运动，否认有意志的天亦即"神"的存在，这是非常卓越的思想。尤其是他主张以"物畜而制之"和"制天而用之"的态度对待自然界，这显然是卓见。因为人们只有在长期地和自然界做斗争的过程中，才能对自然加以认识和改造，使之为人所用而免去灾祸，也只有在这个过程中，人们才能取得进步。那种盲目崇拜"天"和自然界，无所作为的观点显然是错误的、阻碍人类进步的。荀子的思想较之与其同时的一些人要高出一筹，较于汉代的董仲舒之流，更不必说了。

韩非子

孤　愤

　　智术之士，①必远见而明察，不明察，不能烛私；能法之士，必强毅而劲直，不劲直，不能矫奸。人臣循令而从事，案法而治官，非谓重人也。②重人也者，无令而擅为，亏法以利私，耗国以便家，力能得其君，此所为重人也。智术之士，明察听用，③且烛重人之阴情；能法之士劲直，听用，且矫重人之奸行。故智术能法之士用，则贵重之臣必在绳之外矣。④是智法之士与当涂之人，⑤不可两存之仇也。

　　当涂之人擅权要，⑥则外内为之用矣。是以诸侯不因，则事不应，⑦故敌国为之讼；⑧百官不因，则业不进，⑨故群臣为之用；郎中不因，⑩则不得近主，故左右为之匿；⑪学士不因，⑫则养禄薄礼卑，故学士为之谈也。此四助者，邪臣之所以自饰也。重人不能忠主而进其仇，人主不能越四助而烛察其臣，故人主愈弊而大臣愈重。

　　凡当涂者之于人主也，希不信爱也，又且习故。⑬若夫即主心，同乎好恶，固其所自进也。官爵贵重，朋党又众，而一国为之讼。则法术之士欲干上者，非有所信爱之亲，习故之泽也，⑭又将以法术之言矫人主阿辟之心，⑮是与人主相反也。处势卑贱，无党孤特。夫以疏远与近爱信争，其数不胜也；⑯以新旅与习故争，⑰其数不胜也；以反主意与同好恶争，其数不胜也；以轻贱与贵重争，其数不胜也；以一口与一国争，其数不胜也。法术之士操五不胜之势，以岁数而又不得见;⑱当涂之士乘五胜之资,而旦暮独说于前。故法术之士奚道得进,而人主奚时得悟乎？故资必不胜而势不两存,⑲法术之士焉得不危？其可以罪过诬者,以公法诛之；其不可被以罪过者,以私剑而穷之。⑳是明法术而逆主上者,不僇于吏诛,必死于私剑矣。朋党比周以弊主,言曲以便私者,必信于重人矣。故其可以攻伐借者,以官爵贵之；其可借以美名者,㉑以外权重之。㉒是以弊主上而趋于私门者,不显于官爵,必重于外权矣。今人主不合参验而行诛,㉓不待见功而爵禄,故法术之士安能蒙死亡而进其说？奸邪之臣安肯乘利而退其身？故主上愈卑,私门益尊。

夫越虽国富兵强,中国之主皆知无益于己也,㉔曰："非吾所得制也。"今有国者虽地广人众,然而人主壅蔽,大臣专权,是国为越也。智不类越,而不智不类其国,㉕不察其类者也。人主所以谓齐亡者,非地与城亡也,吕氏弗制而田氏用之；㉖所以谓晋亡者,亦非地与城亡也,姬氏不制而六卿专之也。㉗今大臣执柄独断,而上弗知收,是人主不明也。与死人同病者,不可生也；与亡国同事者,不可存也。今袭迹于齐、晋,欲国安存,不可得也。

凡法术之难行也,不独万乘,千乘亦然。㉘人主之左右不必智也,人主于人有所智而听之,因与左右论其言,是与愚人论智也；人主之左右不必贤也,人主于人有所贤而礼之,因与左右论其行,是与不肖论贤也。智者决策于愚人,贤士程行于不肖,㉙则贤智之士羞而人主之论悖矣。人臣之欲得官者,其修士且以精洁固身,㉚其智士且以治辩进业。其修士不能以货赂事人,恃其精洁而更不能以枉法为治,则修智之士不事左右、不听请谒矣。人主之左右,行非伯夷也,求索不得,货赂不至,则精辩之功息,而毁诬之言起矣。治乱之功制于近习，㉛精洁之行决于毁誉，则修智之吏废，则人主之明塞矣。不以功伐决智行，不以参伍审罪过，而听左右近习之言，则无能之士在廷，而愚污之吏处官矣。

万乘之患，大臣太重；千乘之患，左右太信：此人主之所公患也。且人臣有大罪，人主有大失，臣主之利相与异者也。何以明之哉？曰：主利在有能而任官，臣利在无能而得事；主利在有劳而爵禄，臣利在无功而富贵；主利在豪杰使能，臣利在朋党用私。是以国地削而私家富，主上卑而大臣重。故主失势而臣得国，主更称蕃臣，㉜而相室剖符。㉝此人臣之所以谲主便私也。㉞故当世之重臣，主变势而得固宠者，十无二三。㉟是其故何也？人臣之罪大也。臣有大罪者，其行欺主也，其罪当死亡也。智士者远见而畏于死亡，必不从重人矣；贤士者修廉而羞与奸臣欺其主，必不从重臣矣。是当涂者之徒属，非愚而不知患者，必污而不避奸者也。大臣挟愚污之人，上与之欺主，下与之收利侵渔朋党，比周相与，一口惑主败法，以乱士民，使国家危削，主上劳辱，此大罪也。臣有大罪而主弗禁，此大失也。使其主有大失于上，臣有大罪于下，索国之不亡者，不可得也。

[注释]

①智：同"知"，通晓。本文"智"字皆同"知"。

②循令：遵照法令。从事：办理事务。治官：处理公事。重人：专横弄权的贵重之臣。

③"智术"二句：意谓知术之士明察形势，他们被君主听信而任用。

④绳：木工所用墨线。绳之外：这是以木工治木作比，木工用墨线量

木材,墨线以外部分当削去,喻"重人"之行不符法令,当予惩处。

⑤当涂之人:喻掌握大权之臣。

⑥擅权要:专擅大权要职。

⑦因:依靠、凭借。应:回报。不应:得不到满意答复。

⑧讼:颂扬、称誉。

⑨不进:不得进闻于君主。

⑩郎中:君主左右的侍卫者。

⑪匿:隐瞒其过失。

⑫学士:谈论各种学说,备君主参考之人。

⑬习故:相处长久,且有旧情。

⑭泽:恩情。

⑮阿辟:偏私邪僻。

⑯"其数"句:数:道理。这句意谓势无取胜之理。

⑰新旅:当时"法术之士"多为本无官职的士人,又往往来自别处,乃羁旅之士,故称"新旅"。

⑱"以岁数"句:指法术之士往往一年不得见君主一面。

⑲资:凭借。

⑳私剑:私家所养剑客。

㉑其可:据顾广圻、王先慎说,"其可"当为"其不可"。

㉒以外权重之:指依靠外国的力量,使其地位提高。

㉓"今人主"句:意谓如果"人主"不对情况进行比勘验证就施刑戮。

㉔越:春秋时国名,战国时为楚所灭。中国:这里指中原。

㉕"智不"二句:意谓知自己的国不同于越,却不知当时其国已不像原来的样子(指被重人专擅)。

㉖吕氏：指春秋时齐君，本吕尚之后。田氏：指战国齐君，乃齐卿田氏取代吕氏。

㉗姬氏：指春秋时晋国乃武王子唐叔之后，姓姬氏。六卿：指春秋中期以后专擅晋国的智、范、中行、赵、魏、韩六氏，最后只剩赵、魏、韩三家分晋，以入战国。

㉘万乘：拥有万辆兵车之国，指大国。千乘：指中等国家。

㉙程行：度量其德行。

㉚精洁：通"清洁"，喻端正。固身：守身。

㉛治乱：王先慎从顾广圻说以为当作"辩"。

㉜主更称蕃臣：指田氏迁齐康公于海滨；三家分晋，晋静公迁为家人之类。

㉝相室剖符：相：辅佐。辅佐其一家之人，即大夫家的陪臣。剖符：指以符信调发军队，派遣官吏。

㉞谲主：欺主。

㉟"主变势"二句：意谓如果君主改变这种群臣擅权之势，那些重臣还能保持尊宠的十无二三。指他们都是有罪当诛之人。

[串讲]

此篇为韩非尚未到秦国时所作。当时他曾劝韩王改革政治，韩王不听。据《史记》载，此文传到秦国，秦始皇见了大加称赏，遂强使韩国派韩非入秦。这是因为秦始皇即位之初，太后和吕不韦曾专擅秦国之政。但相对于当时六国情况来说，秦国的君权还是较强的，所以秦始皇很快夺去大臣之权，得以统一中国。

这篇文章主要针对韩国及齐、楚、赵、魏、燕诸国而言。在这些国家中，擅权重臣凭借其与君主的关系，结党营私，专擅朝政，而主张变法自强的"法术之士"，确实难以得到重用。文中分析了"法术之士"和"重人"势不两立的情况,说明"重人"的地位之十分巩固,"法术之士"不可能取胜的种种因素。这些情况,韩非不但看得很清楚,且有亲身感受,之所以写来充满激愤之情。应该承认,这篇文章确实切中要害,道出了六国必然灭亡之势。

[评析]

　　历来论者多谓韩非之文犀利峭刻,切中事理。此文可以说是很具代表性的一篇。其文虽并不以文采见长,但说理透辟,逻辑性强,而且笔锋充满感情。这大约和韩非当时的处境有关。韩非对当时各国统治阶层内部的种种人情了如指掌,分析"当涂之人"的地位之所以巩固及"法术之士"之所以难于取胜的种种原因,一一列举,极见其细致深刻,确为说理之文的典范。

说　难

　　凡说之难,非吾知之有以说之之难也,^①又非吾辩之能明吾意之难也,又非吾敢横失而能尽之难也。^②凡说之难:在知所说之心,可以吾说当之。^③所说出于为名高者也,而说之以厚利,则见下节而遇卑贱,^④必弃远矣。所说出于厚利者也,而说之以名高,则见无心而远事情,必不收矣。所说阴为厚利而显为名高者也,而说之以名高,则阳收其身而实疏之;说之以厚利,则阴用其言显弃其身矣。此不可不察也。

　　夫事以密成,语以泄败。未必其身泄之也,而语及所匿之事,如此者身危。⑤彼显有所出事，而乃以成他故，说者不徒知所出而已矣，又知其所以为，如此者身危。⑥规异事而当，知者揣之外而得之，事泄于外，必以为己也，如此者身危。⑦周泽未渥也，⑧而语极知，说行而有功，则德忘；说不行而有败，则见疑，如此者身危。贵人有过端，而说者明言礼义以挑其恶，⑨如此者身危。贵人或得计而欲自以为功，说者与知焉，⑩如此者身危。强以其所不能为，止以其所不能已，如此者身危。故与之论大人，则以为闲己矣；与之论细人，则以为卖重。⑪论其所爱，则以为借资；论其所憎，则以为尝己也。⑫径省其说，则以为不智而拙之；米盐博辩，则以为多而交之。⑬略事陈意，则曰怯懦而不尽；虑事广肆，则曰草野而倨侮。⑭此说之难，不可不知也。

凡说之务，在知饰所说之所矜而灭其所耻。⑮彼有私急也，必以公义示而强之。⑯其意有下也，然而不能已，说者因为之饰其美而少其不为也。⑰其心有高也，而实不能及，说者为之举其过而见其恶，而多其不行也。⑱有欲矜以智能，则为之举异事之同类者，多为之地，使之资说于我，而佯不知也以资其智。⑲欲内相存之言，则必以美名明之，⑳而微见其合于私利也。欲陈危害之事，则显其毁诽而微见其合于私患也。誉异人与同行者，规异事与同计者。㉑有与同污者，则必以大饰其无伤也；有与同败者，则必以明饰其无失也。彼自多其力，则毋以其难概之也；自勇其断，则无以其谪怒之；自智其计，则毋以其败穷之。大意无所拂悟，辞言无所系縻，㉒然后极骋智辩焉。此道所得，亲近不疑而得尽辞也。伊尹为宰，㉓百里奚为虏，㉔皆所以干其上也。此二人者，皆圣人也；然犹不能无役身以进，如此其污也。今以吾言为宰虏，而可以听用而振世，此非能仕之所耻也。夫旷日弥久，而周泽既渥，深计而不疑，引争而不罪，则明割利害以致其功，直指是非以饰其身，㉕以此相持，此说之成也。

昔者郑武公欲伐胡，㉖故先以其女妻胡君以娱其意。因问于群臣："吾欲用兵，谁可伐者？"大夫关其思对曰："胡可伐。"武公怒而戮之，曰："胡，兄弟之国也。子言伐之，何也？"胡君闻之，以郑为亲己，遂不备郑，郑人袭胡，取之。宋有富人，天雨墙坏。其子曰："不筑，必将有盗。"其邻人之父亦云。暮而果大亡其财。其家甚智其子，而疑邻人之父。此二人说者皆当矣，厚者为戮，薄者见疑，则非知之难也，处知则难也。故绕朝之言当矣，其为圣人于晋，而为戮于秦也，㉗此不可不察。

昔者弥子瑕有宠于卫君。㉘卫国之法，窃驾君车者罪刖。㉙弥子瑕母病，人闻有往夜告弥子，㉚弥子矫驾君车以出，君闻而贤之，曰："孝哉！为母之故，忘其刖罪。"异日，与君游于果园，食桃而甘，不尽，以其半啖君。㉛君曰："爱我哉！忘其口味以啖寡人。"及弥子色衰爱弛，得罪于君，君曰："是固尝矫驾吾车，又尝啖我以余桃。"故弥子之行未变于初也，而以前之所以见贤而后获罪者，爱憎之变也。故有爱于主，则智当而加亲；有憎于主，则智不当见罪而加疏。故谏说谈论之士，不可不察爱憎之主而后说焉。

夫龙之为虫也，㉜柔可狎而骑也；然其喉下有逆鳞径尺，㉝若人有婴之者，㉞则必杀人。人主亦有逆鳞，说者能无婴人主之逆鳞，则几矣。㉟

[注释]

①说：游说。知：同"智"，智力。

②横失：同"横佚"，纵横自恣，不受拘束。

③所说之心：指所游说的君主的心。当（dàng）之：适应他，指被他接受。

④下节：志节低下。遇：对待。

⑤"未必"三句：意谓要保密的事不一定是游说的人故意泄露，而是他如果说到了君主内心不愿公开的想法，这样就危险了。

⑥"彼显"五句：意谓君主表面上有所作为，而实际上要达到另一目的，而游说者不光知道他所做的事，还知道他所实际要做的事，这样就危险了。

⑦"规异事"五句：此句承上句而言，意谓所游说的君主正策划不同寻常的举措而且考虑确当，此时如果有人猜测到了，并泄露出去，君主必以为是游说者所为，这就危险了。

⑧周泽：恩宠。渥：优厚。

⑨贵人：君主。过端：过失。挑：揭出，触及。

⑩与知：参与了解。

⑪"与之"二句：细人：地位卑下的人物。卖重：卖弄权势。在君主面前提及这些不足道的小人，会被视为卖弄权势。

⑫尝己：试探自己。

⑬交之：《史记》作"久之"，二文皆费解。一说"交"可通"驳"，即杂乱的意思，可备一说。

⑭草野：在野者。倨侮：傲慢不逊。

⑮"在知"句：灭：掩盖。此句指文饰被游说者自诩之事，掩盖其自以为耻辱之事。

先秦散文选 | 241

⑯强之：鼓励他。

⑰"其意"三句：少：贬低。不为：不去做。这三句说君主有卑下的想法而不自制，游说者就要粉饰这意图并不赞成他不这样去做。

⑱多其不行：称赞他不这样做。

⑲"使之资说"二句：资：采纳、帮助。这两句中，前句是说使君主采纳我意见；后句说假装不知道而实则在给君主提供帮助。

⑳内：采纳。相存：可以并存。美名明之：用美好的名义来说明。

㉑"誉异人"二句：意谓称赞和君主行为相同的人，策划君主所想实现的事情。

㉒拂悟：违反。系縻：冲突、矛盾。

㉓伊尹：商汤大臣。宰：管家小臣。

㉔百里奚：秦穆公的贤臣。

㉕割：剖析。饰：借为"飭"，使之端正。

㉖胡：周代诸侯国，东周初为郑所灭。

㉗绕朝：春秋时秦大夫，晋士会在秦，晋人设计迎他返晋，绕朝识破晋人之计。事见《左传·文公十三年》。但"为戮于秦"事，《左传》不载，据长沙马王堆出土帛书《春秋事语》载，士会返晋后用反间计使秦杀了绕朝。

㉘弥子瑕：春秋时卫灵公的宠臣。卫君：指卫灵公姬元、襄公子。

㉙刖（yuè）：古代酷刑，砍去双脚。

㉚闻：一本作"间"，私自。

㉛啗（dàn）：给人吃。

㉜虫：古人以此为动物总称。

㉝径尺：直径一尺。

㉞婴：同"撄"，触犯。

㉟几：近乎事理。

[串讲]

　　这篇专论游说士如何向君主进言，讲取得其信任的方法。第一段论到游说首先要了解所说君主的爱好和要求，使他能接受自己的主张，还要避免被假意接受而实则疏弃或用其主张而弃其人的结果。第二段讲君主都有其不愿人知道的秘密意图，这种意图是千万不可触及的，一旦触及便有杀身之祸。还应考虑如何使君主不对自己产生怀疑，避免论及其左右大人物和小人物；言论不能太简略，亦不能太烦琐。第三段写要揣摩君主心理，怎样使他爱听，怎样避免触犯他的痛处。一直到关系很深以后，才能直谏。第四段分析君主对臣子的态度。如关其思和"邻人之父"的意见都不错，但其身份不该这样说出，说明即使主张正确，也要相机行事。最后以弥子瑕之例，说明君主对臣下的看法，会随爱憎而变化。文章以"龙有逆鳞"作喻，更见与君主相处之不易。

[评析]

　　韩非生当战国末期，当时的士人大抵靠他们的才辩游说君主以取官位。从战国初至韩非时，已积累了差不多二百五六十年的经验，韩非本人也在韩、秦二国与君主交往，因此深有体会。他深知君主的种种心理，分析了对待不同的对象，应用不同的方式。从文章看来，他熟谙当时的人情世故，所以说来头头是道。尽管不免使人有圆滑虚诈之感，但韩非毕竟是书生，正因为他说得太透，不免遭人之忌，尤其是阴狠的秦始皇自难对他放心。因此韩非被李斯、姚贾所谗而死，亦非偶然。

五　蠹

上古之世，人民少而禽兽众，人民不胜禽兽虫蛇。有圣人作，构木为巢，以避群害，而民悦之，使王天下，号之曰有巢氏。民食果蓏蚌蛤，①腥臊恶臭而伤害腹胃，民多疾病。有圣人作，钻燧取火以化腥臊，而民说之，使王天下，号之曰燧人氏。中古之世，天下大水，而鲧、禹决渎。②近古之世，桀、纣暴乱，而汤、武征伐。今有构木钻燧于夏后氏之世者，必为鲧、禹笑矣；有决渎于殷、周之世者，必为汤、武笑矣。然则今有美尧、舜、汤、武、禹之道于当今之世者，必为新圣笑矣。③是以圣人不期修古，不法常可，论世之事，因为之备。宋人有耕田者，田中有株，兔走触株，折颈而死，因释其耒而守株，冀复得兔。兔不可复得，而身为宋国笑。今欲以先王之政，治当世之民，皆守株之类也。

古者丈夫不耕，草木之实足食也；妇人不织，禽兽之皮足衣也。不事力而养足，人民少而财有余，故民不争。是以厚赏不行，重罚不用，而民自治。今人有五子不为多，子又有五子，大父未死而有二十五孙。是以人民众而货财寡，事力劳而供养薄，故民争，虽倍赏累罚而不免于乱。

尧之王天下也，茅茨不翦，④采椽不斫；⑤粝粢之食，⑥藜藿之羹；⑦冬日麑裘，⑧夏日葛衣；虽监门之服养，⑨不亏于此矣。禹之王天下也，身执耒臿，⑩以为民先，股无胈，⑪胫不生毛，虽臣虏之劳，不苦于此矣。以是言之，夫古之让天子者，是去监门之养，而离臣虏之劳也，故传天下而不足多也。今之县令，一日身死，子孙累世洁驾，⑫故人重之。是以人之于让也，轻辞古之天子，难去今之县令者，薄厚之实异也。夫山居而谷汲者，膢腊而相遗以水；⑬泽居苦水者，买庸而决窦。⑭故饥岁之春，幼弟不饷；⑮穰岁之秋，疏客必食。非疏骨肉爱过客也，多少之实异也。是以古之易财，非仁也，财多也；今之争夺，非鄙也，财寡也。轻辞天子，非高也，势薄也；重争士橐，⑯非下也，权重也。故圣人议多少，论薄厚为之政。故罚薄不为慈，诛严不为戾，称俗而行也。⑰故事因于世，而备适于事。

古者文王处丰、镐之间，⑱地方百里，行仁义而怀西戎，遂王天下。徐偃王处汉东，⑲地方五百里，行仁义，割地而朝者三十有六国。荆文王恐其害己也，⑳举兵伐徐，遂灭之。故文王行仁义而王天下，偃王行仁义而丧其国，是仁义用于古不用于今也。故曰：世异则事异。当舜之时，有苗不服，禹将伐之。舜曰："不可。上德不厚而行武，非道也。"乃修教三年，执干戚舞，㉑有苗乃服。共工之战，㉒铁铦短者及乎敌，㉓铠甲不坚者伤乎体。是干戚用于古不用于今也。故曰：事异则备变。上古竞于道德，中世逐于智谋，当今争于气力。齐将攻鲁，鲁使子贡说之。㉔齐人曰："子言非不辩也，吾所欲者土地也，非斯言所谓也。"遂举兵伐鲁，去门十里以为界。故偃仁义而徐亡，子贡辩智而鲁削。以是言之，夫仁义辩智，非所以持国也。去偃王之仁，息子贡之智，循徐、鲁之力使敌万乘，则齐、荆之欲不得行于二国矣。

[注释]

①蓏（luǒ）：古书上指瓜果。蜯：同"蚌"。

②鲧（gǔn）：传说中人名，据云为禹之父。渎：单独入海的大河流。古人以江、淮、河、济为"四渎"。

③新圣：指通晓当时形势的人，不必确指。

④茅茨：茅草屋。翦：同"剪"，指修齐覆盖在屋上的茅草。

⑤采：栎（lì）木，又称柞（zuò）木，可用于建筑。斫（zhuó）：砍削。

⑥粝（lì）粢（zī）：粗糙的粮食。

⑦藜：草本植物，嫩叶可吃。藿：豆叶，亦可泛指草木嫩叶。

⑧麑（ní）：小鹿。

⑨监门：古代看守城门或里门的人，其地位低，生活贫困。

⑩耒臿（lěi chā）：古代挖土工具。

⑪胈（bá）：大腿上的细毛，一说洁白的肉。

⑫洁驾：套上马车。

⑬膢（lóu）：古人的一种祭祀，往往伴以宴饮、馈赠，旧说在农历二月举行；一说"膢""腊"一声之转，则"膢腊"为同一祭祀，应在十二月。

⑭买庸：雇工。决窦：凿沟渠。

⑮饷：供给食品。

⑯土橐：王先慎以为"土"当作"士"。"士"通"仕"。"橐"通"托"。"士橐"，指做官及依附权门。

⑰称：适合。

⑱丰、镐：地名，故址在今陕西西安市西南。

⑲徐偃王：古代国君，大约与周穆王同时，其疆域当在今安徽泗县一

带，去汉东甚远。按：《左传·桓公六年》："汉东之国，随为大。"随在今湖北随州市一带。《韩非子》疑误。

⑳荆文王：即楚文王，名芈赀，春秋时人，约当鲁庄公时，与徐偃王不同时。

㉑"执干"句：干：盾。戚：武器名，形似斧。这里说以干戚作为舞蹈之具，言不用兵而使人降服。

㉒共工：尧时"四凶"之一。古书中多言禹伐共工之事。

㉓铦（xiān）：一种铁制武器，以竹竿为柄，类似后来的鱼叉。这句旧注谓铁铦而柄短，则易为敌人所伤；一说"短"字为"钜"之误，"钜"乃长意，指这兵器长而能伤敌人。二说相反，后说近是。

㉔子贡：名端木赐，孔子弟子。

夫古今异俗，新故异备。如欲以宽缓之政，治急世之民，犹无辔策而御駻马，㉕此不知之患也。今儒、墨皆称先王兼爱天下，则视民如父母，何以明其然也？曰："司寇行刑，君为之不举乐；闻死刑之报，君为流涕。"此所举先王也。夫以君臣为如父子则必治，推是言之，是无乱父子也。人之情性莫先于父母，父母皆见爱而未必治也，君虽厚爱，奚遽不乱？㉖今先王之爱民，不过父母之爱子，子未必不乱也，则民奚遽治哉？且夫以法行刑，而君为之流涕，此以效仁，非以为治也。夫垂泣不欲刑者，仁也；然而不可不刑者，法也。先王胜其法，㉗不听其泣，则仁之不可以为治亦明矣。

且民者固服于势，寡能怀于义。仲尼天下圣人也，修行明道以游海内，海内说其仁、美其义而为服役者七十人。盖贵仁者寡，能义者难也。故以天下之大，而为服役者七十人，而仁义者一人。鲁哀公，^㉘下主也，南面君国，境内之民莫敢不臣。民者固服于势，势诚易以服人，故仲尼反为臣而哀公顾为君。仲尼非怀其义，服其势也。故以义则仲尼不服于哀公，乘势则哀公臣仲尼。今学者之说人主也，不乘必胜之势，而务行仁义则可以王，是求人主之必及仲尼，而以世之凡民皆如列徒，此必不得之数也。

今有不才之子，父母怒之弗为改，乡人谯之弗为动，^㉙师长教之弗为变。夫以父母之爱、乡人之行、师长之智，三美加焉，而终不动，其胫毛不改。^㉚州部之吏，^㉛操官兵，推公法，而求索奸人，然后恐惧，变其节，易其行矣。故父母之爱不足以教子，必待州部之严刑者，民固骄于爱、听于威矣。故十仞之城，^㉜楼季弗能逾者，^㉝峭也；千仞之山，跛牂易牧者，夷也。^㉞故明王峭其法而严其刑也。布帛寻常，^㉟庸人不释；铄金百溢，盗跖不掇。^㊱不必害，则不释寻常；必害手，则不掇百溢。故明主必其诛也。是以赏莫如厚而信，使民利之；罚莫如重而必，使民畏之；法莫如一而固，使民知之。故主施赏不迁，行诛无赦，誉辅其赏，毁随其罚，则贤、不肖俱尽其力矣。

今则不然，以其有功也爵之，而卑其士官也；^㊲以其耕作也赏之，而少其家业也；以其不收也外之，^㊳而高其轻世也；以其犯禁也罪之，而多其有勇也。毁誉、赏罚之所加者，相与悖缪也，^㊴故法禁坏而民愈乱。今兄弟被侵，必攻者，廉也；知友被辱，随仇者，贞也。廉贞之行成，而君上之法犯矣。人主尊贞廉之行，而忘犯禁之罪，故民程于勇，^㊵而吏不能胜也。不事力而衣食，则谓之能；不战功而尊，则谓之贤。贤能之行成，而兵弱而地荒矣。人主说贤能之行，而忘兵弱地荒之祸，则私行立而公利灭矣。

儒以文乱法，侠以武犯禁，而人主兼礼之，此所以乱也。夫离法者罪，㊶而诸先生以文学取；犯禁者诛，而群侠以私剑养。故法之所非，君之所取；吏之所诛，上之所养也。法、趣、上、下，四相反也，而无所定，虽有十黄帝不能治也。㊷故行仁义者非所誉，誉之则害功；工文学者非所用，用之则乱法。楚之有直躬，其父窃羊，而谒之吏。令尹曰㊸："杀之！"以为直于君而曲于父，报而罪之。以是观之，夫君之直臣，父之暴子也。鲁人从君战，三战三北。仲尼闻其故，对曰："吾有老父，身死莫之养也。"仲尼以为孝，举而上之。㊹以是观之，夫父之孝子，君之背臣也。故令尹诛而楚奸不上闻，仲尼赏而鲁民易降北。上下之利，若是其异也，而人主兼举匹夫之行，而求致社稷之福，必不几矣。

[注释]

　　㉕骇（hàn）马：狂奔的马。

　　㉖奚遽：难道就能。

　　㉗胜：能执行。

　　㉘鲁哀公：春秋时鲁君，姓姬名将，定公之子。

　　㉙谯（qiào）：责问。

　　㉚胫毛：小腿的毛。胫毛不改：喻丝毫不改。

　　㉛州部之吏：古代以五党为州，每州二千五百家。这里指地方官吏。

　　㉜仞：八尺为一仞。

　　㉝楼季：战国魏文侯弟，善跳跃，以勇闻名。

　　㉞跛：瘸腿。牂（zāng）：母羊。夷：平坦。

　　㉟寻：八尺为一寻，二寻为一常。

㊱铄（shuò）金：熔化的金子。掇（duō）：拾取。

㊲士官：同"仕官"，指官职。

㊳不收：不接受君主之命。

㊴悖缪：颠倒错误。

㊵程：自炫。

㊶离法：背弃法制。

㊷黄帝：传说中的古代帝王，汉族祖先。秦汉以前，人们推崇万国和同以致太平的，多推许黄帝，故云。

㊸令尹：楚官名，相当于宰相。

㊹举而上之：推举他提升。

古者苍颉之作书也，自环者谓之私，㊺背私者谓之公。㊻公私之相背也，乃苍颉固以知之矣。今以为同利者，不察之患也。然则为匹夫计者，莫如修行义而习文学。行义修则见信，见信则受事；文学习则为明师，为明师则显荣；此匹夫之美也。然则无功而受事，无爵而显荣，有政如此，则国必乱，主必危矣。故不相容之事，不两立也。斩敌者受赏，而高慈惠之行；拔城者受爵禄，而信廉爱之说；坚甲厉兵以备难，而美荐绅之饰；㊼富国以农，距敌恃卒，而贵文学之士；废敬上畏法之民，而养游侠私剑之属。举行如此，治强不可得也。国平养儒侠，难至用介士，㊽所利非所用，所用非所利。是故服事者简其业，㊾而游学者日众，是世之所以乱也。

且世之所谓贤者，贞信之行也；所谓智者，微妙之言也。微妙之言，上智之所难知也。今为众人法，而以上智之所难知，则民无从识之矣。故糟糠不饱者不务粱肉，㊿短褐不完者不待文绣。夫治世之事，急者不得，则缓者非所务也。今所治之政，民间之事，夫妇所明知者不用，而慕上知之论，则其于治反矣。故微妙之言，非民务也。若夫贤良贞信之行者，必将贵不欺之士，贵不欺之士者，㊿亦无不欺之术也。布衣相与交，无富厚以相利，无威势以相惧也，故求不欺之士。今人主处制人之势，有一国之厚，重赏严诛，得操其柄，以修明术之所烛，虽有田常、子罕之臣，㊾不敢欺也，奚待于不欺之士？今贞信之士不盈于十，而境内之官以百数，必任贞信之士，则人不足官。人不足官，则治者寡而乱者众矣。故明主之道。一法而不求智，固术而不慕信，故法不败，而群官无奸诈矣。

今人主之于言也，说其辩而不求其当焉；其用于行也，美其声而不责其功焉。是以天下之众，其谈言者务为辩而不周于用，㊼故举先王言仁义者盈廷，而政不免于乱；行身者竞于为高，而不合于功，故智者退处岩穴，归禄不受，而兵不免于弱，政不免于乱，此其故何也？民之所誉，上之所礼，乱国之术也。今境内之民皆言治，藏商、管之法者家有之，㊽而国愈贫，言耕者众，执耒者寡也；境内皆言兵，藏孙、吴之书者家有之，㊿而兵愈弱，言战者多，被甲者少也。故明主用其力，不听其言；赏其功，必禁无用。故民尽死力以从其上。夫耕之用力也劳，而民为之者，曰：可以得富也。战之为事也危，而民为之者，曰：可以得贵也。今修文学，习言谈，则无耕之劳而有富之实，无战之危而有贵之尊，则人孰不为也？是以百人事智而一人用力，事智者众，则法败；用力者寡，则国贫；此世之所以乱也。

故明主之国，无书简之文，㊿以法为教；无先王之语，以吏为师；无私剑之捍，以斩首为勇。是境内之民，其言谈者必轨于法，动作者归之于功，为勇者尽之于军。是故无事则国富，有事则兵强，此之谓王资。既畜王资而承敌国之衅，⁵⁷超五帝侔三王者，必此法也。

[注释]

⑤苍颉：传说中黄帝的史官。自环者谓之私：《说文》，"厶"篆文作"㠯"，韩非曰："苍颉作字，自营为厶。"此"自环"当指"㠯"的形状。

⑯"背私者"句：按：《说文》，篆文"公"作"㕣"，云："犹背也。"

⑰荐绅：指以笏插在大带上，是文臣的服饰。荐：通"搢（jìn）"，插。绅：大带。

⑱介：通"甲"。

⑲服事者：这里指从事农耕及披甲作战者。简：怠忽。

⑳梁：王先慎以为当作"粱"。

㉑贤良贞信：王先慎据顾广圻说以为"良"字当删。"贵不欺之士者"句：王据顾说补"贵"字。

㉒田常：即陈恒，杀齐简公，专齐国之政，后世遂代吕氏据齐。子罕：战国时宋臣，名戴喜，废宋桓侯，遂变子氏之宋国为戴氏之宋国。《韩非子》屡言其事，但具体时间待考。

㉓不周：不切合。

㉔商、管：指商鞅和管仲。

㉕孙、吴：孙武和吴起。

㉖书简：古代书籍多刻或写在竹简上，故称书简。

㉗衅（xìn）：同"衅"，裂痕。

今则不然，士民纵恣于内，言谈者为势于外，外内称恶，以待强敌，不亦殆乎！故群臣之言外事者，非有分于从横之党，则有仇雠之忠，而借力于国也。从者，合众弱以攻一强也；而衡者，事一强以攻众弱也：皆非所以持国也。今人臣之言衡者，皆曰："不事大，则遇敌受祸矣。"事大未必有实，则举图而委,⁵⁸效玺而请兵矣。⁵⁹献图则地削，效玺则名卑，地削则国削，名卑则政乱矣。事大为衡，未见其利也，而亡地乱政矣。人臣之言从者，皆曰："不救小而伐大，则失天下，失天下则国危、国危而主卑。"救小未必有实，则起兵而敌大矣。救小未必能存，而交大未必不有疏,⁶⁰有疏则为强国制矣。出兵则军败，退守则城拔。救小为从，未见其利，而亡地败军矣。是故事强，则以外权士官于内；⁶¹救小，则以内重求利于外。⁶²国利未立，封土厚禄至矣；主上虽卑，人臣尊矣；国地虽削，私家富矣。事成，则以权长重；⁶³事败，则以富退处。人主之听说于其臣，事未成则爵禄已尊矣；事败而弗诛，则游说之士孰不为用矰缴之说而徼幸其后？⁶⁴故破国亡主以听言谈者之浮说，此其故何也？是人君不明乎公私之利，不察当否之言，而诛罚不必其后也。皆曰："外事,⁶⁵大可以王，小可以安。"夫王者，能攻人者也；而安，则不可攻也。强，则能攻人者也；治，则不可攻也。治强不可责于外，内政之有也。今不行法术于内，而事智于外，则不至于治强矣。

鄙谚曰："长袖善舞，多钱善贾。"此言多资之易为工也。故治强易为谋，弱乱难为计。故用于秦者，十变而谋希失；用于燕者，一变而计希得。非用于秦者必智，用于燕者必愚也，盖治乱之资异也。故周去秦为从，期年而举；⁶⁶卫离魏为衡，半载而亡。⁶⁷是周灭于从，卫亡于衡也。使周卫缓其从衡之计，而严其境内之治，明其法禁，必其赏罚，尽其地力以多其积，⑱致其民死以坚其城守，天下得其地则其利少，攻其国则其伤大，万乘之国莫敢自顿于坚城之下，而使强敌裁其弊也，⑲此必不亡之术也。舍必不亡之术而道必灭之事，治国者之过也。智困于外而政乱于内，则亡不可振也。⑳

民之政计，皆就安利如辟危穷。今为之攻战，进则死于敌，退则死于诛，则危矣。弃私家之事而必汗马之劳，家困而上弗论，则穷矣。穷危之所在也，民安得勿避？故事私门而完解舍，㉑解舍完则远战，远战则安。行货赂而袭当涂者则求得，㉒求得则私安，私安则利之所在，安得勿就？是以公民少而私人众矣。

夫明王治国之政，使其商工游食之民少而名卑，以寡趣本务而趋末作。㉓今世近习之请行，则官爵可买，官爵可买，则商工不卑也矣。奸财货贾得用于市，则商人不少矣。聚敛倍农而致尊过耕战之士，则耿介之士寡而商贾之民多矣。

是故乱国之俗：其学者，则称先王之道以籍仁义，㉔盛容服而饰辩说，以疑当世之法，而贰人主之心。其言古者，㉕为设诈称，㉖借于外力，以成其私，而遗社稷之利。其带剑者，聚徒属，立节操，以显其名，而犯五官之禁。㉗其患御者，㉘积于私门，尽货赂，而用重人之谒，退汗马之劳。其商工之民，修治苦窳之器，聚弗靡之财，㉙蓄积待时，而侔农夫之利。此五者，邦之蠹也。人主不除此五蠹之民，不养耿介之士，则海内虽有破亡之国，削灭之朝，亦勿怪矣。

[注释]

㊽举图而委：指割地，古代割地必献上该地地图，如《史记·刺客列传》记燕向秦献督亢地图。

㊾效玺：交上国君的印章，表示臣服。

㊿交：王据顾说以为当作"敌"。

㊿"则以"句：士官：同"仕官"，指任官职。这句说依靠外力以取高官于本国。

㊿以内重求利于外：借着自己在国内掌握大权，以谋私利于国外。

㊿以权长重：因掌权而长享富贵。

㊿矰缴（zhuó）：系着丝绳射鸟用的短箭。因带绳的箭射出后可收回，故喻不化本而可得利之事。

㊿外事：和别国交往的事务。

㊿举：被占领。

㊿"卫离魏"二句：据《史记·卫康叔世家》载，卫之完全灭亡在秦二世时。此言"半载而亡"，不知是指魏杀卫怀君事抑或"秦拔魏东地，秦初置东郡，更徙卫野王县"事。若为后者，应是秦始皇五年（前242）；若为前者，应为秦昭王五十四年（前253）。

㊿积：物资储备。

㊿裁：裁决。

㊿振：救助。

㊿解舍：同"廨舍"，指私宅。

㊿袭：因袭，引申为附和。

㊿本务：指农耕。末作：指商工。

㊿籍：借为"藉"，凭借。

㊿其言古者：王先慎据顾广圻说以为"古"当作"谈"。

⑯为：通"伪"。

⑰五官：相传殷代以司徒、司马、司空、司士、司寇为"五官"，后代遂以"五官"作为官员总称。

⑱患御：今人陈奇猷以为"御"乃"役"之误，意为逃避兵役。

⑲弗：通"费"。弗靡：浪费。

[串讲]

这篇文章表达了韩非的历史观及政治主张，他强调古代的情况和后来不同，古代人少而生活资料富足，到韩非当时，人口已大增，生活资料不足，故人们就无法不争。因此他认为尧舜可以天下让人，而当时一个县令却不甘去职，都是条件决定的。他以此推论所谓"仁义"，只适用于上古，而不适用于当时。他认为"民者固服于势，寡能怀于义"，因此只能用刑赏来使他们服从君主的意志。接着他认为当时一些君主在刑赏方面失当。他们往往尊重一些儒者和侠客，而这些人对国家只能"乱法""犯禁"。韩非认为当时君主往往喜欢不切实用的言谈，而忽视实际从事农耕和披甲作战的人，这就使国家陷于贫弱。他反对空谈，主张"明主之国，无书简之文，以法为教；无先王之语，以吏为师"。他反对"连衡""合纵"等说，主张以农、战加强实力；主张以农为本业，而以工商为"末技"；主张削弱人臣之权以加强君权。反映了战国末年的法家强调实行君主专制的集权政治的主张。

[评析]

韩非主张历史是不断发展的，认为"上古"不同于"中古"，"中古"又不同于当时，因此反对儒、墨诸家"法先王"之论，这显然是正确的。尤其是他提到"守株待兔"的比喻，颇为生动有力，因此成了人们经常引用的典故。韩非强调加强君权，削弱"重臣"的势力，这在当时也是进步的，对中国的统一起到了推动作用。韩非在经济上特别注意农业而忽视工商，这代表着当时不少人的看法，原因是农业不但直接生产粮食，增强国力，而且农民一般定居在一定地方，为军队的主要来源，而工商则流动性较大。然而工商业的发展其实也可增加财富，且能加强各地的依存关系，推动统一。但这一点不但韩非，即使后来一些人对此也缺乏认识。韩非的主张虽有其进步的一面，但他对民众的看法是错误的，他一味强调他们"服于势"，而不承认他们能"怀于义"。因此一味高压，不承认说服教育的作用，这正是法家站在统治者立场对待民众之故。这不独韩非一人如此，秦之"二世而亡"，不能说与此无关。

呂氏春秋

本 生

　　始生之者，天也；养成之者，人也。①能养天之所生而勿撄之谓之天子。②天子之动也，以全天为故者也，此官之所自立也。立官者以全生也，今世之惑主，多官而反以害生，则失所为立之矣。譬之若修兵者，以备寇也。今修兵反以自攻，则亦失所为修之矣。

　　夫水之性清，土者抇之，③故不得清。人之性寿，物者抇之，故不得寿。物也者，所以养性也，非所以性养也。④今世之人，惑者多以性养物，则不知轻重也。不知轻重，则重者为轻，轻者为重矣。若此则每动无不败，以此为君悖，以此为臣乱，以此为子狂，三者国有一焉，无幸必亡。

　　今有声于此，耳听之必慊⑤；已听之则使人聋，必弗听。有色于此，目视之必慊；已视之则使人盲，必弗视。有味于此，口食之必慊；已食之则使人瘖，⑥必弗食。是故圣人之于声色滋味也，利于性则取之，害于性则舍之，此全性之道也。世之贵富者，其于声色滋味也多惑者，日夜求，幸而得之则遁焉。⑦遁焉，性恶得不伤？⑧万人操弓，共射一招，⑨招无不中；万物章章，以害一生，生无不伤；以便一生，生无不长。故圣人之制万物也，以全其天也。天全则神和矣，目明矣，耳聪矣，鼻臭矣，⑩口敏矣，三百六十节皆通利矣。若此人者，不言而信，不谋而当，不虑而得，精通乎天地，神覆乎宇宙，其于物无不受也，无不裹也，若天地然。上为天子而不骄，下为匹夫而不惛，⑪此之谓全德之人。

贵富而不知道，适足以为患，不如贫贱。贫贱之致物也难，虽欲过之奚由？出则以车，入则以辇，⑫务以自佚，命之曰招蹶之机。⑬肥肉厚酒，务以自强，命之曰烂肠之食。靡曼皓齿，⑭郑卫之音，⑮务以自乐，命之曰伐性之斧。三患者，贵富之所致也。故古之人有不肯贵富者矣，由重生故也。非夸以名也，⑯为其实也。则此论之不可不察也。

[注释]

①"始生"四句：意谓天下万物都是天（自然）产生的，而要人来辅养使其长成。

②"能养"句：撄：违背、触犯。谓之天子："谓"通"为"，"之"字衍。此句意谓能辅养天之所生而不背戾方能为天子。

③扣（gǔ）：搅混。

④"物也者"三句：意谓物本应用以养性，不能反以自性去追求外物。

⑤慊（qiè）：满意。

⑥瘖（yīn）：哑；不能说话。

⑦遁：流连不能自制。

⑧恶（wū）：怎，如何。

⑨招：箭靶。

⑩臭：通"嗅"，指嗅觉通畅。

⑪惛：通"悗"，烦闷。

⑫辇：人拉的小车。

⑬蹶（jué）：跌倒。

⑭靡曼：肌理细腻。

⑮郑卫之音：《诗经》中的《郑风》和《卫风》，多男女情歌，后人多借此指一些艳歌，以与"雅乐"相对称。

⑯夸以名：虚取名声。

[串讲]

　　这篇文章讲人应当遵循自然而勿背戾才能长久，不论天子治政或人养生都是如此。作者主张"以物养性"，不能流连于物质享受以伤害自身。只有能全其天性，才能成为"全德之人"。作者认为一些富贵者追求种种享受，足以自伤其身。这种思想对汉代枚乘的《七发》有直接的影响。《七发》中"吴客"论"楚太子"病因一段，显然取此篇末段文字而加以发挥。

[评析]

　　《吕氏春秋》文字成于众手，据说成书后曾"暴之咸阳市门"，"有能增损一字者与千金，时人无能增损者"。此说东汉高诱已表示怀疑。现在看来，《吕氏春秋》之文，虽未必以文采取胜，但说理清晰，好用比喻，行文多用排偶，亦有其特色。所论富贵者不知养生之道，恣意享乐，反招疾病，言之极为中肯，值得借鉴。

察　今

　　上胡不法先王之法？①非不贤也，为其不可得而法。先王之法，经乎上世而来者也，人或益之，人或损之，胡可得而法？虽人弗损益，犹若不可得而法。东夏之命，②古今之法，言异而典殊。故古之命，多不可通乎今之言者，今之法，多不合乎古之法者。殊俗之民，③有似于此。其所为欲同，其所为异。口惛之命不愉，④若舟车衣冠滋味声色之不同。人以自是，反以相诽。天下之学者多辩，言利辞倒，不求其实，务以相毁，以胜为故。⑤先王之法，胡可得而法，虽可得，犹若不可法。

凡先王之法，有要于时也。⑥时不与法俱至，法虽今而至，⑦犹若不可法。故择先王之成法，而法其所以为法。先王之所以为法者，何也？先王之所以为法者，人也，而己亦人也。故察己则可以知人，察今则可以知古，古今一也，人与我同耳。有道之士，贵以近知远，以今知古，以益所见，知所不见。故审堂下之荫，而知日月之行，阴阳之变；见瓶水之冰，而知天下之寒，鱼鳖之藏也。尝一脟肉，⑧而知一镬之味，一鼎之调。荆人欲袭宋，使人先表澭水，⑨澭水暴益，荆人弗知，循表而夜涉，溺死者千有余人，军惊而坏都舍。⑩向其先表之时可导也，⑪今水已变而益多矣，荆人尚犹循表而导之，此其所以败也。今世之主，法先王之法也，有似于此，其时已与先王之法亏矣，而曰："此先王之法也而法之。"以此为治，岂不悲哉！

故治国无法则乱，守法而不变则悖。悖乱不可以持国。世易时移，变法宜矣。譬之若良医，病万变，药亦万变。病变而药不变，向之寿民，今为殇子矣。⑫故凡举事必循法以动，变法者，因时而化，若此论则无故务矣。

夫不敢议法者，众庶也；以死守者，有司也；⑬因时变法者，贤主也。是故有天下七十一圣,⑭其法皆不同。非务相反也,时势异也。故曰:良剑期乎断,不期乎镆铘;⑮良马期乎千里,不期乎骥骜。⑯夫成功名者,此先王之千里也。楚人有涉江者,其剑自舟中坠于水,遽契其舟曰⑰:"是吾剑之所从坠。"舟止,从其所契者入水求之,舟已行矣,而剑不行,求剑若此,不亦惑乎?以此故法为其国与此同,时已徙矣,而法不徙,以此为治,岂不难哉!有过于江上者,见人方引婴儿而欲投之江中。婴儿啼,人问其故,曰:"此其父善游。"其父虽善游,其子岂遽善游哉?此任物亦必悖矣。荆国之为政,⑱有似于此。

[注释]

①上:君主。按:"上"为秦汉以后人称皇帝之辞。一般使用在秦统一以后,但《史记·秦始皇本纪》记始皇九年"四月,上宿雍",而《吕氏春秋》成书在始皇八年,或许当时已有此称呼。胡:何不。法先王之法:取法古代帝王之法。

②东夏:今人王利器以为《吕氏春秋》作于秦地,故以函谷关以东之地称"东夏",犹言东方中原诸国。

③殊俗之民:风俗不同之民,一般指不同种族的人。

④"口惽"句:惽:同"吻"。愉:同"喻"。这句说因方言不同,所说的话对方不懂。

⑤故:事,目的。

⑥要:切合。

⑦"时不与"二句:近人陶鸿庆以为"至"字乃"在"之误。今人陈奇猷以为"至"字不误,乃流传至今的意思,意谓古人之时代未与法

共同留存至今，法虽独存。

⑧脔：同"𦞦（luán）"，切成块状的肉。

⑨澭（yōng）水：水名，前人以为是"灌水"之误。今人陈奇猷以为是"濯（qú）水"（在今河南遂平县一带）。

⑩都舍：大屋，疑至军人所宿之处。

⑪导：涉水。

⑫殇子：夭折的小孩。

⑬有司：职掌事务的官员。

⑭七十一圣：指统治过天下的七十一代君主。"一"，一作"二"。

⑮镆铘：同"莫邪"，古代宝剑名。

⑯骥骜：古代良马名。

⑰栔：同"锲"，刊刻。

⑱荆国之为政：一说"荆"为"乱"之误。陈奇猷以为指楚军涉水字，不必改为"乱"。

[串讲]

《吕氏春秋》成于多人之手，此文反对"法先王"，似近于"法家"，但其主张和《韩非子》不完全相同。此文只强调"先王之法"所以不能用于当时，是因为时代变了，所以不能盲目照办。但他又承认"先王之法"在古时曾经是适用的，所以主张可以"法其所以为法"，亦即参酌古人当时制定其法的用意。此文作者并不主张用"势"来压服民众。从这点看来，和"法家"还是有区别的。应该说，此文论古代的法不合当世之用，提到了迄今所传的"先王之法"，不但不适合当时之用；而且"经乎上世而来""人或益之""人或损之"亦未必是古代的原貌。此论亦颇有见地。

[评析]

　　这篇文章的风格虽尚不失其平易,但有个别词汇较为费解,各家对此有不同解释。有的可能是传抄之误,还有一些也可能代表着秦地人著书的方言特点。文中提到的"刻舟求剑"寓言,颇为人们所熟知并广为引用。